NORBERT KLUGMANN

Bitte parken Sie nicht in unserem Schaufenster

UND DANN HAT'S WUMMS GEMACHT Du musst dir das so vorstellen: Sie steigen ein, der Motor springt an, der Fuß sucht und findet nicht, es knallt und scheppert, und schon ist es vorbei. Ganz einfach. Und so kam es zu den 30 Unfällen in einer einzigen Straße, der Hamburger Waitzstraße. Ein Rekord! Da kann man stolz drauf sein – oder eben auch nicht. Klar ist aber: Am schlimmsten ist immer die Woche danach. Jedes Mal, wenn wieder ein Wagen den Sprung aus der Parkposition in den fünfstelligen Sachschaden geschafft hat, ist die Besorgnis in Othmarschen besonders lebendig: Wie lange wird es diesmal bis zum nächsten Crash dauern? Doch dann der Bums in Poppenbüttel. Offenbar als Folge eines Sekunden-Blackouts am Steuer seines PS-starken Wagens rauscht ein Pensionär in den Eingang eines Kaufhauses. Konkurrenz für Othmarschen! Wer hätte das gedacht? Othmarschen versus Poppenbüttel – es kommt zum Duell. Kampflustige Senioren aus beiden Stadtteilen treffen bei einem Autowettrennen in einer Kieskuhle aufeinander. Das Einzige, was sicher ist: Der Humor stirbt zuletzt.

© privat

Norbert Klugmann, Jahrgang 1951, hat bisher 75 Romane veröffentlicht. Seine Schwerpunkte sind Krimis, Satiren und Jugendbücher. Seine Stärken sind der Dialog und die enge Nachbarschaft von Alltag und Anarchie, die in Situationskomik mündet. Seine Vielseitigkeit zeigt sich in mehreren Romanen über Sport, Geschlechterkriege, Kommunalpolitik und historische Themen. Dreimal begleitete er die Hebamme Trine Deichmann durch das Lübeck des beginnenden 17. Jahrhunderts. Das süffige Genre des Weinromans bereicherte er mit drei Romanen um den legendären und rätselhaften Marchese. Gepriesen wird Klugmann auch für die beste Biografie des großen Komödianten Heinz Erhardt. Manchmal begegnet er uns als Ghostwriter, der seine Feder Prominenten leiht.

NORBERT KLUGMANN

Bitte parken Sie nicht in unserem Schaufenster

NEUES AUS DER WAITZSTRASSE

GMEINER

Immer informiert

Spannung pur – mit unserem Newsletter informieren wir Sie
regelmäßig über Wissenswertes aus unserer Bücherwelt.

Gefällt mir!

Facebook: @Gmeiner.Verlag
Instagram: @gmeinerverlag
Twitter: @GmeinerVerlag

MIX
Papier aus verantwor-
tungsvollen Quellen
FSC® C083411

Besuchen Sie uns im Internet:
www.gmeiner-verlag.de

© 2022 – Gmeiner-Verlag GmbH
Im Ehnried 5, 88605 Meßkirch
Telefon 0 75 75 / 20 95 - 0
info@gmeiner-verlag.de
Alle Rechte vorbehalten
1. Auflage 2022

Lektorat: Claudia Senghaas, Kirchardt
Herstellung: Mirjam Hecht
Umschlaggestaltung: U.O.R.G. Lutz Eberle, Stuttgart
unter Verwendung eines Fotos von: © wolfness72l / shutterstock
und Roman Samborskyi / shutterstock
Druck: CPI books GmbH, Leck
Printed in Germany
ISBN 978-3-8392-0237-1

Senioren in Bewegung

In den letzten Jahren ereigneten sich in der Hamburger Waitzstraße, Othmarschens bekannter Einkaufsstraße, knapp 30 Unfälle, die nach dem gleichen Muster abliefen. Jedes Mal saßen Senioren von über 70 Jahren am Steuer PS-starker Autos, meist SUVs mit Automatikgetriebe. Jedes Mal ereignete sich der Unfall beim Einparken oder beim Versuch auszuparken. Dabei wurde versehentlich Vollgas gegeben, sodass der Wagen mit wenigen Metern Anlauf auf eines der Einzelhandelsgeschäfte zuraste. Er landete im Schaufenster oder fuhr gegen die Hausfassade.

Alle Versuche, die Zahl der Unfälle, vor allem die Zahl und/oder Anordnung der Parkplätze zu verändern, blieben ohne nachhaltige Wirkung. Die öffentlichen Äußerungen der Polizei und der lokalen Medien ähneln sich seit Jahren, sie schwanken zwischen Hilflosigkeit, freundlichem Mitleid und milder Häme. Schwere Personenschäden sind bisher nicht zu verzeichnen.

Der nächste Unfall liegt in der Luft, im Stadtteil fürchtet man sich davor. Der örtliche Kunsthochschul-Professor Ehrenreich (64) agiert als Anwalt der Alten, für ihn sind sie Vertreter einer unangepassten, anarchistischen und freiheitsliebenden Bevölkerungsgruppe, die von Öffentlichkeit und eigenen Kindern gegängelt und entmündigt wird.

Überraschend entwickelt sich ein Duell mit dem Hamburger Stadtteil Poppenbüttel und dessen betagten Bewohnern. Nun erhält die Geschichte Witz, grotesken Verlauf und als Höhepunkt ein Senioren-Autowettrennen, das die Welt noch nicht gesehen hat.

1

Es rauschte, sehr kurz und gar nicht laut. Etwas rau klang es, dann knallte es, auch dies sehr kurz, aber lauter. Dann war es ruhig. Die Stille, die folgte, wirkte, als sei soeben etwas geklärt worden, das schon lange der Klärung harrte.

Danach der Ruf: »Mutti! Mein Gott, Mutti!«

Auf dem Bürgersteig voller Gestalten, von denen sich keine einzige rührte, bahnte sich die Frau den Weg. Die Schöße ihres nicht zugeknöpften Sommermantels flogen, als wolle sie Anlauf nehmen, um flatternd abzuheben. Doch das geschah nicht, die Gesetze der Physik verhinderten einen historischen Moment, der das Zeug gehabt hätte, in die Annalen des Quartiers einzugehen.

Laufend und bebend erreichte die Frau den dickbauchigen Wagen. Er war weiß, später am Tag würde sie zu ihrem Mann sagen: »Weiß, was für ein Unsinn! Weiß ist für sie doch praktisch unsichtbar.«

Und ihr Mann würde entgegnen: »Du musst die Sache von ihrem Anfang her denken. Wenn sie einen weißen Wagen sucht, ist die Chance groß, dass sie ihn nicht findet, weil sie ihn nicht sieht.«

»Die Frau muss ihn nicht sehen. Sie riecht ihn. Sie kann ja kaum noch etwas erkennen, auch wenn sie das Gegenteil behauptet. Aber manchmal, wenn sie mich anblickt, dann habe ich den Eindruck: Sie glaubt, sie sieht mich, aber sie sieht mich nicht.«

Sie wusste genau, dass ihr Mann kurz davor stand, eine Bemerkung fallenzulassen, die ihm noch leidtun würde.

Aber der feige Hund verkniff sich diese Bemerkung. Dann würde er seine Strafe eben wegen Feigheit in Tateinheit mit vorsätzlichem Schweigen erhalten. Sie war eine erfahrene Gattin, sie musste die Sache nicht mehr so eng sehen wie in den ersten Jahren. Jede Frau lernt dazu, das ist die größte Gefahr für ihren Mann, größer als Krieg, Cholesterin, Corona und Einbrüche beim DAX.

Ihr Mann hatte ein Anrecht darauf, die Geschehnisse des Vormittags detailliert ausgebreitet zu bekommen. Ihr war bewusst, dass er sich auch ohne ihre Detailfreude alle für ihn notwendigen Informationen herausgepickt hätte. Im Verlauf eines Gesprächs hatte er ihre Vorliebe für Einzelheiten, die mit dem bloßen Auge nicht mehr erkennbar sind, »peinigend« genannt. Das war in der Phase, in der er sich freigeschwommen hatte, beziehungstechnisch. Also die Phase, in der sie versäumt hatte, den Kerl unter Wasser zu drücken. Aber er hatte ein Anrecht auf die Wahrheit in all ihren Facetten. Sie konnte nichts dafür, dass alles im Leben, mochte es die Wahrheit sein, Lügen oder das große Gesumms zwischen diesen Polen, von massenhaft Einzelheiten behaftet war wie die Windschutzscheibe im Sommer von Insektenleichen.

»Das ist doch gar nicht Ihre Mutter«, sagte die Frau, neben der sie vor dem weißen Schlachtschiff stand und zusah, wie zwei Ersthelfer die alte Dame am Lenkrad daran hinderten, den Wagen zu verlassen.

»Ich bin heil«, protestierte die betagte Fahrerin, wenn man bereit ist, jemanden, der einen Wagen nach fünf Metern Fahrstrecke gegen die Hauswand gesetzt hat, als Fahrerin zu bezeichnen.

»Der Doktor wirft gleich einen Blick drauf«, kündigte der Ersthelfer an, der eher der handwerklichen als der technischen Berufswelt zuzurechnen war. Er war von der gegenüberliegenden Baustelle herbeigeeilt – so schnell sieht man selten einen Menschen das Gerüst hinabklettern, es sei denn, es ist Feierabend.

»Ich werde doch wissen, ob ich heil bin«, protestierte die Dame. Während die Ersthelfer sich bemühten, den Gurt zu lösen, versuchte sie, den Griff der Helfer zu lösen, denn jeder der beiden wehrte während der Beschäftigung mit dem Gurt mit seinem jeweils freien Arm die renitente Pilotin ab. Die Choreografie der vier hilfsbereiten und kundigen Arme spielte eine Melodie, die den Zuschauern das beruhigende Gefühl vermittelte, soeben Zeugen einer kontrollierten Situation zu werden. Allerdings hielt sich die Aufregung rund um den Wagen sowieso in Grenzen. Der frühere Oberstudiendirektor Doktor Schwupp war bereits zum achten Mal als Augenzeuge dabei, Debütanten waren auf den ersten Blick gar nicht auszumachen. Bei allen Malheurs der jüngeren Vergangenheit war es ohne schwere Verletzungen, wenn auch nicht in jedem Fall ohne Schürfwunden abgegangen. Einmal – jeder erinnerte sich daran – hatte eine Wunde im Kopfbereich heftig geblutet, wodurch die Szene erst die unvergessliche Dramatik und Nähe zu elementaren Zuspitzungen erhalten hatte, die sich bei einem banalen Wumms einfach nicht einstellen will.

Dann eilten auch schon die Doctores herbei. Sie erschienen von beiden Seiten, einer kam von der anderen Straßenseite. Sehr viel diagonaler kann man eine Straße kaum queren. Insgesamt waren sie zu viert, drei im Kittel, einer in Jeans und gestreiftem Hemd, aus dessen Brusttasche etwas lugte, was man auf den ersten Blick für Verbandszeug oder ein Kabel halten konnte. Aber es schien keinen medizinischen

Bezug zu besitzen, denn er stopfte es, während er eilte, in die Brusttasche, als solle es niemand sehen. Er hätte es besser wissen müssen.

Drei der vier Mediziner hatten eine Gemeinsamkeit: Jeder Passant, der am Wagen versammelt war, kannte sie mit Namen, einige hätten die Sprechstundenzeiten herbeten können, allerdings kaum jemand die Telefonnummer.
»Wurde telefoniert?«, rief Doktor Endlos. Man bestätigte ihm, dass die 112 eifrig bemüht worden war. Sein Name war nicht Endlos, aber sein Name war lang, ehrlich gesagt wollte er gar nicht wieder aufhören. Der Mann hätte damit rechnen können, dass seine Patienten einen Weg finden würden, um die Sache kurz und knapp auf den Punkt zu bringen. Immerhin war er keiner dieser selten gewordenen Träger von Drei-Namen-Namen. Wenngleich bei Medizinern natürlich noch der unvermeidliche Doktor dazukommt, manchmal auch ein Doppeldoktor, wofür es möglicherweise sogar einen Grund gab, den aber niemand wissen wollte. Je weiter fort vom Handfesten und Knochenbrecherischen, also angenehm Soliden sich die Spezialisierung des Mediziners in Richtung auf Therapie und fernöstliches Voodoo zubewegte, umso mehr stieg die Wahrscheinlichkeit, dass am Ende das Format eines herkömmlichen Medizinerschildes kaum ausreichen wollte, um alles zu fassen, was gesagt und gewusst werden sollte. Zumal sich heutzutage niemand seinen Arzt aussucht, indem er sich vor das Haus mit zwölf bis 15 Schildern stellt.

Das Erscheinen von Endlos und seiner Boygroup löste die letzten Beklemmungen bei den Augenzeugen des Wumms auf. Die Bruchpilotin war jetzt in guten Händen. Sie sah wohl auch ein, dass sie gegen vier Experten nicht ankommen würde, faltete ergeben die Hände im Schoß und ließ der Heilkunde ihren unvermeidlichen Lauf. Äußerlich wirkte sie konzentriert und präsent, wenn auch weiterhin kiebig. Aber diese Eigenschaften trafen auf die meisten Bewohner des westlichen Stadtteils zu. Bevor hier jemand als gebrechlich gilt, muss sein 90. Geburtstag in Sichtweite sein. In ärztlicher Behandlung waren alle, das gehörte zum guten Ton. Private Versicherungen waren obligatorisch, diverse Ärzte nahmen gar keine Brot-und-Butter-Patienten mehr an. In vielen Praxen verkehrten komplette Sippen, drei Generationen waren keine Seltenheit, vier Generationen kamen vor, wenngleich die jüngsten Patienten kaum in der Lage gewesen wären, aus eigener Kraft die Wahl ihres künftigen Doktors zu treffen. In der sehr langen und schmalen Straße hatten sich über 40 Praxen angesiedelt. Manch afrikanischer Staat besitzt unterm Strich eine kleinere medizinische Versorgung. Bei dieser Zahl konnte es nicht ausbleiben, dass auch Orchideen-Fachbereiche ihr Auskommen fanden. Wer sich gesund malen und mit seinem Heiler in einer auswärtigen Sprache kommunizieren wollte, die man im besten Fall verstand oder sogar beherrschte oder deren Sinnhaftigkeit man annähernd unterbringen konnte, war hier gut bedient. Kultivierteres Kranksein ist schlechterdings nicht vorstellbar.

Schnell war die Bruchpilotin unter den ärztlichen Körpern verschwunden, schlagartig erlosch das Interesse der Umstehenden.

Im Hintergrund stand die Polizei. Die Beamten wussten, was von ihnen erwartet wurde, und hielten sich zurück, bis die Mediziner ihr in diesem Fall unblutiges Tagwerk verrichtet hatten. Der Helfer mit der Trage zeigte nur pro forma Präsenz.

Das Fotografieren allerdings war unvermeidbar wie bei jedem Anlass, der über den Kauf von drei Brötchen hinausging.

Als die betagte Dame den Wagen verließ, empfing sie aufmunternder Applaus. Es war nicht so, dass sie jugendlich vom Sitz federte, aber sie stand sicher und schien zu wissen, in was für ein Spiel sie geraten war. Vielleicht war ihr sogar bewusst, dass sie in dem Stück die Hauptrolle verkörperte. Auf Berührungen oder gar Umarmungen wurde wohlweislich verzichtet. Das lag natürlich an der endlosen Pandemie, noch stärker jedoch an den leidvollen Erinnerungen an demonstrativen Überschwang in der Vergangenheit, der dazu geführt hatte, dass die betagten Bruchpiloten erst nach Ende der kollektiven Umarmungskur hilfsbedürftig waren.

»Ich weiß, dass das nicht meine Mutter ist«, sagte die Frau unwirsch, die unmittelbar nach dem Ende der kurzen Autofahrt »Mutti« gerufen hatte und losgelaufen war.

»Und dennoch nennen Sie sie Mutti«, sagte die Frau neben ihr besorgt. Man hätte die beiden für Schwestern halten können, aber niemand, der hier zu Hause war, hätte das getan. Dann hätte es nämlich Dutzende und vielleicht Hunderte von Schwestern gegeben, die die Häuser des Stadtteils und der benachbarten Quartiere nicht in jedem Fall belebten, aber jedenfalls bewohnten.

»Sie nennen Ihre Biggi doch auch Biggi. Dabei wissen wir beide, dass die Töle auf den einen Namen so schlecht hört wie auf jeden anderen Namen.«

»Biggi ist ein Hund!«

»Soll mich das trösten?«

»Sie soll trösten, dass Ihre Schwiegermutter nicht im Wagen saß. Sie sind doch froh darüber. Oder? Hören Sie mich überhaupt?«

»Wie? Ich war gerade … Nicht meine Mutter, ja natürlich.«

»Glück gehabt.«

Die Frauen blickten sich an. Die Kiebigkeit, die sie verband wie das Pflaster die Wunde, verschwand nicht schlagartig, aber das ernste Thema bremste ihre bekannte zuschnappende Art ein wenig ins Manierliche ab.

»Es wird ein nächstes Mal geben«, sagte die Frau, deren Hund Biggi hieß.

»Jede Wette.«

»Es ist wie ein Naturgesetz.«

»Nur, dass ein Naturgesetz auch mal ein wenig auf sich warten lässt.«

»Das ist nicht wahr. Naturgesetze haben keinen Feierabend, sie gelten immer.«

»Ach ja? Es regnet also jeden Tag?«

»Was hat denn der Regen mit den Naturgesetzen zu tun?«

Nach diesem aufschlussreichen Kommentar zu den Gründen der MINT-Malaise und den in den technischen und naturwissenschaftlichen Fächern kaum vorhandenen weiblichen Studierenden sagte Biggis Frauchen: »Ist ja auch egal.«

»Es hört einfach nicht auf.«

»Wissen Sie, was ich manchmal denke?«

»Spannen Sie mich nicht auf die Folter. Mein Mann hat auch so eine fiese Art. Nimmt ständig Anlauf, aber springt dann nicht.«

»Mein Problem ist nicht, dass es nicht aufhören will. Manchmal denke ich, es hat noch gar nicht angefangen.«

»Ja, scheiß der Hund drauf. Sie trauen sich was.«

»Aber nicht weitersagen. Man will sich ja nicht unbeliebt machen.«

»Ach, das ist halb so schlimm, wie man denkt. Zuerst glaubt man, keiner redet mehr mit einem. Aber dann merken Sie: Außenseiter sein, hat auch Vorteile.«

»Nämlich?«

»Du wirst nicht mehr so oft eingeladen. Du musst dir nicht ständig diesen Kleinkram-Quatsch anhören.«

»Small Talk.«

»Das auch nicht.«

»Ist denn jemand in Ihrer Familie betroffen?«

»Wir reden alle nicht viel. Manchmal zu wenig, aber nie zu viel.«

»Ich meine die Unfälle.«

Die Frau, die »Mutti« gerufen hatte, klopfte sich gegen die Stirn. Bevor die Begriffsstutzigkeit der anderen sie noch mehr stören konnte, sagte sie: »Ich klopfe auf Holz.«

»Auch eine Spezialität der Familie?«

»Ja! Jetzt, wo Sie es sagen …«

2

Im Stadtteil gab es Polizisten, und es gab Harald Sott. Die einen waren Büttel der Zentralregierung, fremd, wichtigtuerisch und mit dem Gesichtsausdruck, der pausenlos eine einzige Aussage macht: Ich bin wichtig, mit mir ist jederzeit zu rechnen. Die Büttel tauchten aus dem Nichts auf, und am Ende verschwanden sie wieder im Nichts. In der Zeit dazwischen ertrug man sie, übersah sie mit dem routinierten Gesichtsausdruck, der es dem Büttel ermöglicht, das Gefühl zu entwickeln, dass er respektiert wird. Kein zweiter Eindruck konnte weiter neben der Realität liegen. Denn Büttel respektiert man nicht, man bringt sie hinter sich, wie man die Blähung im Bauch nach Genuss von Hülsenfrüchten hinter sich bringt. Es ist eine Frage der Zeit: Büttel kommt, Büttel geht. Was er dazwischen tut, interessiert niemanden außer den Büttel. Nie hat es eine Konsequenz, nie gibt es ein Vorher und Nachher. Nichts, was der Büttel ins Werk setzen könnte, hätte eine Konsequenz auf das Leben der Einheimischen. Nicht einmal auf den Alltag, auch nicht auf den Moment. Büttel ist, was man hinter sich bringt. Man spuckt nicht vor ihm aus, aber man grüßt auch nicht, und wenn doch, dann keineswegs als Erster. Für das Grüßen ist der Büttel zuständig. Dass er es selten und am liebsten gar nicht tut, ist in die erste persönliche Begegnung im öffentlichen Raum von vornherein eingepreist. Man wird nicht Büttel, weil sich der Traumberuf des Tanzlehrers zerschlug. Büttel ist keine Frage von Erziehung oder Charakter, sondern der Gene. Der Büttel hat keine Wahl, er muss werden, was er am Ende geworden ist. Der Büttel lebt im ewigen Irrtum. Das ist tragisch, aber nicht traurig. Büttel bemitleidet man nicht. Auch Henker, die finalen Dienstleister, hatten nicht viele Freunde. Man bediente sich ihrer, weil es einer tun musste. Nicht jeder kann beliebt sein. Nicht jeder besitzt das Talent des Lächelns. Mancher kann froh sein, wenn er Land gewinnt.

Wenn im Stadtteil uniformierte Polizisten auftauchten, wirkte sich das auf den Pulsschlag der Einheimischen nicht aus. Die Begegnung mit einem Eichhörnchen rührte die Gemüter heftiger auf, vor allem positiver. Erst wenn der Büttel Zivil trug, wurde es ernst. Bezirksliga und Zweite Liga. In der ersten spielte man selbst und war unabsteigbar.

Der Einzige, der alle Regeln brach, war Harald Sott. Der bürgernahe Beamte des Stadtteils war das Kind, das jeder gern gehabt hätte, auch wenn man es nicht zugeben würde, denn der eigene Nachwuchs war empfindlich, nahm schneller übel, als man »Papp« sagen kann, und dann brauchte es minutenlanges verbales Gewürge, um die sensible Brut wieder auf Normalnull zu bringen. »Natürlich haben wir dich lieb.«

Aber Harald Sott war einfach herzig. Der uniformierte Mittfünfziger gehörte seit 17 Jahren zum Stadtbild. In dieser Zeit hatte er sich äußerlich kaum verändert. Sein Haarwuchs war schon am Anfang nicht üppig gewesen. Und er mochte vier oder fünf Kilo mehr haben, aber so war das Leben. Und es hat langfristig gesehen eben Konsequenzen, wenn du nach den ersten fünf Jahren des Kennenlernens ein Jahrzehnt lang im Bereich der Hauptstraße von den Einheimischen nicht nur herzlich begrüßt und bespaßt und beplaudert, sondern auch ernährt wirst. Wäre Sott nicht mit eiserner Gesundheit gesegnet gewesen, hätte er sich in den letzten Jahren unweigerlich einen Diabetes angefuttert. Die Hauptstraße verfügte nicht nur über mehrere Dutzend Arztpraxen, sondern auch über eine kaum fassbare Zahl von Bäckereien und Cafés. Die Hälfte der Läden verdiente Geld damit, dass im Verlauf des Vormittags ein Einheimischer hereinsprang und darauf vertraute, dass die Bäckereifachverkäuferin ohne weiteren rhetorischen Aufwand den vor dem Schaufenster sichtbaren Sott wahrnahm, wonach sich alles Weitere wie von selbst ergab: Tüte, Zugriff mit der Zange, einmal, zweimal, über die Theke und tschüss. Manchmal lag das Geld dann auf dem Teller, manchmal passend, manchmal gar nicht. Aber das regte niemanden auf, das glich sich mit der Zeit aus.

Und der aktuelle Trend verstärkte den fließenden Tausch von Ware und Geld noch. Immer mehr Einheimische leisteten in den ersten zwei Tagen eines jungen Monats per Geldschein ihren Obolus für die folgenden vier Wochen, mit dem Obolus wurden die Franzbrötchen für Harald Sott abgerechnet. Es gab dutzendfach andere Brötchensorten und fast so viel unterschiedliches Backwerk. Aber dies war Hamburg, hier musste man nicht zeigen, wie weltläufig man ist. Hier war Franzbrötchen-Land, hier wusste man, was nicht zu toppen ist. Und niemand hatte jemals ein abwehrendes Wort von Harald Sott gehört. Kein verräterischer Muskel im Gesicht, kein Zögern in der Körperspannung und schon gar kein laut geäußertes Wort hatten verkündet, dass Sott die Franzbrötchen-Ära für beendet erklärte. Dieser Mann aß, was in die Tüte kam. Nichts rechnete man ihm höher an als die tausendfach beobachtete Tatsache, tausendmal bettelnde Schulkinder erfolgreich abgewehrt zu haben. Die Jugend wusste, wie der Hase zwischen Bäckerei und Sott lief und hätte gern daran partizipiert. Aber Sott wurde nicht müde, den kleinen Gierschlünden zu erklären, dass er sich um ihre Gesundheit, nicht zuletzt die Zahngesundheit sorgte, weshalb er die Pflicht des Franzbrötchen-Verzehrs demütig und schweren Herzens auf sich nahm. »In 20 Jahren werdet ihr mir dankbar sein«, lautete einer seiner Standards. Dafür liebten ihn alle Erwachsenen und verabscheuten ihn alle Schüler. Was sie jedoch für sich behielten. Denn mit der Empfindsamkeit ihrer kleinen Seelen rochen sie den Braten: Wer es sich mit Harald Sott verdarb, auf den wartete zu Hause der Familiengerichtshof, und dessen Urteil stand von vornherein fest: Verachtung, Fernsehverbot, Smartphone-Sperre oder im schlimmsten Fall: Arrest. Diese Strafe wurde jedoch nur im äußersten Notfall ausgesprochen, denn die Hälfte des Leids bei laufendem Stubenarrest schlug traditionell auf die Erwachsenen durch. Die darum den Anfängen wehrten, bevor die Kleinen Gelegenheit erhielten, sich an diese Art der Sanktion zu gewöhnen und womöglich Gefallen an ihr zu finden.

Jetzt neigte sich Sotts Zeit dem Ende zu. Es war nicht die Gesundheit und schon gar nicht mangelnde dienstliche Leistung. Die war so untadelig wie am ersten Tag.

Sott war bei allen Bewohnern und erst recht bei allen Einzelhändlern und den Mitgliedern des medizinischen Betriebs hoch respektiert. Kompromiss und Wegsehen – dieses nicht zwangsläufig zusammengehörende Begriffspaar hatte Sott zu unübertrefflicher Engführung gebündelt. Er hatte sich Zeit gelassen oder Zeit gebraucht, um die örtlichen Gegebenheiten zu erkennen, zu begreifen und zu akzeptieren. Er hatte herausgefunden, wie der Hase lief, wer die Richtung vorgab, wer wie zu nehmen war, um mit ihm und seinen Interessen zu einem gedeihlichen Miteinander zu finden. Niemand wusste so gut wie Sott, wer Leitwolf war, wer Mitläufer oder uninteressante Nebenfigur.

Jeder konnte Sott jederzeit ansprechen. Und acht von zehn Klagen wogen nur noch halb so schwer, nachdem man sie gegenüber einem anderen Menschen geäußert hatte. Und dann noch Harald Sott, der vielleicht beliebteste *Bürgernahe Polizeibeamte* der gesamten Metropole. Natürlich wurde dieser Posten aus einsichtigen Gründen nicht mit Krawallbeamten und Streithanseln besetzt. Aber auch die Zeit der kauzigen und teilweise grenzwertigen Beamten war Vergangenheit. Der *Bünabe* – also der Bürgernahe Beamte – ist eine Respektsperson. Aber es liegt an ihm, was er daraus macht. Sott hatte daraus örtlichen Frieden gemacht. Sein Revier war die Hamburger Schweiz. Schon vorher hatten sich hier dank der dicht beieinander liegenden sozialen Situationen und Interessen der Bewohner viele potenzielle Brennpunkte mangels Masse von allein erledigt. Vieles wurde auch auf Schienen und in Gremien erledigt, von denen nicht einmal Harald Sott Kenntnis besaß. Aber es blieb immer noch der große öffentliche Bereich. Niemand, der ernst genommen werden will, zählt die drei prominentesten städtischen Einkaufsstraßen auf, ohne die Waitzstraße auf einen der ersten Rangplätze zu setzen. Selbst das überdimensionierte Einkaufszentrum im Einzugsbereich hatte es nicht geschafft, Kaufkraft in nennenswertem oder gar bedrohlichem Umfang abzuziehen. Diese Straße war ein Zentrum der örtlichen Versorgung mit Nahrungsmitteln und Produkten des täglichen Bedarfs. Aber es war noch viel mehr: das größte Ärztehaus der Stadt, die anheimelndste Atmosphäre, die gelassenste Stimmung, die an manchen Tagen den Vergleich mit südlichem Lebensstil nicht zu scheuen braucht. Dazu kamen die Kaufkraft, das Bildungsniveau, die traditionell an die Kandare genommene und geschickt gelenkte Kinderschar, die sehr überschaubare Zahl von Mitbürgern aus anderen Kulturkreisen. Natürlich hasste hier niemand Ausländer, und man wünschte den Mitbürgern in den damit befassten Stadtteilen alles Gute, vor allem gute Nerven. Aber niemand ging so weit, den Nachbarn Sott als Konfliktlöser zu empfehlen. Sott gab man nicht her, Sott gehörte dem Stadtteil, auch wenn er nicht hier wohnte. Man wusste gar nicht, ob er insgeheim eine Sehnsucht danach verspürte. Niemand hatte ihn jemals gefragt, und er hatte sich nie diesbezüglich geäußert. Sott war verheiratet und hatte Kinder, angeblich zwei. Man hatte sie nie persönlich erlebt, dabei hielten es viele für naheliegend, ja geradezu natürlich, dass er seiner Familie vorführte, wo er seine Arbeitszeit verbrachte. Immerhin ernährte der Stadtteil ja in gewisser Weise die Familie Sott. Vereinzelt waren Stimmen laut geworden, die Sott Undankbarkeit vorwarfen, auch das Wort Hochnäsigkeit war wohl gefallen. Aber die große Mehrheit ging davon aus, dass es gut war, wie es seit 17 Jahren war.

Umso größer der Schock, als sich herumsprach, dass Sotts Tage gezählt waren. Plötzlich war von einem Nachfolger die Rede, von einer Zeit nach Harald Sott. Alle Dämme brachen, man überfiel den Beamten mit Fragen, und Sott blieb die Antwort nicht schuldig. »Die Häuptlinge haben entschieden. Verjüngung des Kaders, diese Richtung.«

Hatte Sott goldene Löffel geklaut? Niemand vermisste goldene Löffel. Die im Stadtteil ansässige Berufswelt streckte ihre Fühler ins Polizeipräsidium aus. Und in der Tat: Es handelte sich um eine der in der Bürokratie unvermeidlichen hektischen Aufgeregtheiten, mit denen sich der träge Apparat Lebensenergie zuführen will, indem man Figuren hin- und herschiebt, Spielchen mit der Zuständigkeit betreibt, Hierarchien neu zusammensetzt – um am Ende zu einem einerseits neuartigen Zustand zu gelangen, der sich unterm Strich jedoch in nichts vom alten Zustand unterscheidet. Auf Harald Sott wartete der künftige Einsatz in Grundschulen, niemand im Stadtteil konnte ihn sich im Kreis von hektischen und lauten Kindern vorstellen. Sott konnte das auch nicht, aber es hatte eine kleine finanzielle Rochade stattgefunden, die Sotts Konto Monat für Monat mit 200 zusätzlichen Euro füllen würde. Frau Sott war entzückt, weil nun der Filius während seines Maschinenbaustudiums in Braunschweig mit wirkungsvollerer Unterstützung gefüttert werden konnte.

In sechs Wochen würde Sotts letztes Stündlein schlagen, alle wussten, dass es sich bei dem Mann, mit dem er heute im Stadtbild unterwegs war, um seinen Nachfolger handelte. Niemand in der Straße sprach den Neuen an, nicht einmal Sotts Nähe suchte man heute. Das lag nicht nur daran, dass Sott im Vorfeld behutsam darum ersucht hatte, ihn nicht in Verlegenheit zu bringen. Angeblich würde der potenzielle Nachfolger noch mit seiner Entscheidung ringen, da konnten persönliche Ansprachen nicht nützlich sein. Das sah man im Stadtteil ganz anders, aber niemand wollte es sich mit Sott in den letzten Tagen verderben. Doch sie hatten den Neuen im Auge, jeder hatte ihn im Auge. Und wer nicht rechtzeitig zur Stelle war, den suchte man in der Firma oder im Geschäft oder in der Familie und rief ihn ans

Fenster, damit er einen Blick werfen konnte. In den blick-stärksten Momenten des Tages wurde Sotts Begleiter von mehr als 50 Augenpaaren gleichzeitig beobachtet. Man fand den Neuen nichtssagend, uninteressant, wenig anziehend. Niemanden zog es in seine Nähe. Hätte man gewusst, dass sein Name Lübecker lautete, hätte ihm das weitere Minuspunkte eingebracht.

»Hier tragen die alten Leutchen also ihre Rennen aus«, sagte Lübecker. Sott konnte nicht gleich antworten, denn er speichelte gerade das zweite Franzbrötchen des Tages ein. Er hatte es dem Kollegen angeboten, doch der hatte abgelehnt. Angeblich hatte er es nicht mit Süßigkeiten. Das ging ja gut los.

»Es sind keine Rennen im eigentlichen Sinn«, sagte Sott dann. »Zum Rennen gehört ja, dass du auf Touren kommst. Sie steigen ein, der Motor springt an, der Fuß sucht und findet nicht, es knallt und scheppert, und schon ist es vorbei.«

»Verstehe ich nicht«, sagte Lübecker. »Da sind die Parkplätze, klare Sache. Du steigst ein, klare Sache. Du zündest die Ladung, fädelst dich ein und gut ist.«

»Das ist die Theorie.«

»Aber soweit ich das verstanden habe, crashen sie nur hier.«

»So sieht das aus.«

»Warum tun sie das? Warum legen sie nicht zu Hause ihren eigenen Carport flach? Oder wenigstens in ihrer Straße? Ich habe das immer wieder in der Zeitung gelesen. Es geht doch schon seit Jahren so. Und immer hört es sich an, als wenn sie extra hierherfahren, um den Wagen platt-zufahren. So wie unsereins nach Timmendorf fährt, um zu baden.«

»Wir sind jetzt oft in Büsum.«

»Nach Büsum kann man doch nicht fahren.«

»Früher nicht. Jetzt bauen sie den Ort um. Wird richtig schön und hip.«

»Sieht nicht mehr aus wie in der Zeit, als Brandt Kanzler war?«

»Richtig hip.«

»Aber ihr baut in Büsum keinen Unfall.«

»Bis jetzt nicht.«

»Dann hoffen wir mal, dass das auch so bleibt.«

3

»Oh, pardon. Ist das hier nicht öffentlich?«

»Orientieren Sie sich einfach an den Türen. Wo es keine gibt, darf die Welt hinein.«

Das Paar lachte, wie nur ein langjähriges Paar lacht: so harmonisch, dass man mitten hineinschlagen wollte in so viel geil ausgestellte Harmonie.

Jörg Ehrenreich sah zu, wie sie die Pariser Aufstände an den Wänden betrachteten. Vom Alter hätten sie dabei sein können. 1968, erste große Schülerliebe, Ostern in einer Klapperkiste auf den Weg gemacht, ein Bett bei Freunden oder in einer verranzten Pension. Zwischen den Mahlzeiten ein Stündchen Revolution. Das belastet nicht den Magen und macht Hunger auf eine Portion Muscheln und etwas, das wie Weißwein aussieht, aber nur am Rand danach schmeckt.

Etwas im Professor dachte: Komm wieder runter, Junge.

Erst tauchte Knödler auf, gefolgt von Roderich. Was hatten die alten Zausel nur miteinander? Wo einer war, war sofort der andere. Dabei mochten sie sich nicht einmal. Die Villa war groß genug, um sich aus dem Weg zu gehen.

Roderich kam zum Hausherrn: »Was sehen wir uns da gerade an?«

Dass man im 21. Jahrhundert so gestelzte Fragen stellen konnte! Manchem bekommt das Altwerden ganz hervorragend, und er gewinnt mit jedem Jahr. Aber bei manchem quellen die neunmalklugen Talente auf wie jahrzehntelang verborgene Pickel, die kurz vor Torschluss doch noch ihren

Weg finden. Dabei ist trockene Haut eine der wenigen Segnungen im siebten Jahrzehnt und auch danach. Endlich keine Hautunreinheiten mehr.

Die beiden Zausel standen mit Ehrenreich am Tisch. Er hatte ihn extra aufbocken lassen, damit die Fotos dichter an die Augen rückten. Nicht, weil er Probleme mit dem Sehen hatte, gute und wichtige Bilder mussten dicht bei einem sein, sonst blieb alles akademisch. Wie in einer stinknormalen Bücherei. Oder einer Galerie, die nie gelernt hat, was möglich ist.

»Volltreffer«, sagte Knödler. »Das ist wie Sex. Man verlernt es einfach nicht.« Viermal geschieden und immer noch Mut zu solchen verbalen Blamagen.

»Vorgestern«, sagte Ehrenreich. »Meine alten Nachbarn. Die letzte Brigade, auf die noch Verlass ist.«

»Was hat's diesmal gebracht?«, fragte Roderich.

»Ein kleiner Schreck, leichtes Aua in den Handgelenken, sonst absolut nichts.«

»Ich verstehe nicht, warum sie sich jedes Mal so sehr ans Lenkrad klammern«, sagte Knödler.

»Woran sollen sie sich sonst festhalten? Ist ja kein Ritter in strahlender Rüstung in der Nähe.«

»Laufnummer?«

»21. In vier Jahren oder fünf.«

»Sauber. Das ist, als würden wir neben einem Schlachtfeld wohnen.«

Ehrenreich blickte den alten Freund so lange an, bis dem wohl klar wurde, dass nur einer in der Runde hier seinen Lebensmittelpunkt hatte. Die anderen waren Gäste, die sich hier wohl fühlten. Sehr, sehr wohl.

Roderichs Eva fragte gar nicht mehr nach, ob ihr vermisster Liebster eventuell bei Ehrenreich aufgetaucht sei. Und er reichte sie auch gleich ans Zielobjekt weiter. Small Talk hatte er mit Eva zuletzt vor 20 Jahren gehabt. Sex vor 15.

Ehrenreich sagte: »Schon ins *Abendblatt* geguckt?«

»Nein. Soll ich?«

»Es ist, als würden sie jedes Mal den Text vom letzten Wumms abdrucken.«

»Vielleicht tun sie's ja. Und wir glauben es nur nicht, weil wir es nicht für möglich halten.«

»Arbeitest du seit Neuestem beim *Abendblatt*? Na siehst du, sie tun es nicht.«

Ehrenreich zählte die Textbausteine auf: wiederholter Crash auf der Waitzstraße im Hamburger Westen. Diesmal nicht durchs Schaufenster mitten in den Laden, sondern knapp daneben zwischen Schaufenster und Eingangstür gegen die Wand. Wieder ein Fahrer in fortgeschrittenem Alter, eine Frau von 79. Wieder nur Schreck, keine ernsthafte Verletzung. Wieder Gas und Bremse verwechselt und auf kürzestem Weg vom Schrägparkplatz ins Ziel. Und vor allem: wieder ein Klotz von Auto, wieder ein SUV, in den acht Personen passen. Aber am Steuer sitzt ein mickriges altes Fräulein, schick gekleidet. Ihren Verstand hat sie zu Hause vergessen, die Lederhandschuhe für die kurze Fahrt zum Arzt bedecken die zarten Hände und verleihen ihnen etwas Nobles. Frau von Welt fährt mit 350 PS zum Brötchenholen und Erneuern des Rezepts. Selbst der Interviewtext war austauschbar. »Ich wollte doch nur ausparken, aber dabei muss ich die Pedale verwechselt haben. Oder wie heißt das da unten, wenn es nicht das Klavier ist?«

»Jetzt wird es wieder losgehen«, murmelte Ehrenreich und sah die Bilder durch. Als gut zahlender Kunde von zwei städtischen Pressefotografen erhielt er regelmäßig aktuelle Lieferungen ihrer tagesaktuellen Arbeit. Schwerpunkte waren Demonstrationen, Gerichtsverhandlungen, Unfälle im Hafen oder in Fabriken. Auch über das internationale Netzwerk lief regelmäßig Bilderbeute ein. Alle drei, vier Jahre verwandelten sich 5.000 Fotos in eine neue Ausstellung. Der frühere Professor der hiesigen Hochschule für bildende Künste blieb seinem Thema treu, allerdings hatte er das Videomaterial weitergereicht und konzentrierte sich auf fotografische Zeugnisse von Situationen, in denen Menschen in elementare Situationen gerieten. Kämpfe gegen die Autoritäten, gegen Schwerkraft und andere Naturgesetze und gerne Verkehrsunfälle, egal ob Autos, Züge, Flugzeuge, Schiffe. Es musste nicht der Tod sein, den das Foto abbildete. Es musste der Augenblick sein, in dem es geschah oder gerade geschehen war. Der Schreck und wie die Menschen auf ihn reagierten: Verwundete, Davongekommene. Oder Todesopfer.

In seiner Villa war der alte Professor umgeben von zahllosen Dokumenten menschlichen Erlebens und Erleidens. Für ihn war das mehr als Anlass für kitschige Gedanken in platt-philosophischer Schreib- und Sprech- und Zeigeweise. Er suchte den Moment, in dem jede Autorität und jede Vorsicht ad absurdum geführt wird: kein Gurt mehr, keine Stoppschilder, keine Rettungsweste. Vor allem kein wirksamer Eingriff von Polizei und Militär und allen Vasallen, mit denen die Staaten ihre erschwindelte Macht gegen die Menschen schützen. Nicht gegen das Volk, das klang so pathetisch. Einfach gegen die Menschen. Weil der Mensch seit seiner Geburt der natürliche Feind staatlicher Ordnung ist. Und ganz besonders sehr junge und sehr alte Menschen. Weil bei ihnen die Kraft nachlässt oder noch gar nicht ausgebildet ist. Und auch, weil Kinder und Greise sich nicht um unsere Schutzvorrichtungen kümmern, sie durchbrechen sie und berühren uns im Innersten: weil sie uns leidtun, weil wir ihren Schreck und ihren Schmerz spüren. Und weil wir uns vor den Sprüchen ekeln, mit denen die angeblichen Beschützer danach auf das Geschehen reagieren: überheblich, einengend, neunmalklug. Und auch beim angeblichen Versuch, künftiges Unglück vermeiden zu wollen, rauben sie den Kleinen und den Alten Selbstbestimmung und das Recht auf eigene Entscheidungen. Das Unglück als seltener Moment von Freiheit. Unabhängig von den Fragen nach Schuld oder Unschuld, die in unserer Zeit längst zu Schmalspurfragen verfault sind, gerade gut genug, um Versicherungsansprüche zu klären.

Die Unfälle vor seiner Haustür hatten Ehrenreich vom ersten Unfall an bewegt, jeder weitere Vorfall war ihm unwirklich und immer unwirklicher erschienen, hatte ihn deshalb aber auch angefeuert. Zumal bis auf geringste Ausnahmen nie schwere körperliche Schäden zu beklagen waren. Stattdessen entstiegen alte Menschen panzerähnlichen Gefährten, mit denen sie gerade fünfstellige Sachschäden produziert hatten. Stiegen aus, zitterten ein wenig, aber meistens nicht einmal das. Und dann ließen sie herrliche Sprüche ab, die Ehrenreich jedes Mal zum Lachen brachten. Noch komischer fand er nur die Versuche der Medien, bloß keinen Lachimpuls zuzulassen. Stattdessen tat man immer so, als sei der bemitleidenswerte Senior dem Tod so gerade eben von der Schippe gesprungen. Als wäre es möglich, sich durch einen Satz von fünf Metern im Schutz eines Panzers in körperliche Gefahr zu bringen. Ehrenreich hatte sich das von Experten bestätigen lassen. Natürlich konnte man auch auf dieser Grundlage seinem Körper Verletzungen

zuführen, sogar schwere. Aber das Risiko hatte eine Null
vor dem Komma.

Dieses Expertenwissen hielt Ehrenreich den Rücken frei
und erleichterte es ihm, moralische Einwände wegzuwi-
schen, wenn er die zahlreichen Autounfälle vor seiner
Haustür als vorbildliche Protestaktionen bezeichnete;
als bewusste und vorsätzliche Nadelstiche der Lebenserfahrung gegen die Zumutungen des freien Willens durch
Buchhalter-Appelle von Polizei, Politik, Verwandtschaft.
Und dann Ehrenreichs Lieblingsfeind: die Bürokratie.
Das Ungeheuer ohne Gesicht und ohne Gehirn und ohne
Hauch einer positiven Ausstrahlung. Aber vollgestopft
bis zur flachen Stirn mit Macht und den Waffen, um den
Machtanspruch durchzusetzen. Nicht durch Polizei fühlte
sich Ehrenreich bedroht. Polizei rangierte für ihn noch
hinter dem Finanzamt. Polizei war auch nicht pathetisch,
im Gegensatz zu evangelischen Pastorinnen. Polizei war
in der Regel sachlich, so sehr sachlich, dass es Ehrenreich
gelangweilt hatte. Je älter er wurde, umso stärker wurde
in ihm der Impuls, alle vier bis fünf Minuten in den Kreis
kluger Erörterungen eine Stinkbombe zu werfen; etwas,
das den Ernst aushebelte, die Vernünftigkeit schwindlig
machte und die angebliche Alternativlosigkeit als das entlarvte, was sie zweifellos war: Geschwätz und Gefasel und
die Weigerung, wirklich nachzudenken.

Ehrenreich war bewusst, dass alte Menschen anstrengend
sein können: je dichter der Verwandtschaftsgrad, umso
anstrengender. Aber auch betagte Nachbarn können soziale
Lästlinge sein. Und manche legen es geradezu darauf an.
    »Das muss verhindert werden«, murmelte er.

»Passiert schon nichts«, behauptete Knödler. Er hatte wieder sein Wo-hast-du-die-Schokolade-versteckt-Gesicht. Der Mann verdrückte am Tag problemlos drei Tafeln. Und nahm dabei nicht zu. Er ging nicht einmal häufiger aufs Klo. Ehrenreich hatte das beobachtet und statistisch abgesichert. Er war nicht stolz darauf, aber manchmal muss der Mensch machen, was der Mensch machen muss, damit er wieder ruhig schlafen kann.

Knödlers Behauptung war nicht völlig absurd. Bisher hatte sich der Einfallsreichtum der Bürokratie allein um die Frage gedreht, ob man die Parkplätze in der Unfallstraße künftig so oder etwas anders anbringen sollte. Dabei jonglierte man freihändig mit hohen sechsstelligen Summen, die einen verantwortungsvollen Politiker schwindlig machen würden. Gut, dass es solche Politiker nicht mehr gab. So konnte das Leid auf der Erde nicht noch weiter vermehrt werden.

»Warum können sie nicht akzeptieren, dass das hier bei uns der statistische Ausreißer ist?«, sagte Roderich. Der frühere Lehrer und jetzige Amateur-Astronom war immer gut für einen nachdenkenswerten Einwurf. Leider hatte er auch die Neigung, das, was klar war, noch weiter der Klärung zuführen zu müssen. »Es gibt eine Million Straßen auf der Erde. Auf den meisten passiert nie ein Unfall oder nur sehr selten. Auf einigen kracht es häufiger, die nennen wir dann Unfall-Schwerpunkte. Und bei uns kracht es eben jede Woche. Wir sollten das ins Positive wenden.«

»Wie würde sich das anhören?«, ätzte Ehrenreich. »Gestatten, Roderich, ich bin ein statistischer Ausreißer?«

Ehrenreich saß dicht am Unfallgeschehen. Er kannte nicht nur das, was in der Zeitung stand. Er kannte auch, worüber die Menschen auf der Straße redeten, wenn sie an der Stelle standen, an der es zuletzt gekracht hatte. Meistens schaukelte ja rot-weißes Absperrband im schwachen Westwind und verkürzte einem die Wartezeit bis zum Anrücken eines Reparaturtrupps. Ein Vierteljahr später sah alles aus wie vorher, und alles war aufs Sorgfältigste für den nächsten Angriff auf die Vernünftigkeit vorbereitet. Ehrenreich hatte gehört, wie über die Entmündigung der alten Menschen gesprochen wurde. Ohne Entschuldigung, ohne vorherige Bitte um Verständnis für das, was nun folgen würde. Die Palette war breit und gar nicht fantasielos, was ihre Widerwärtigkeit eher noch verstärkte: Benutzungsverbot von SUVs für Fahrer ab 65 Jahren. Parkverbot für starke Limousinen für Arztbesuche. Landesweite Einführung von Gesundheitsprüfungen bei Fahrern ab einem bestimmten Alter. Verteuerung der Versicherung für Senioren. Absolutes Fahrverbot für jeden ab 70, 75, 80, 85. Einbeziehung der Familien in den Kampf gegen greise Fahrer durch Führerscheinentzug bei sämtlichen Kindern von alten Fahrern, egal, wo die Kinder lebten und ob sie überhaupt die Chance hatten, Einfluss auszuüben.

Die meisten Debattenbeiträge wurden in dem Augenblick zu Makulatur, wo der Erste in der Runde eine Bemerkung fallenließ wie diese: »Alte Leute sind so was von stur.«

Umgehend bildete sich dann auf den meisten Gesichtern Gram und Kummer ab, hervorgerufen durch schmerzliche Erinnerungen an familiäre Konfliktlinien. Denn fast jede Familie erlebte Versuche, in denen unternehmungslustigen bis störrischen beziehungsweise unbelehrbaren Senioren von ihren Kindern angeraten worden war, den Führerschein zurückzugeben.

Ehrenreich war Ohrenzeuge gewesen, als eine Frau von etwa 50 auf der Straße ausgerufen hatte: »Sie hat gesagt, der

SUV ist das Äußerste, was sie an Kompromiss anzubieten hat. Der SUV! Ein Panzer als Friedensangebot! In meinem nächsten Leben werde ich Generalsekretärin der NATO.«

»Da!«, rief in diesem Moment eine weibliche Stimme hinter den drei Männern. »Das bin ich! Das bin ich! Das gibt's ja nicht.«

Ihr männlicher Begleiter, der neben ihr an der Wand mit der Bilderserie stand, sagte: »Aber du warst nie in Paris! Und 1968 warst du erst zwölf. Oder 13.«

»Ich weiß! Ich weiß! Aber das bin ich! Kein Zweifel! Ein Wunder! Und wenn du mich wirklich liebst, gibst du zu, dass das da links ich bin. Ich höre nichts! Ich höre immer noch nichts!«

4

»Ist das Muckefuck oder richtiger Kaffee?«

Frau Hübsch prallte zurück, als habe sie einen Schlag ins Gesicht erhalten.

»Ich habe mich ja hoffentlich verhört«, fauchte sie.

Ihr Gegenüber besaß kein Gespür für Schwingungen, die seine körperliche Unversehrtheit gefährden könnten. Frohgemut ritt er sich noch tiefer in seine Malaise hinein, indem er sagte: »Ich habe die Erfahrung gemacht, dass man in Kreisen wie diesem hier vorsichtig sein muss.«

»Und das machen Sie am Kaffee fest?«

»Woran denn sonst? Kaffee ist ein Charakterverstärker.«

»Ein was bitte?«

»Ein Charakterverstärker. Am Brimborium, den einer mit Kaffee anstellt, erkennt man gleich, wo man gelandet ist.«

»Und wenn ich Ihnen sage, dass wir hier fair angebauten Kaffee trinken, wie fühlen Sie sich dann?«

»Nicht mehr so unbelastet wie vorher. Aber noch mit beherrschbarer Unruhe. Mit so was muss man heutzutage ja rechnen.«

Hätte die Evolution den Menschen mit der Fähigkeit ausgestattet, Dampf aus den Ohren abzulassen, um inneren Druck zu mildern, wäre ihr Kopf jetzt eingenebelt gewesen.

»Ich bin kein Gutmensch«, knurrte sie. Sie konnte tiefer knurren als der Hund, den sie besessen hatte, als sie noch im Kreis einer Familie gelebt hatte. Einer vollständigen Familie – mit Mann und ähnlichem Gedöns.

»Wer noch nicht pullern war, sollte langsam in die Gänge kommen!«, rief der Versammlungsleiter. Streng genommen war er nicht der Leiter der Runde, aber aus seiner Praxis im Bezirksamt war er es gewöhnt, den Ton anzugeben. Im Gegensatz zu seinen Kollegen, die sich bis heute nicht daran gewöhnt hatten. So was legen manche Menschen ganz schlecht wieder ab, auch wenn sie Kontakt mit der außerbehördlichen Realität bekommen.

Als alle an den hässlichen Tischen mit den pflegeleichten Oberflächen Platz genommen hatten, mussten sie nur noch die Zeit überbrücken, bis es dem Empfindlichsten in der Runde gelungen war, die auf dem Tisch liegende Zigarettenpackung auszublenden. Dass im Haus nicht geraucht wurde, bedurfte keiner Erwähnung. Aber man näherte sich dem Stadium, in dem auch das rauchlose Herzeigen unangezündeter Zigaretten beziehungsweise die bloße Ahnung von der körperlichen Nähe solcher Giftspritzen auf den Index gesetzt werden würde.

Im Stadtteilbüro waren an diesem Vormittag besorgte Menschen zusammengekommen, ein Mix aus Politikern, Behördenangehörigen und Vertretern sozialer Organisationen aus allen weltanschaulichen Himmelsrichtungen. Die Versammlung besaß keinen offiziellen Auftrag, und über ihr Treffen würde kein Protokoll angefertigt werden. Das hatte selbst Frau Hübsch akzeptiert, wenn auch schweren Herzens. Die Frau führte für ihr Leben gern Protokoll. Mit dieser weit ins Privatleben hinein mäandernden Leidenschaft hatte sie ihre Scheidung spielend auf die vierfache zeitliche Dauer eines herkömmlichen Verfahrens getrieben und allen Beteiligten unvergessliche, wenn auch keine schönen, Momente beschert.

»Wo waren wir stehen geblieben?«, begann der selbst ernannte Leiter. »Beim Entschluss, kollektiv Platz zu nehmen«, entgegnete die Kopfseite des Tisches. Alle wussten nach den ersten zwei Stunden, dass von hier die originellen Einwürfe zu erwarten waren, die nach Lage der Dinge nicht zu vermeiden sein würden. Ab einer Teilnehmerzahl von etwa acht ist das breite gesellschaftliche und charakterliche Spektrum mit jeweils wenigstens einem Mitglied vertreten. Damit muss man leben, der Pluralismus ist nicht vergnügungssteuerpflichtig.

Der Einzelhandel hob den Arm und wurde aufgerufen. In den ersten Minuten war man gemeinsam Zeuge geworden, wie lange ein Arm einsam den Luftraum bevölkern kann, bevor sein Inhaber so eine schülerhafte Attitüde freiwillig beendet. Allerdings hatte sich durch dieses Verhalten das Muster des männlichen Oberhemdes rund um den erhobenen Arm tief ins Gedächtnis aller Teilnehmer eingebrannt.

»Ich wiederhole mich nur ungern«, sagte der Einzelhandel. Diese Floskel wäre bedeutend glaubwürdiger gewesen, wenn sie zu diesem Zeitpunkt nicht zum ungefähr zehnten Mal erklungen wäre. »Wir haben bis jetzt ungeheures Glück gehabt. Bei fast 20 Crashs waren lediglich zwei Folgen zu beklagen, die als Verletzung zu bezeichnen sind. Verletzung im weitesten Sinn.«

»Wo fängt denn bei Ihnen die ernsthafte Verletzung an? Unterhalb von Amputation oder oberhalb?«

Für einen Vertreter des Grünanlagenwesens in Tateinheit mit Bienenschutz war das eine erstaunlich rüde Bemerkung. Der Einzelhandel ließ sich dadurch nicht beeindrucken, denn kaum ein zweiter Berufszweig besitzt so viel Kenntnis von der Mannigfaltigkeit charakterlicher Facetten wie jemand, der Tag für Tag Dutzende ihrer Vertreter empfängt. Und dann noch mit freundlichem Gesicht, was die Sache im Einzelfall nicht leichter macht. Und was mancher Händler auch nur schafft, indem er sich an jedem Tag – meistens nachmittags – ein Opfer herauspickt, um es nach Strich und Faden kleinzumachen und gegen sich einzunehmen. Das ist nicht die feine Art, und einem entgeht in der Regel Umsatz. Aber es tut der gepeinigten Seele gut, und jeder Mensch hat das Recht auf Notwehr. Zehn Stunden im Geschäft sind kein Kindergeburtstag. Oder mehrere Kindergeburtstage auf einmal.

Allen am Tisch war bewusst, dass der erste Unfall mit beträchtlichen Verletzungen eine neue Seite im jahrelangen Drama aufschlagen könnte. Längst hatte man sich an die Vorstellung gewöhnt, dass ein Auto nach wenigen Metern Vollgas kaum in der Lage ist, mehr zu erzeugen als Sachschaden. Aber allen war auch bewusst, dass es nur eine Frage der Zeit war, bis auf der rasenden Fahrt zwischen Parkplatz und Hauswand ein Passant dazwischengeraten könnte. Egal ob Berufstätiger oder Senior. Empfindliche Gemüter sahen vor ihrem geistigen Auge einen Kinderwagen oder eine Kinderkarre, wie sie niedergemäht und zerquetscht wird. Das will sich niemand vorstellen und muss es deshalb immer wieder tun.

»Das ist Lebensrisiko«, sagte ein Gesicht, das alle von Plakaten kannten, weil es in der kommunalen Politik mehr von sich reden machte als in seiner beruflichen Tätigkeit im Tiefbau.

»Das ist Quatsch«, sagte ein anderes Gesicht. Es konnte Zufall sein, dass es in diesem Augenblick mit dem Feuerzeug spielte. Es konnte auch Vorsatz sein. Manche Zeitgenossen brauchen das Gefühl, von allen gehasst zu werden.

»Ihr habt alle recht«, behauptete die Frau neben dem selbsternannten Leiter. Ihre leidige Sehnsucht nach Harmonie war den meisten bekannt. Die Frau besaß das Talent, einen Herbststurm, der ein Dutzend städtischer Bäume flachgelegt hatte, als vielleicht zerstörerische, aber vor allem elementare und beeindruckende Manifestation der Schöpfung schönzureden. Dennoch ließen sich viele hiesige Familien am liebsten von dieser Person verbal durch Beisetzungen im Familienkreis begleiten. Ihr Einerseits – Andererseits hatte etwas Magisches, dem man sich nicht entziehen wollte. Mancher, der sie häufiger erlebte, neigte seinen Oberkörper beim Einerseits schon automatisch leicht auf eine Seite, um beim Erreichen des unvermeidlichen Andererseits deutlich, wenn auch nicht aufdringlich zur anderen Seite zu schwingen.

Als der Lehrer das Wort ergriff, wurde allen bewusst, wie viel Zeit man schon ohne Beitrag eines Pädagogen überstanden hatte. Niemand wusste genau, in welcher Teilfunktion der Multifunktionär jeweils sprach. Vielleicht wusste er es selbst auch nicht. Dafür sprach er viel zu gern.

»Reden wir zur Abwechslung Klartext. Es gibt zwei Problemfelder. Auf dem ersten Feld stehen unsere hochverehrten alten Mitbürger. Auf dem zweiten Feld stehen die Schlachtschiffe, mit denen sie in unsere geliebte Einkaufsallee fahren. Manche nehmen dafür weite Anfahrtswege in Kauf. Weiß eigentlich jemand, wie oft es bereits dabei zu Konfrontationen mit harten Gegenständen kommt?«

Niemand wusste das, es war auch nicht Thema der Versammlung. Heute ging es nicht um den Weltfrieden, da musste es erlaubt sein, auf Lücke zu denken.

Der Multifunktionär fuhr fort: »Alte Mitbürger und dicke Autos: Daraus entsteht gefährlicher Sprengstoff. Man könnte lange darüber nachdenken, warum es nicht schon seit 50 Jahren kracht oder seit 20 Jahren. Aber wir alle leben im Hier und Jetzt, und erst seit kurzer Zeit kommt es zu dieser unheilvollen Ballung. Es ist jedes Mal nur ein satter Bums, und er wird beendet sein, wenn es uns gelingt, die beiden Bestandteile des Sprengstoffs voneinander zu trennen.«

Was jetzt kam, war unvermeidlich, und es kam immer an dieser Stelle: »Sie wissen genau, dass das gegen das halbe Grundgesetz auf einmal verstößt.«

»Ich habe keine Forderung gestellt«, flunkerte der Multifunktionär.

»Wir können keine Verbote aussprechen«, stellte der Parteipolitiker aus dem liberalen Formenkreis klar. »Das fliegt uns sofort um die Ohren. Jeder zweite Senior hat einen Juristen in der Familie. Und die anderen kennen einen Juristen, die meisten kennen zwei, weil Juristen erstaunlich oft bei uns einheiraten. Und nicht wenige waren selbst Juristen. Oder sind es, denn Jurist bleibt man ja sein Leben lang. Was die Sache nicht einfacher macht.« Im Unterschied zu den meisten Mitgliedern seiner Partei hatte er seinen Sitz in einem Parlament noch nicht verloren und hielt unverdrossen die liberale Farbe hoch, obwohl weder Blau noch Gelb zu seinen Lieblingsfarben gehörte. Aber wäre es nach der Farbe gegangen, würde er seit vielen Jahren nicht mehr hier wohnen, sondern auf Kuba.

»Wenn unsere allseits geliebten Rennfahrer freiwillig verzichten würden, wäre alles gut …«

»Einspruch!«

»Einspruch stattgegeben.«

»Einsprecher dankt.«

»Und sollte anfangen zu reden. Wir werden alle nicht jünger.«

»Dann fang ich einfach mal an. Ich plädiere für den dritten Weg.«

Die Runde stöhnte auf. Sobald sich ein Teilnehmer als Anhänger des dritten Wegs zu erkennen gibt, wird alles komplizierter, vor allem zeitaufwendiger. Weil dieser Teilnehmer stur ist und stolz auf sein angeblich ach so unkonventionelles Denken, obwohl es dafür nur einen einzigen Grund gibt: Er ist unfähig oder unwillig, sich auf eine Seite zu schlagen, egal auf welche.

»Ich setze auf Freiwilligkeit«, sagte der dritte Weg.

»Das ist noch naiver als der Glaube an den Weihnachtsmann.«

»Wir müssen die Rennfahrer dazu bringen, freiwillig auszusetzen.«

»Wurde tausendmal versucht, und tausendmal ist nichts passiert. Komisch, in dem Lied damals hat sich das gereimt. Also hinten. Hinten gereimt.«

»Er hat recht«, sagte der Leiter. Er mochte es, wenn er sich auf eine Seite schlug. Er sah dann jedes Mal im Geiste, wie sich die bis dahin im Gleichgewicht befindliche Waage sichtbar für eine Seite entschied. Und immer sah die Waage dann aus, als würde sie es begrüßen, dass endlich jemand diese quälende und lähmende Unentschiedenheit weggepustet hatte. Der Leiter hielt sich in aller Bescheidenheit für eine Bereicherung jeder Runde. Aber er hielt sich auch für einen guten Ehemann und Vater. Und Autofahrer sowie Tennisspieler. Und er war überzeugt, gut Französisch zu sprechen.

»Freiwilligkeit ist das Höchste. Nichts geht über Freiwilligkeit. Aber das ist die schöne Theorie. Die Praxis sieht anders aus. Die Praxis besitzt das renitente Gesicht eines uneinsichtigen Seniors, der überzeugt ist, dass er das Autofahren noch draufhat.«

»Aber wir können nicht länger warten«, sagte die Person, die mit dem Feuerzeug spielte. »Wenn sich morgen eine Oma den Hals bricht, sind wir alle tot.«

Über dieses in mehreren Köpfen entstandene Bild musste einige Sekunden nachgedacht werden.

Die beliebte Trauerrednerin zeigte dann, was sie konnte: »Die Freiheit des Christenmenschen.« Und kein Wort mehr.

»Das hilft uns dann auch nicht mehr«, sagte jemand, der vielleicht noch nichts gesagt hatte. Er war eine dieser unsichtbaren Figuren, die die Runde auffüllen, aber keinen bleibenden Eindruck hinterlassen.

Aber es ging noch schlimmer: »Wir müssen alle sterben.«

»Wirklich?«, fragte der Einzelhandel. »Ist das Ihr Beitrag zu unserem Thema? Zwei und zwei sind vier, und jeden Tag geht die Sonne auf? Und jetzt fassen wir uns alle an den Händen und tanzen um den Tisch herum.«

»Die Freiwilligkeit ist die Seuche«, sagte Frau Hübsch. »Mit der Freiwilligkeit fängt es an, und am Ende macht jeder, worauf er Lust hat.«

»Sie meinen also, dass die Freiheit die Seuche ist. Unsere freiheitlich-demokratische Grundordnung. Wenn die weg ist, gibt es keine Autounfälle mehr?«

Frau Hübsch machte den Fehler, einen Moment zu lange über die letzte Bemerkung nachzudenken. Als sie dann zu retten versuchte, was längst nicht mehr zu retten war, war sie schon allein. Das sind traumatische Sekunden für jeden, der jemals Teilnehmer einer Gesprächsrunde war. Das Elend beginnt mit dem ersten Satz. Manchmal ist Sprechen wie Autofahren. Nur dass sich beim Reden keine rettende Wand zwischen dich und das Elend stellt.

»Vergesst die ganzen Verbote«, rief der Multifunktionär in einer unangebrachten Lautstärke, denn es gab nichts zu übertönen. »Gefragt ist eine unkonventionelle Lösung.

Nein, auch die Deportation aller alten Leute nach Sylt oder Rügen ist keine realistische Lösung.«

»Fehmarn soll schöner sein, als man denkt.«

Alle starrten den erhobenen Arm mit markantem Hemdmuster an. Der Arm konnte sprechen. Und er sagte: »Ich hätte einen Vorschlag, wie man die alten Leute von der Straße kriegt. Beziehungsweise aus dem Schaufenster. Unkonventionell ist der Vorschlag auch. Will ihn jemand hören? Dann könnte ich ihn erzählen.«

5

Es hörte sich nicht dramatisch an, aber ein Bremsgeräusch war es doch. Der Audi ging kurz in die Knie und richtete sich gleich wieder auf. Es sah aus, als würde er sich vor dem kleinen Jungen verbeugen.

Der Junge stand dicht vor dem Kühler, er hätte ihn berühren können. Manche Kinder tun das gerne, Jungen vor allem. Jungen im Autoquartett-Alter. Aber der Junge regte sich nicht, er zitterte auch nicht. Keine Träne war zu sehen. Er stand einfach da und starrte den Wagen an.

Das Fenster auf der Fahrerseite senkte sich ab, schnell und geräuschlos. Im Gegensatz zu der dann ertönenden Stimme: »Wie lange willst du noch im Weg stehen?«

Der Junge sprang auf den Bürgersteig, als würde ihn ein wütender Hund verfolgen. Seine Nachbarn hatten einen großen Hund. Der war nie wütend, aber groß, und der Junge hatte ihm nie getraut, denn er hatte das Gefühl, dass das große Tier nur darauf wartete, dass man es unterschätzte.

»Haben Sie das gesehen?«

»Nein, was gab es denn zu sehen?«

»Sie haben das wirklich nicht gesehen?«

Die erschreckte Frau Passantin starrte die Passantin neben sich auf dem Bürgersteig an. Konnte man so blind sein? So unempfindlich für all das Schreckliche, das rund um einen passierte? In jedem Moment? Und immer dann, wenn man gerade nicht damit rechnete? Also, streng genommen, nicht in jedem Moment, aber zu oft – viel zu oft.

»Der Wagen hätte um ein Haar den Jungen angefahren.«

»Welcher Wagen? Der da?«

»Nein, der andere.«

»Der da?«

»Nein, er ist schon weg.«

»Na, ein Glück, dann kann ja nichts mehr passieren.«

Das sagte sie, während sich dicht hintereinander vier bis fünf Pkw durch die Straße schoben. Keiner von ihnen fuhr schnell, aber sie waren so groß und stark und so viele. Sie waren Autos. Autos sind der natürliche Feind der Menschen. Und der Kinder, vor allem der Kinder. Die erschreckte Frau war Mutter von zwei Kindern. Jenna war die Kluge und Vorausschauende, Jo war der Junge. Die Mutter lebte in dauernder Angst um die Unversehrtheit ihrer kleinen Lieblinge. Bisher war noch nie etwas passiert, aber sie hatte das deutliche Gefühl, dass sich um sie herum eine Art Ereignis-Welle auftürmte, die sich in naher Zukunft auf ihre Lieblinge stürzen würde, um sie unter sich zu begraben.

Die Frau war noch nie Augenzeugin eines Unfalls geworden. Aber sie wusste, wie stark Autos sind. Ihr Gatte fuhr den großen Skoda, sie selbst den kleinen Mazda. An keinem Morgen ließ sie ihren Mann aus dem Haus, ohne ihm vorher einzuschärfen, im Verkehr äußerste Vorsicht walten zu lassen. Er sagte Ja und Amen, meistens beide Worte kurz hintereinander und machte, dass er hinaus ins feindliche Leben kam.

Dabei wohnten sie in Steinwurfweite der S-Bahn. Die Frau hatte ihren Mann 100-mal gefragt, warum er nicht auf die Bahn umstieg, die fuhr ihn bis vor sein Büro an der Stadthausbrücke. Aber so fuhr er jeden Morgen zwei Kilometer bis ins Parkhaus und danach musste er zwei Kilometer zurück ins Büro, zu Fuß. Er tat, als sei das gut für seinen Körper. Training nannte er dieses unlogische Hin und Her. Dabei konnte er auch nach Feierabend trainieren, was er sogar tat, wenn auch mit weniger Ehrgeiz und viel weniger Talent, als es sich seine Frau als junges Mädchen von ihrem Künftigen erträumt hatte. Er nannte es Tennis und Squash, sie nannte es Stümperei und unelegantes in der Luft Herumhacken. Aber das behielt sie für sich, denn sie wusste, wie empfindlich manche Männer sind, und der, mit dem man verheiratet ist, ist stets der empfindlichste. Leicht eingeschnappt wie ein Mädchen.

Aber am meisten Angst hatte sie davor, dass ihm auf der Fahrt in die Innenstadt ein Kind vor den Wagen laufen könnte. Einen Tag später hätte sie die Scheidung eingereicht, egal, ob er schuld gewesen war oder nicht. Kinder kommen immer aus dem Nichts, hinter geparkten Wagen sind sie praktisch unsichtbar. Deshalb war sie einverstanden gewesen, dass sie damals in den grünen Stadtteil zogen. Hier gab es fast keine Durchfahrtstraße. Abgesehen von den morgendlichen und abendlichen rush hours konnte man sich auf vielen Straßen schlafen legen. Na gut, nicht wirklich schlafen und nicht wirklich liegen, aber sie mochte dieses heillos übertriebene Bild, um Außenstehenden einen Eindruck davon zu verschaffen, wie kindgerecht ihre derzeitige Wohngegend war. Jedenfalls für Jenna. Jo war der Junge, Jo war anders. Nicht halb so klug wie seine kontrollierte Schwester, ohne Fähigkeit, sich das schlimmstmögliche Ereignis vorzustellen und vorbeugend darauf zu reagieren. Jo war wie eigens konstruiert, Opfer eines Unfalls zu werden. Zwar war er fix, vielleicht würde er seinen ersten Unfall vermeiden können, indem er schnell auswich. Aber mittelfristig war er fällig. Das war seiner Mutter klar, und sie litt unter dieser Vorstellung. Mit jedem Tag, an dem Jo heil durchgekommen war, baute sich ihr Erwartungsstau höher auf. In ihren schlimmsten Angstmomenten hatte sie mit dem Gedanken gespielt, ihn vor ein Auto zu stoßen, damit er endlich ein Bewusstsein dafür entwickelte, wie sehr er gefährdet war. Natürlich musste das Auto langsam fahren, und am Steuer musste ein erstklassiger Fahrer mit sagenhaften Reflexen sitzen. Aber dann … aber dann …

»Ich halte das nicht mehr aus!«, rief die Mutter.

»Ist auch nicht leicht«, erwiderte die fremde Frau neben ihr, die keine Ahnung hatte, um was es ihrer Nachbarin ging.

Und dann die vielen Unfälle in der Einkaufsstraße! Der letzte Umzugskarton war noch nicht ausgepackt gewesen, als es begann. In der Rückschau kam es der Mutter vor, als sei jede Woche ein Wagen über den Bürgersteig gepflügt. Ganz so kurz waren die Abstände dann doch nicht gewesen. Und sie hatten auch nicht mit ihrem Umzug begonnen. Aber es war schlimmer geworden, und bis heute hatte niemand ein Mittel gefunden, um das Ungeheuerliche zu beenden. Oder auch nur zu stoppen. Jeder alte Mensch, dem man begegnete, konnte der Mörder des eigenen Kindes sein. Na gut, nicht jeder. Und auch nicht der Mörder. Aber er war ein alter Mensch, seine Altersgruppe saß am Steuer, und man wusste nicht, ob sie den Wagen kontrollierten oder ihren Launen freien Lauf lassen würden. Konnte das noch Zufall sein? Zweimal kann es Zufall sein, zur Not sogar dreimal. Das ist wie in der Ehe und wie beim Sex. Zweimal, dreimal, aber dann ist auch mal gut. Irgendwo beginnt die Selbstverantwortung des Menschen.

Bis heute hatte ein alter Unfallfahrer noch kein Kind verletzt. Vielleicht hatte er es vorgehabt, und das Kind war zu schnell für ihn gewesen. Manche Senioren mögen keine Kinder. Sie sind ihnen zu laut und zu fix und zu frech. Nicht jeder Mensch wird im Alter milde und weise und freundlich. Mancher wird garstig, auch wenn der aufgeregten Mutter spontan kein Unfallfahrer einfallen wollte, der im Stadtteil einen Ruf als Kinderhasser besaß. Aber die Lage war jedenfalls sensibel, etwas lag in der Luft. Und je weniger passiert, umso mehr liegt in der Luft. Sie konnte nicht nachvollziehen, warum die meisten Eltern so eine Bierruhe an den Tag legten. Als wären ihre Kleinen schussfest. Als würden sie von einer höheren Macht vor den Nachstellungen durch motorisierte Todesschwadronen geschützt. Dafür kam nur eine höhere Macht infrage. Aber die hielt sich bedeckt, die saß jeden Unfall mit stoischer Ruhe aus. Und wenn sie sich von der Kanzel äußerte oder im persönlichen Gespräch, dann tat sie so, als sei »Friede-Freundschaft-Eierkuchen« die moderne Formel für die ganz große Gemeinschaft. Jeder war jedes anderen Freund. Und falls zwischendurch jemand zu Schaden kam, dann verfügte niemand über mehr Floskeln und Phrasen als diese höhere Macht. Hatte über viele Jahrhunderte einen Vorrat davon gesammelt. Und weil die Vergebung vom höheren Werk serienmäßig eingebaut war, musste man auf niemanden böse sein. Trauern und vergessen. Klappe zu, Affe tot. Aber manchmal ist es kein Affe, sondern das eigene Kind.

Die Mutter wollte sich einfach nicht beruhigen, dabei wurde das Eis, auf dem sie sich bewegte, immer dünner. Sie ertappte sich bei dem Gedanken, anderen Eltern einen alten Unglücksfahrer zu wünschen. Sie wusste, dass der Gedanke unanständig war, aber sie liebte ihre Kinder, so wie andere Eltern ihre Kinder lieben. Jeder wünscht seinem eigenen Kind das Beste.

Und wenn der nächste Unfall kein Kind traf, sondern einen Erwachsenen? Eine Mutter, zum Beispiel Lisas Mami? Dann war das Schicksal, und das war nie gerecht, denn sonst müsste man sich nicht mit solchen schwammigen Begriffen wie Schicksal herumärgern.

Am Nachmittag lief die besorgte Mutter ihre drei Kilometer durch grüne Straßen und grüne Parkinseln. Danach würde sie Jo von der Kita abholen. Jenna war groß genug, um allein zu Hause zu bleiben. Sie war froh, wenn sie eine halbe Stunde für sich hatte, in der sie ungestört lernen konnte. Für Jennas Geschmack schaute ihre Mum zu oft bei ihr vorbei, angeblich, um sich nach Wohlergehen und Schularbeiten zu erkundigen. Aber Jenna wusste, dass ihre Mutter sich leicht langweilte. Seitdem sie die Phase überwunden hatte, in der sie tagsüber mehrere Stunden *Netflix* leergeguckt hatte, suchte sie oft nach Ablenkung. Wäre Jenna ein Jahr älter gewesen, hätte sie es gewagt, ihrer Mutter einen Job vorzuschlagen. Sicherheitshalber hatte sie die Idee an ihren Vater weitergegeben. Dem war der Himmel auf den Kopf gefallen, als er mit seiner Frau das Gespräch zum Stichwort »Halbtagsjob« gesucht und stattdessen Feuer und Verdammnis gefunden hatte.

Wenn die Männer bei der Arbeit waren, hatten die Frauen im Stadtteil die Häuser und Wohnungen und Gärten für sich allein. Jedenfalls die Gärten, die nicht von Gärtnern bewohnt waren. Viele Frauen gab es nicht zu begucken, erstaunlich viele waren offenbar auf einen Job angewiesen. Und immer mehr saßen im Homeoffice und waren zwar zu Hause, aber für Vorbeilaufende unsichtbar. Es sei denn, sie saßen draußen auf der Terrasse. Aber hier gab es keine Terrassen, die zur

Straßenseite lagen. Die Vorderseiten waren das Reich der Garagen und Carports. Die meisten waren leer, in einigen standen die Zweit- und Drittautos. Und manchmal ließ sich eine Frau dabei zusehen, wie sie einen Wagen wusch oder wienerte. Meistens handelte es sich um ein Frauenauto, niemand würde auf den Gedanken kommen, sie würde aus finanziellen Gründen selbst Hand anlegen. Sie tat es, weil sie es wollte, weil es ihr guttat, weil sie überlebte Rollen unterlaufen wollte. Wie Frauen eben sind oder werden, wenn sie zu viel Zeit haben.

Die besorgte Laufmutter hatte den letzten Wagen bereits passiert, über 20 Meter lagen zwischen ihrem aktuellen Standort und dem soeben Aufgeschnappten. Erst lief sie auf der Stelle weiter, dann drehte sie um und lief zurück. Sie wechselte die Straßenseite und ging weiter. Es war eher ein Bus als ein Pkw. Wahrscheinlich ging das Gefährt noch als SUV durch, aber alles an ihm war breit und groß und stark und einschüchternd. Keine elegante Linienführung, nichts Verspieltes, nur Kraft und Protz und: Ich bin vorn. Oder: Ich bin der, den du einfach nicht aus dem Rückspiegel bekommst.

»Alles in Ordnung?«, rief die Frau mit dem Wischtuch in der Hand. Man wusste nicht gleich, ob sie so zierlich war oder der Wagen sie verkleinerte.

»Was soll sein?«, rief die Mutter zurück.

»Vor zwei Wochen ist hier eine Läuferin auf allen vieren vorbeigekommen.«

»Haben Sie sie angefeuert?«

»Ich habe mit dem Gedanken gespielt, aber dann klappte sie in der Einfahrt zusammen. Der Arzt sagt: zu heiß, zu dünn, zu wenig Eisen und zu viel Ehrgeiz. Riskante Mischung.«

»Ich habe Normalgewicht.«

»So siehst du aus.«

»Ihr Wagen?«

»Man sieht es gleich, nicht wahr? Die gleiche Hüfte.«

»Ihr beide seid ein Traumpaar.«

Die alte Frau begann wieder zu wischen. Wenn sie dicht am Wagen stand, sah man, dass sie so groß wie alte Frauen war. Sehr drahtig, ihre Spannung war mit Händen zu greifen. Sie war weit über 70, vielleicht über 80, von Gebrechlichkeit keine Spur.

»Sag schon«, forderte sie die Jüngere auf.

»Wollte gar nichts sagen.«

»Du hast so eine vielsagende Art, auf der Stelle zu treten. Oder ist das das Sinnbild deiner Lebenssituation?«

Das war eine Warnung, ein faires Signal. Okay. Jetzt waren die Kampfhandlungen eröffnet, jetzt konnte man miteinander Klartext reden.

»Den Wagen fährt der Sohn? Oder Ihr Mann?«

»Mein Mann ist in die Grube gefahren, für so ein Gelände ist der Dicke ungünstig.«

»Ein Kosenamen für den Wagen? Wie amüsant. Das hatte man früher oft.«

»Ich weiß. Heute muss man seine Partner so nennen. Noch ein Gebiet, wo alles schlechter wurde.«

»Sie fahren ihn aber nicht mehr, oder doch?«

»Oder doch.«

»Wie?«

»Ja. Eigenhändig. Kann ich empfehlen. Einer der wenigen Typen, die Benzin schlucken, während sie stehen.«

»Aber nur draußen? Landstraße. Oder Autobahn. Ist nichts für die Stadt. Da bleibt man doch stecken.«

»Bisschen Zusatzgas, und du brichst durch jede Stadtmauer.«

»Sie haben Humor.«

»Der Humor stirbt zuletzt.«

»Schwarzen Humor.«

»Der kommt früh genug.«

»Ich will nicht unverschämt erscheinen …«

»Aber Sie denken gerade darüber nach.«

»Ja. Weil ich vorhin einkaufen war. Da sieht man den Typ. Nicht dieselbe Marke. Aber der Typ.«

»Praktische Panzer.«

»So etwa. Die, die manchmal in der Zeitung stehen.«

»Bei den Gebrauchtwagen.«

»Den Unfallwagen.«

Die Ältere hörte auf zu wischen. Das Tuch knetend, wandte sie sich erstmals der Jüngeren mit ihrer Frontseite zu. Sie sagte: »Ich höre.«

»Man muss wissen, wann man aufhört. Ich meine, es ist nicht verboten. Wir sind ja kein Polizeistaat.«

»Was sich ändern könnte, wenn Sie in die Politik gehen.«

»Es passiert viel. Manche sagen: zu viel.«

»Und Sie?«

»Ich bin Mutter.«

»Auf welche Frage ist das denn die Antwort?«

»Als Mutter ist man natürlich besorgt.«

»In diesem Auto ist viel technisches Gedöns eingebaut, das braucht kein Mensch. Bei der Mutter ist die Übervorsicht inklusive, diese neue Passiv-Aggressiv-Baureihe. Nicht bei jeder Mutter. Aber der Typ.«

»Sie sollten wirklich darüber nachdenken. Bevor es zu spät ist.«

»Nachdenken kann ich, wenn ich alt bin. Und Zeit habe.«

»Sie kokettieren. Sie glauben, Sie können sich das noch leisten. Aber das können Sie nicht.«

»Weil die Uhr tickt. Tick und tack, diese Richtung.«

»Damit scherzt man nicht.«

»Reden wir noch über das gleiche?«

»Ich rede über meine Kinder. Ich habe Angst um sie. Ich will nicht, dass sie von einem alten Menschen überfahren werden, der mit seinem Wagen überfordert ist.«

»Ich habe in meinem ganzen Leben noch niemanden überfahren. Und bevor Sie fragen: Ich habe 450.000 Kilometer auf dem Buckel. Tendenz zur 500.«

»Darauf sind Sie bestimmt sehr stolz.«

»Ach doch, ja. Weil Sie mich in diesem Leben nicht mehr einholen werden.«

»Aber ich überfahre niemanden.«

»Dann sind wir schon zwei. Wir sollten Schwesternschaft trinken. Oder nein, nicht übertreiben. Muss jetzt weitermachen. Der Wagen putzt sich nicht von allein. Wahrscheinlich wird das bald serienmäßig möglich sein. Hoffentlich muss ich das nicht mehr erleben.«

»Hoffentlich muss ich Sie nie in der Nähe meiner Kinder erleben.«

»Haben Ihre Kids irgendwelche Merkmale, an denen man sie schon von Weitem erkennt? Also während man auf sie zufährt?«

»Ich warne Sie!«

»Dann schalte ich natürlich sofort zwei Gänge runter. Vier Gänge reichen in der Stadt ja vollkommen aus.«

6

Sie waren jung, sie waren eifrig, sie waren motiviert. Nichts, was den geringsten Neuigkeitswert besaß, war vor ihrer Aufmerksamkeit sicher. Dabei waren sie nicht auf Skandale aus, sie wollten nicht ums Verrecken Schlagzeilen produzieren, auch wenn sie zum Medien-Studiengang der hiesigen Universität gehörten. Die gewollte Nähe zur Praxis und dem richtigen Leben deutete schon an, dass es sich um eine private Universität handelte. Zwei Dutzend der fixesten und nebenbei auch der fleißigsten Studierenden bildeten den harten Kern des Studiengangs, der Nachwuchs für die verschiedenen Produkte der Mediengesellschaft züchtete und sie von vornherein auf die Schmalspurschiene setzte, damit sie gar nicht erst auf dumme Gedanken kamen. Im Zentrum standen digitale Medien, was auf einen Bildschirm passte, wurde von Studierenden und ihren Ausbildern als sexy, wichtig und absolut berichtenswert erachtet. Das war einfältig, aber naheliegend. Private Uni eben, die berufliche und damit wirtschaftliche Nutzbarmachung war stets mitgedacht. Das verringerte die Gefahr, nach dem Studium keinen Job zu finden, verringerte aber noch viel mehr die Chance, Themen zu finden, die selbst bei mildester Betrachtungsweise als bedeutend und berichtenswert gelten können.

Die Mehrheit der Studierenden hatte damit kein Problem. In der digitalen Welt sind die Aufstiegswege kürzer, du bist schnell drin und kletterst leichter nach oben. Und wenn du wieder draußen bist, weil die Verweildauer an einem

Arbeitsplatz nicht mehr die Ausmaße der Vergangenheit erreicht, ist ein neuer Arbeitsplatz nicht nur notwendig, sondern auch leicht ergattert. An die schlechte Bezahlung hat man sich auch bald gewöhnt – und findet sie insgeheim auch gar nicht verwerflich. Denn den Studierenden ist bewusst, dass sie nicht zum wiederholten Mal das Feuer und das Rad erfinden werden. Durchschnittlichkeit ist ihr täglich Brot.

Aber keine Gruppe ist absolut homogen, nicht einmal jede Sekte. Wenn die Zahl der Gruppenmitglieder Zweistelligkeit erreicht, kann fest damit gerechnet werden, dass sich ein Außenseiter findet, vielleicht auch zwei. Weil »Außenseiter« stets etwas randständig, verzweifelt und hoffnungslos klingt, hat man sich angewöhnt, die Mitglieder dieses Formenkreises als Minderheit zu bezeichnen. Das klingt soziologischer und weniger wertend. Man zieht der Diskriminierung ein Mäntelchen an, damit sie freundlicher aussieht.

Die Zahl der Mäntelchenträger im aktuellen Studiengang von 30 Studierenden lag in diesem Trimester bei drei. Früher hatte man mit Semestern gearbeitet, dann aber festgestellt, dass man pro Jahr das Studium schneller vorantreiben kann, wenn man drei Ausbildungsteile hineinstopft anstatt die traditionellen zwei. Dann muss man nur noch eine kleine, vorsätzliche verbale Unsauberkeit einstreuen, und schon hat man nach drei Jahren neun Semester studiert. Obwohl es sich um neun Trimester handelt, und diese neun sind hoffnungslos verschult und im Grunde nichts weiter als hintereinander geschaltete Praktika. Seriöses Studieren sieht anders aus.

Die drei Angehörigen der aktuellen Minderheit galten als integriert, zeitweise sogar als beliebt. Was die Mehrheit nicht daran hinderte, die aus der Minderheit kommenden Themenvorschläge bei den Sitzungen der Digitalzeitung als gut gemeint, aber auch als leicht daneben, kauzig und analog zu bezeichnen. Womit sie sich als durchgefallen betrachten mussten.

Das Beispiel der letzten Woche betraf die Einkaufsstraßen. Streng genommen waren damit Einkaufscenter gemeint, noch strenger die mit Millionenkosten hochgezogenen Häuserzeilen in den Nobelstraßen der Innenstadt, wo für dreistellige Millionenbeträge Raum für Geschäfte, Büros und ein paar Wohnungen von Größen ab 165 Quadratmetern erbaut wurde. Mit drei bis fünf Millionen war man hier dabei. Die jungen Redakteure drängelten sich um den Zuschlag für dieses Thema. Sie hielten sich gern in den oberen Etagen auf.

Die Minderheit in der Runde verstand den Begriff Einkaufsstraße anders. Sie dachten dabei an die Bedeutung, die der Begriff vor 100 Jahren gehabt hat, als es außer Kaufhäusern und einer Handvoll Passagen keine Monokultur und dichte Ballung von Läden gab. Sie dachten beispielsweise an die Waitzstraße im Westen der Stadt, eine sehr lange Straße, nicht breit, von überschaubarem Durchzugsverkehr und mit einer urigen Mischung aus Einzelhandel, Banken, Büros und Cafés. Hohe Aufenthaltsqualität für Fußgänger, die S-Bahn-Station lag selbst für schlechte Werfer nur einen Steinwurf entfernt. Die Straße existierte seit vielen Jahrzehnten, sie war nicht auf der grünen Wiese geplant worden, für sie war nie alte Baustruktur niedergerissen worden, wenngleich sie kein Museum war. Sie war aus einer dörflichen Struktur entstanden, die mit der Zeit zu in sich berührende und sich überschneidende Vierteln zusammengewachsen war und heute als regionales Herzstück der Versorgung mit Waren und Dienstleistungen, auch mit medizinischen, diente und Besucher von weither anzog. Wer kam, blieb oft länger, als er vorgehabt hatte. Hier tickten die Uhren gemächlicher, hier gab es sehr viel zu schauen. Und vieles davon fand sich in den Einkaufszentren nicht oder nicht in dieser Breite und nie mit dieser persönlichen Beratung. Das Niveau der Preise war überdurchschnittlich, das Tempo der Passanten unterdurchschnittlich, die Freundlichkeit angenehm, wenn man bereit war zu akzeptieren, dass man sich nicht inmitten karibischer Überschwänglichkeit und fernöstlicher Marktwuselei aufhielt. Aber mit dieser Bedingung kann die norddeutsche Mentalität sehr gut leben.

Unterm Strich war diese Einkaufsstraße das Thema des Minderheiten-Trios. Ihr erstes Problem war, sich bei den Mitstudierenden verständlich zu machen. Das gelang schon mal nicht. »Ihr wollt aufs Dorf fahren und herausfinden, ob man dort seine Brötchen auf die gleiche Weise kauft wie bei uns in der Stadt? Was stimmt denn nicht mit euch?«

Die Mehrheit sagte noch mehr, es ging nicht nur um Brötchen. Aber tiefer ins Thema drang die Mehrheit nicht vor. Einige dachten an Wochenmärkte, angeblich sollte es ja noch einige geben, am Rand der großen Stadt, wo Platz war, wo Autos keine Umwege fahren mussten und wo die Menschen an den Krieg denken konnten, wenn sie zwischen den Marktständen auf und ab gingen. Denn die meisten Kunden waren dort alt genug, um den Krieg und die schlechten Zeiten erlebt zu haben. Und wer genug Geld besaß, um doppelt so viel für Gemüse und Obst auszugeben wie im Supermarkt, war hier auch gut aufgehoben.

Die Minderheit wusste, wann es sinnvoll war, für das eigene Projekt zu werben. Und wann es Zeit war, den Mund zu halten. Drei Personen finden schnell einen Termin, der allen behagt. Zwei Tage später trafen sie sich am Ausgang der S-Bahn. Sie hatten sich vorgenommen, zwei Stunden zu arbeiten, bevor sie die erste Pause einlegen wollten. Dieser Vorsatz zerkrümelte binnen weniger Minuten. An der ersten Bäckerei kamen sie noch problemlos vorbei, die zweite bemerkten sie kaum. Danach wurde es schwierig. Denn Frikadellen in der Schlachterei und kleine Leckereien da und dort – man wusste gar nicht, wohin man gucken sollte, um nicht etwas Essbares im Blick zu haben. Das Wetter war freundlich, kaum Sonne, kein Regen, milde Temperaturen.

Die Parkplätze waren gut belegt, dies war die Straße der kurzen Wege. Und alles war so übersichtlich. Wer geradeaus ging, konnte nichts falsch machen und nichts übersehen. Alle Altersgruppen, von der Kinderkarre bis zum Rollator. Aber vor allem rüstige Senioren, attraktive Frauen, die gut riechen. Das wusste man, bevor man seine Nase näherte. Manchen Menschen sieht man an, dass sie gut riechen. Kinder, die um diese Zeit in die Schule gehörten; Jugendliche, die um diese Zeit in die Lehre oder Berufsschule gehörten; Menschen, denen man unterstellte, dass ihr Arbeitsplatz nur wenige Schritte entfernt lag. Ein Mann schob einen Rasenmäher. Eine Frau schob einen Rollstuhl. In ihm saß ein Kind, das nie aus eigener Kraft gehen würde. Eine Frau zeigte einem Paar etwas, ihre Armbewegungen wirkten unangebracht weiträumig, bestimmt handelte es sich um eine Wohnung oder ein Haus.

Die Läden waren klein, das Angebot für Kinder war groß. Filialen von bekannten Ketten kamen nicht vor. Aber es sah nicht nach Puppenstube aus, dazu war die Straße zu lang und die Zahl der Läden zu groß. Oft wurde eingeparkt und ausgeparkt. Die drei Besucher, zwei Mädchen und ein Junge, hatten sich im Vorfeld schlau gemacht. Man landete unweigerlich bei den Autounfällen, wenn man den Namen der Straße eintippte. Sie waren nicht zynisch, sie wollten keinen Unfall miterleben. Aber sie bewegten sich durchs Straßenbild, als wären sie neu und als hätten sie Zeit. Sie waren neugierig und verbargen das nicht.

Es war eine Frage weniger Minuten, bis eine Stimme neben ihnen sagte: »Manchmal passiert gar nichts.«

Die Frau war über 60, aber man würde sie nicht alt nennen. Sie sah so aus wie der Typ, den die Eltern des einen Mädchens »gut gehalten« nannten. Sie war elegant gekleidet, aber nicht übertrieben. Geschmackvoll, aber nicht aufgedonnert. Dieser Typ, dem man in einigen Stadtteilen selten begegnet. Und in anderen Stadtteilen gar nicht.

Das Mädchen sagte: »Was meinen Sie?«

Die Frau sagte: »Wir können, wenn wir wollen. Und manchmal auch, wenn wir nicht wollen. Aber wir müssen nicht. Wir legen es nicht darauf an, das dürfen Sie nicht glauben.«

Die drei Reporter wollten richtigstellen, man ließ sie ausreden, aber die freundliche Skepsis im Gesicht der Einheimischen wollte nicht vergehen. Bald stand eine zweite Frau in der Runde, auch älter, ohne alt zu sein. Ebenfalls gut erhalten, aber sie wirkte abgehetzt. Angeblich saß Besuch zu Hause und ließ sich bedienen.

»Familie?«, fragte der Junge teilnahmsvoll.

»Wenn man hasst, ist es immer Familie. Das werden Sie noch lernen.«

Die beiden Hiesigen redeten gern und viel, und beide hatten Probleme, mit dem Reden in einer Zeit wieder aufzuhören, die die leicht eingeschüchterten Besucher für angebracht gehalten hätten. Sie brauchten zwei Tage, um zu akzeptieren, dass sie ihr Tempo an ihre Umgebung anpassen mussten, wenn sie eine Chance haben wollten, zum Kern vorzudringen. Aber das war ihnen in der ersten Stunde noch nicht bewusst.

Zweimal wollten sie klarstellen, dass sie nicht wegen der Unfälle gekommen waren. Das verhallte wirkungslos. Die beiden Hiesigen erwiesen sich als perfekte Auskunftgeber, sie hatten die Chronologie der 20 Unfälle parat und beteten sie herunter, ohne zu zögern. Ein Jahrzehnt in 60 Sekunden. Stets mit ausgestreckten Armen zur Veranschaulichung. Mehr als einmal bewegten die Frauen ihre Arme vollkommen synchron. Es fehlte nur die Bühne. Und Musik. Aber mit welcher Musik untermalt man Blechschäden und splitterndes Glas? Wahrscheinlich mit *Heavy Metal*.

Die drei Besucher mussten die Größe der Wagen erwähnen, es war unmöglich, dies unerwähnt zu lassen. Wahrscheinlich hätte man das bei jüngerem Alter der Unfallfahrer nicht getan, jedenfalls hätte man es nicht im ersten Satz erwähnt.

Gelassen erwiderte eine Einheimische: »Sie dürfen nicht glauben, dass jeder in unserem Alter so einen Kombi in der Garage hat. Die meisten Wagen gehören den alten Menschen gar nicht, nicht persönlich. Da hängt eine Familie mit dran.«

»Dann müssen sie also nach dem Unfall vor den Familienrat«, sagte die mutigste der drei Besucherinnen launig.

»Sie können lächeln. Aber ich sage Ihnen: Wenn Sie das einmal erlebt haben, lachen Sie nicht mehr.«

»So schlimm?«

»So moralisch.«

»Verstehe ich nicht.«

»Die Familie schämt sich doch mit. Praktisch hat der alte Vater oder die Mutter am Steuer gesessen, aber im Grunde saß die ganze Sippe mit drin. Niemand fährt bei uns für sich allein, jedenfalls verunfallt keiner für sich allein.«

»Aber es ist ja glücklicherweise bis jetzt nichts passiert.«

»Das ist auch so ein Märchen.«

»Stimmt das denn nicht?«

»Keiner ist gestorben. Keiner hat bleibende körperliche Schäden zurückbehalten. Aber so ein Unfall bringt die Statik in der Sippe durcheinander. Die Alten sind doch die wahren Herrscher, die Könige.«

»Auch heutzutage noch?«

»Junge Frau, dies hier ist Othmarschen. Hier machen wir nicht jede peinliche Mode in der Gesellschaft mit. Von wegen Partnerschaftlichkeit, Gleichberechtigung, Stabwechsel zwischen den Generationen – nicht mit uns. Nicht so schnell. Hier dauert das alles etwas länger.«

»Aber der Stabwechsel findet statt?«

»Ja, logisch. Niemand ist unsterblich. Bis auf die Handvoll Ausnahmen.«

»Hier leben Unsterbliche?«

»Aber nicht weitersagen.«

»Wie muss man sich das praktisch vorstellen?«

»Am besten überhaupt nicht. Und wenn doch, dann stellen Sie sich den stursten Menschen vor, den Sie kennen. Und dann multiplizieren Sie seine sämtlichen nervigen Angewohnheiten mit zehn.«

»Mit so viel?«

»Für den Anfang. Bis sich der Schock etwas gelegt hat. Die Patriarchen genießen hier das Altsein jeden Tag 24 Stunden lang. Selbst wenn sie von den 24 Stunden 20 Stunden gleich wieder vergessen, so fühlen sie sich doch sehr wohl. In ihren Familien sitzen sie im gemachten Nest. Warm und mollig. Wenn sie in den vergangenen Jahrzehnten nicht gerade am Wichtigsten gespart haben – und das Wichtigste ist nun mal der Anwalt – dann hängt das Erbe so verlockend vor der Nase der gierigen Brut, dass sie es sehen können, wenigstens ahnen. Und natürlich riechen. Aber sie kommen nicht ran. Das ärgert die Jungen, aber sie akzeptieren es, weil sie keine Alternative haben.«

»Und dann kracht es.«

»So sieht das aus. Dann kracht es. Dann macht der Alte oder die Alte einen Fehler und erweist sich damit als menschlich. Jetzt riecht die Brut zwar immer noch nicht das Geld, aber sie riecht Blut. Die Altvorderen sind also auch nicht perfekt, sie schwächeln, sie bauen ab. Es wird Zeit, sich in Stellung zu bringen. Man kann sich trauen, eine Forderung zu stellen. Und gleich noch eine hinterher. Mehr als einer von den Unfallfahrern ist heute nicht mehr derselbe. Und das liegt nicht an den körperlichen Folgen. Sie haben selbst die Erben auf ihre Fährte gesetzt, und die werden sie nun nie mehr los. Nicht nur Wölfe jagen immer im Rudel.«

Die Begleiterin der gut Erhaltenen berichtete von einem Herrn, der nach seinem Wumms in der Waitzstraße in Timmendorf und in Kampen nachgelegt hatte. Zwei Unfälle, zwei Fehler. Der arme Mann hatte seitdem mehr Termine mit Gutachtern und Fachleuten für Fahrtüchtigkeit als mit seinem Proktologen.

»Davon wusste ich gar nichts«, gab das Mädchen zu. »Ich dachte bisher, jeder hat nur einen Unfall, und zwar den hier.«

»Das wird auch nicht an die große Glocke gehängt. Die Leute nehmen richtig Geld in die Hand, um das unter der Decke zu halten. Aber das haben Sie nicht von mir.«

»Und von mir natürlich auch nicht«, sagte die Mitbewohnerin. »Es ist ja nicht so, dass wir unsere gepuderten Nasen in die Angelegenheiten unserer Nachbarn hängen.«

»Und Freunde.«

»Und Kollegen und ehemaligen Kollegen.«

»Oder der Familie.«

Einen langen Moment war die Luft mit Ungesagtem gesättigt. Aber die alten Damen machten nicht den Eindruck, als würden sie unter der Last der Geheimnisse zusammenbrechen.

7

Vier Tage waren die blutjungen Reporter von der Universitätszeitung rund um die Einkaufsstraße unterwegs. In dieser Zeit hinterließen sie einen positiven Eindruck, dessen Grundlage ihre naive Fragerei und harmlose Erscheinung darstellten. Im Stadtteil hatte man nichts gegen die Medien und nur etwas mehr gegen Reporter. Die liberale Haltung gegenüber der vierten Staatsgewalt ist eine eher akademische Entscheidung, die Einstellung gegenüber Journalisten eine eher persönliche. Denn Reporter pflegen leibhaftig aufzutreten. Sie besitzen Körper und Gesicht, und wenn man als Bewohner und Nutzer der Einkaufsstraße und ihrer Arztpraxen einen Moment nicht aufpasst, steht man einem leibhaftigen Journalisten gegenüber. Von diesem Moment an ist es eine Frage weniger Sekunden, wie es weitergeht. Die zügige Entfernung vom Ort der Begegnung setzt schnelles Schalten voraus. Von Vorteil ist in diesen Sekunden auch ein Gesichtsausdruck, der nicht versucht, den Journalisten in die Flucht zu schlagen, denn das wird nur in seltenen Fällen gelingen. Aber nichts wäre jetzt weniger nützlich als freundliches Lächeln oder gar Nicken. Nicken ist die letzte Stufe vor der Adoption des Journalisten. Eine Einladung zum Essen, selbst zum Kaffee, wird der Einheimische mit Sicherheit bereuen, denn Journalisten pflegen Namen zu nennen und Kontaktdaten auszutauschen – um von ihnen in einem Zeitraum, der ohne Übertreibung als kurz bezeichnet werden muss, diesen Kontakt von der theoretischen auf die praktische Ebene zu stellen, sprich herunterzuziehen. Spätestens dann wird es mühsam werden, speziell für den Einheimischen. Der Journalist übt ja nur seine berufliche Tätigkeit aus, er kann nicht anders. Er bekommt jeden Monat Geld dafür, anderen Menschen auf die Nerven zu fallen. Und er weiß viel über die politischen und gesellschaftlichen Grundlagen seines Berufsstandes. Anstatt darauf mit Demut zu reagieren, reagiert er in der Regel mit Aufdringlichkeit und einem kaum glaublichen Talent, Fragen zu stellen. Frage als Singular kommt für Journalisten nicht vor. Eine Frage ist immer nur die erste Frage, gefolgt von einer zweiten und dritten. Sollte die Zahl der Fragen am Ende im zweistelligen Bereich bleiben, kann der Befragte drei Kreuze machen. Am besten so, dass der Journalist dies nicht bemerkt, weil sonst unverzüglich abgeschossene Fragen zur weltanschaulich-religiösen Verwurzelung der Kreuzemachenden nicht nur drohen, sondern stattfinden werden.

Eine Verschärfung des Journalisten ist der Lokaljournalist, denn er hat es von Natur aus eilig. Ob das im Einzelfall sachlich zutrifft, ist eine andere Frage. Jedenfalls trägt der Lokaljournalist die Zeitnot wie eine Monstranz vor sich her. Lokaljournalismus liegt bereits vor, wenn das Aufgabengebiet des Journalisten den Bereich der jeweiligen Stadt umfasst. Diese Stadt kann klein sein und groß, im Einzelfall riesig. In Berlin gibt es Stadtteile, die ein Lokaljournalist am anderen Ende der Stadt nie im Leben betreten hat, ob beruflich oder privat. Wer sich als Journalist im südlichen Hamburger Marmstorf auskennt, kann sich im nördlichen Duvenstedt wie ein Weltreisender fühlen. Wer die finanziell und immobilienmäßig gesegnete Welt der westlichen Elbvororte betritt, ohne Vorkenntnisse zu besitzen, kann darauf mit einem weit gefächerten Strauß an Möglichkeiten reagieren: Schock, Neid, Bewunderung, Aggressivität, mühsam durchgehaltene Sachlichkeit, aber auch selbst auferlegte Schlagfertigkeit, bei der einem die bekannte »Berliner Schnauze« hilfreiche Dienste leisten kann – vorausgesetzt, man stammt aus Berlin oder aus einer Region mit lebendiger Karnevals- und Faschingskultur, was im Norddeutschen eher selten passiert.

Die Bewohner der westlichen Vororte verlangen oder erwarten von auswärtigen Journalisten kein spezielles landestypisches Verhalten. Sie sind damit beschäftigt, auf den Berufsstand Journalist zu reagieren. Gerne werden er und seine drohenden Zumutungen mit einem maskenähnlichen Ausdruck erwidert, der zwischen sachlich und stoisch changiert und dessen Wirkung nicht stärker wird, wenn eine reale Gesichtsmaske ins Spiel kommt. So ausdrucksstark können zwei Augen allein gar nicht sein.

Dazu kommt die Lebenserfahrung: der Bewohner, nicht der Journalisten. Neuneinhalb von zehn Journalisten, die im letzten Jahrzehnt den Boden des Stadtteils betraten, taten dies aus einem einzigen Grund beziehungsweise ausschließlich aus bis heute rund 20 Gründen, die sich jedoch in ihrer Erscheinung als Autounfälle bis zur Ununterscheidbarkeit ähneln. Überhaupt ist es gerade die gute Vergleichbarkeit der Abläufe, die auch das Denken der Journalisten vereinheitlicht. Sie stellen immer die gleichen Fragen. Das wird ihnen nicht langweilig, denn sie stellen und hören diese Fragen meist zum ersten Mal – was bei den gefragten Bewohnern fast nie der Fall ist. Kaum werden sie eines Journalisten ansichtig, beginnt für sie der klassische Murmeltierfilm: die Endlosschleife aus sich wiederholenden Abläufen. Es gibt nur drei Möglichkeiten, diese Situation zu vermeiden:

Wegzug, Verstecken oder unanständiges Verhalten wie Wut-
ausbrüche, Unterstellungen, Beschimpfungen, Drohung
mit Anwälten. Es gibt Hamburger Stadtteile, in denen die
Bewohner solchen Kommunikationsformen offener gegen-
überstehen. Rund um die Einkaufsstraße dominiert jedoch
Bürgertum, das es gewohnt ist, mit Zurückhaltung, Höflichkeit und Verbindlichkeit durchs Leben zu kommen.

Natürlich kann man die Fragen von Journalisten überleben, aber vorher werden sie einen zornig machen, denn
jeder Journalist spricht aus oder unterstellt, dass persönliche Beziehungen zwischen Unfallaktivisten und aktuellem
Gesprächspartner existieren. Die Liste reicht von Nachbarschaft, gemeinsamer Vereinsmitgliedschaft, Kinder auf derselben Schule bis zum Dauerbrenner: eigene Familie. Damit
ist beim Bewohner das Ende der Fahnenstange erreicht.

Alle diese Gefahren entfallen, wenn man drei blutjungen
Menschen gegenübersteht, die zu Beginn der Kommunikation unaufgefordert über ihren beruflichen Hintergrund
berichten (keiner), ihren sozialen Status nennen (Student),
um sodann schwärmerisch über ihre im Netz erscheinende
Zeitschrift berichten. Jedes Mal reagiert der Einheimische
dann sehr ähnlich. Seine Gedanken kreisen um die Plane-
ten: Die sind ja niedlich sowie: Die meinen das ernst.

Damit ist bei anständigen und fest in eigenes Familien-
leben verwurzelten Menschen eine Beißhemmung aktiviert,
die sie dazu treibt, auf harmlose Fragen anständige Antworten zu geben und abwegige Unterstellungen fest, aber
nicht gönnerhaft richtigzustellen. Eine dieser Unterstellungen betrifft die Zahl der hier lebenden Einkommens-
millionäre. Die meisten Einheimischen versuchen es über-
einstimmend, ohne sich jemals abgesprochen zu haben, mit

der Zahl null, um dann je nach Reaktion des Fragestellers sanft, aber nicht unnötig wahrheitsliebend, nachzulegen. Beispielsweise mit »ein bis zwei« oder »weniger als eine Handvoll«. Wenn das Gegenüber dann immer noch keine Ruhe gibt, folgt gern der Ausflug in *Monty Python*-ähnliche Logik: »Es reicht ja nicht, zentnerweise Schotter zu verdienen. Du musst auch Zeit und Gelegenheit haben, ihn auszugeben.«

Wenn dann das Gegenüber lächelnd sagt: »Beispielsweise in der Einkaufsstraße«, bewegt sich alles wieder in kontrollierten Bahnen. Einmal sagte ein Gegenüber auch: »Oder du kaufst gleich die ganze Einkaufsstraße. Wenigstens eine Straßenseite.«

In den vier Tagen, in denen die blutjungen Journalisten durch die Straßen stromerten und auch die Nebenstraßen und schmalen Verbindungswege nicht ausließen, fielen sie nicht unangenehm auf. Natürlich waren sie nicht unterwürfig, das hätten die Hiesigen auch als unangemessen empfunden. Aber sie wirkten, als sei ihr Gebiss noch nicht vollständig ausgebildet. An Beißkraft mangelte es erheblich. Am meisten Sympathie trug ihnen ein, als sich unter den Hiesigen die Erkenntnis durchsetzte, dass man sie regelrecht auffordern musste, endlich die ihnen offenbar auf der Zunge brennenden Fragen nach den vielen Unfällen loszuwerden. Dass dies nicht ihr Hauptthema sein könnte, dass sie ernsthaftes Interesse an der Einkaufsstraße hatten – wie sie funktionierte und warum sie für den Stadtteil so wichtig war – das kaufte ihnen mancher bis zum letzten Tag nicht ab. Und doch war es so, wie das vier Wochen später erscheinende Stück im Netz bewies. Es war umfangreich, besaß einen feinen Mix aus Fakten und Szenen, teilweise war es sogar komisch. Mehr als ein Einzelhändler und Ladenbesitzer äußerte sich vor Zeugen mit den Worten: »Warum lesen wir so was nicht häufiger? Wann ergänzen wir unseren lausigen Werbeetat endlich mit einem zweiten Goldtopf, aus dem wir unsere Hausdichter und Jubelschreiber ernähren? Und dann setzen wir das als Kulturförderung ab. Wo sind die Steuerberater, wenn man sie braucht?«

Als die drei Journalistenwelpen abzogen, waren nicht wenige Einheimische aufrichtig betrübt. Man hatte sich an die jungen Menschen schnell gewöhnt, hatte sie gefüttert und getränkt. Wären sie einige Jahre älter gewesen, hätte man sie möglicherweise auf den seit vielen Jahrzehnten rund um die Uhr durch die Gegend ratternden Paarungszug gesetzt, der für ewige Präsentation attraktiver und durchschnittlicher optischer und charakterlicher Eigenschaften sorgte, um auf diese Weise das Erbgut in ständiger Bewegung zu halten.

Dass zumindest der männliche Jungjournalist nicht zum letzten Mal in Othmarschen aus dem Hamburger Verkehrsverbund-Zug steigen würde, konnte zu diesem Zeitpunkt niemand wissen. Als es sich herumzusprechen begann, waren viele aber nicht wirklich überrascht.

Dann änderten sich die Spielregeln, es geschah ohne Vorwarnung, es geschah dramatisch, und der Unterhaltungswert erreichte zu keiner Minute die Unvoreingenommenheit, der die drei Welpen begegnet waren. *DER SPIEGEL* war da! Eine Reporterin, ein Fotograf. Weder sehr jung, noch auch nur halb so niedlich, dafür ausgestattet mit einer Wichtigkeit, die sich bereits durch die Körperhaltung vermittelte, bevor ein einziges Wort gesagt worden war. Diese

Körperhaltung sagte: Wir stellen was dar. Wahlweise: Wo wir hintreten, wächst kein Gras mehr. Wahlweise: Wenn wir abreisen, wird nichts mehr so sein wie vorher.

Als sie zum ersten Mal durch die Einkaufsstraße gingen, war vier von fünf Einheimischen, denen sie begegneten, auf den ersten Blick klar: Vorsicht! Feindberührung! Runter mit den Jalousien. Neues Passwort für die Alarmanlage besorgen. Zu diesem Zeitpunkt wusste niemand, was sie angelockt hatte. Als sie abreisten, wusste es immer noch keiner. Die einzige Verbindung, auf die man verfiel, war die zeitliche Nähe zwischen dem Erscheinen der Reportage in der Netzzeitung und dem Auftauchen der *SPIEGEL*-Leute. Aber niemand ging dieser Idee ernsthaft nach, weil sich niemand vorstellen konnte, dass ein Weltblatt sich durch ein Amateurblatt zu seinen Themen animieren lässt. Wäre es denn ehrenrührig gewesen? Wäre es nicht eher kollegial und souverän gewesen? Aber niemand mochte es sich vorstellen.

Die *SPIEGEL*-Leute gingen die Sache mit einer Professionalität an, vor der man auf der Hut war. Nach 48 Stunden hatten sie Gesprächstermine mit jeder Adresse festgeklopft, die im Stadtteil und im Umland in irgendeiner Weise wichtig oder sichtbar war. Man unterschied nicht zwischen Politik, Geschäft, Finanzbehörde, Hausmakler, Experten für Erbschaftsstreitigkeiten, den Leitungen von Gymnasium und Kita, ob bilingual oder gut deutsch, langjährigen Bewohnern, teilweise seit 80 Jahren hier ansässig, im letzten Quartal Zugezogene. Dazu kamen Künstler, professionell und dilettantisch, natürlich der nonstop aktive Hochschule für bildende Kunst-Eierkopf Ehrenreich, der alte bürgernahe Polizist und sein Nachfolger, und weil es anders gar nicht denkbar war, auch die 1.000 Menschen, die an und neben der langen Einkaufsstraße ihren Lebensunterhalt verdienten.

Man konnte nicht gründlicher vorgehen als die *SPIEGEL*-Leute. Und man verlor den Respekt vor ihnen auch nicht, als sich herausstellte, dass im *SPIEGEL*-Haus in der Innenstadt mehrere Mitarbeiter dafür zuständig waren, für sie die Kontakte zu Terminen zu formen. Man sah die *SPIEGEL*-Leute nie kommen oder abreisen, aber sie waren immer da. Nie benahmen sie sich respektlos oder begegneten irgendjemandem von oben herab. Vom frechsten aller Fünftklässler ließen sie sich bequatschen, ihm und seiner Bande jeden Morgen eine ziemlich große Tüte mit Backwerk kostenlos zu überlassen. Es gab also Hunderte Beispiele, warum die beiden eine Zierde ihres Berufsstandes waren. Die Einheimischen verstanden nun besser, warum *DER SPIEGEL* seit Jahrzehnten eine erste Adresse ist.

Aber man mochte sie nicht. Kein einziger Kontakt zwischen Hiesigen und Reportern wies auch nur einen Hauch von unangenehmem Verlauf auf. Aber man mochte sie nicht.

Als jemand nebenbei erwähnte, dass eine sehr alte, sehr gebrechliche und finanziell auf dem letzten Loch pfeifende Witwe am Rand des Stadtteils mit allen Nachbarn wegen ihres verwilderten Gartens in Fehde lag, rückte der *SPIEGEL*-Fotograf mit vier Rasenmäher-Fahrern sowie zwei professionellen Gärtnern an und verwandelte in 48 Stunden den Dschungel der Witwe in ein Paradies, dem sich auch der hartherzigste aller hartherzigen Nachbarn nicht entziehen konnte, was seinen Ausdruck in einem Gartenfest fand, in dessen Verlauf die Witwe ihren fast so alten Nachbarn und bisherigen Hauptfeind in Grund und Boden tanzte.

Danach mochte man die *SPIEGEL*-Leute noch weniger.

Es war ein Gefühl, das niemand erklären konnte. Die *SPIE-GEL*-Leute traten offen auf, an ihrem Thema gab es nichts auszusetzen. Ein großstädtisches Quartier auf der Sonnenseite des Lebens und der sozialen Realität. Die beiden sahen sich auch die Hindernisse an, die nach den Unfällen angebracht worden waren. Es wäre unnatürlich gewesen, das zu unterlassen. Seit den ersten Baumaßnahmen war mehrfach nachgebessert und optimiert worden. Dennoch hatten die letzten beiden Pkws alles weggeräumt und ihren Weg gegen die Wand und ins Schaufenster gefunden.

Die Reporter veranstalteten sogar einen kleinen Experten-Kongress: vier Männer, fünf Meinungen, einander in herzlicher Kollegentreue und Rivalität verbunden. Alpha-Tiere mit tonnenweise technischem Wissen. Praktisch ein eigenes Thema, vielleicht sahen die Reporter das genauso. Die Experten blieben zwei Tage vor Ort, ein weiterer stieß hinzu. Aber eine Tatsache blieb bestehen, und niemand zweifelte sie an: Die Einkaufsstraße hielt immer noch den Weltrekord an Unfällen auf engstem Raum. War ein kleiner Scherz erlaubt? Jemand lachte versuchsweise, es klang wie ein Labor-Experiment. Ja, man durfte lachen. Solang niemand auf den Friedhof gefahren wurde, durfte man lachen.

Die Kosten waren weniger komisch, egal welche Baumaßnahme favorisiert wurde: sechsstellig war es immer. Wer sollte das bezahlen, wer hatte so viel Geld? Die Einzelhändler und ihr Verband stellten seit Langem klar, dass sie sich nur mit einem überschaubaren, mehr symbolischen Betrag beteiligen würden. Behörden und Öffentlichkeit vernahmen die Botschaft und verkniffen sich eine öffentliche Reaktion. Das regte die Händler auf. Sie wollten endlich aus der Verpflichtung entlassen werden, weil sie befürchteten, dass nach dem ersten Unfall mit Personenschaden plötzlich konkrete Zahlen auf dem Tisch liegen würden. Längst waren die bestehenden Versicherungen rechtlich abgeklopft worden, danach hatte kein Händler zuversichtlicher aus der Wäsche geguckt. Noch hielt die Front, keiner scherte aus, keiner verstieß gegen die Solidarität. Aber jeden Morgen bestieg irgendwo ein alter Mensch einen Wagen, um nur mal eben kurz zum Einkauf zu fahren. Oder zum Arzt. Wo man ein Rezept holte und wo bei der Gelegenheit gleich die Werte überprüft wurden. Alte Menschen bestehen aus Werten und aus Sturheit und aus Verkennung der verbliebenen Fähigkeiten. Manchmal fand auch ein kleiner Eingriff statt, der eine Sedierung oder kurze örtliche Betäubung nötig machte. Meistens erholten sich die alten Patienten danach noch einige Minuten auf der Liege oder im Wartezimmer. Aber manche hatten es eilig, weil alte Menschen zu den ungeduldigsten Patienten gehören. Es war ja nur ein kurzer Weg nach Hause, kein Meter weiter als die Anreise. Es war Vormittag, vormittags waren die Straßen leer und die Nebenstraßen sowieso. Was sollte schon passieren. Man musste nur ausparken, einfädeln, und alles war gut. Ausparken und einfädeln. Tausendmal gemacht, tausendmal ist nichts passiert. Einsteigen, Gurt anlegen, um das nervtötende Warnkonzert abzuwürgen. Zündung, und ab geht's …

8

Am schlimmsten war die Woche danach. Jedes Mal, wenn in der Einkaufsstraße wieder ein Wagen den Sprung aus der Parkposition in den fünfstelligen Sachschaden geschafft hatte, war die Besorgnis besonders lebendig: Wie lange wird es diesmal bis zum nächsten Crash dauern? Niemand würde einem das Recht bestreiten, diese Sorge zu haben. Was schon als Befindlichkeit eines durchschnittlichen Bewohners nachvollziehbar war, leuchtete noch viel stärker ein, wenn der Besorgnisträger ein Einzelhändler oder sonstiger Selbstständiger war, der im Dunstkreis der Einkaufsstraße seinen Lebensunterhalt verdiente und in den meisten Fällen soziale und materielle Verantwortung für diverse Mitarbeiter trug.

Nicht jeder Berufstätige in der Einkaufsstraße steckte den jahrelangen labilen Zustand gleich gut weg. Natürlich gab es die Stoischen, das ist dieser Charakterzug, der sein Gesicht den Wolken zuwendet, um danach zu sagen: »Alles klar. Der Himmel fällt uns nicht auf den Kopf.« Um sich danach wieder anderen Themen zuzuwenden. Da waren die Staatsmännischen, sie gaben sich gelassen und gefasst und wirkten dabei doch, als ginge es darum, einen Schicksalsschlag oder Todesfall wegzudrücken, der sich nicht gerade im engsten familiären Umfeld ereignet hatte.

Es gab die Statistiker und Wahrscheinlichkeitsberechner, sie konnten kleinen Kindern und ihrem Hund beweisen, dass die Wahrscheinlichkeit weiterer Ereignisse zwar größer als null, aber sehr viel kleiner als besorgniserregend sei.

Und dann das Argument, das seit Jahren Platz eins auf der Beruhigungs-Hitparade einnahm: »Wie viel Tempo kann man auf fünf Metern schon aufnehmen?« Diese Strategie der Bewältigung war allerdings nur solang durchzuhalten, bis ein anwesender Besorgnisträger den unschuldigen Passanten ins Spiel brachte: »Und wenn der Wagen jemanden erwischt, der nicht damit rechnet?«

In der Frühzeit der Unfälle war es noch möglich gewesen, sich aus der rhetorischen Falle mit forschen Reden herauszuwinden: »Pflaster aufs Aua, und das Leben geht weiter.«

Inzwischen hatte sich in der Welt außerhalb der Einkaufsstraße viel ereignet, was auf Statistiken pfiff und die globale Dimension ansteckender Krankheiten besaß. Mit Schönreden und Witzchen kam man nicht mehr durch. Das war nichts, wodurch sich eine rheinländische Karnevalsmentalität bremsen lässt, aber hier war Norddeutschland, hier sah man sich um, bevor man über eine kecke Bemerkung lachte oder ein ernstes Thema durch einen sorglosen Gesichtsausdruck unterlief. An der falschen Stelle zu lächeln oder auch nicht zu lächeln, gilt in manchen Quartieren als Ausdruck von Widerstand. Kein Einzelhändler wollte der Erste sein, der im bisher noch ausreichend großen Kundenkreis als derjenige galt, der stänkerte und witzelte und sich um das Wohlergehen seiner Kunden nicht scherte. Denn der erste Mensch und Kunde, der nicht nur mit einer läppischen Beule davonkommen würde, konnte ein Familienangehöriger sein oder ein Kind oder ein Stammkunde oder alles in einer einzigen Person. So was kam vor, jeder Händler hatte sich in einer stillen Minute bereits vorgestellt, welche Personenschäden ihn und sein Geschäft am elementarsten treffen könnten.

Und man konnte sich auch nicht sein Leben lang mit der schlichten Tatsache beruhigen, dass irgendein Schauplatz auf der Erde logischerweise derjenige sein muss, an dem es am häufigsten kracht. Statistiken sind wie eigens erfunden, um zu schwindeln, zu verdecken und zu verbiegen. Aber hier ging es um Menschen, langsam war Schluss mit lustig, und noch während man darüber nachdachte, konnte draußen vor der Tür dieses fürchterliche Geräusch ertönen, das alle hassten, das sich jeder vorstellen konnte, und das zu viele bereits mit eigenen Ohren vernommen hatten: das rauschende Vorwärtsspringen eines Autos, das mit 200 Pferdestärken Anlauf nimmt, um nach weniger als zehn Metern das Ziel der Reise zu erreichen.

Natürlich war die Unfähigkeit der Experten der stärkste Trumpf für das Fortbestehen des unhaltbaren Zustandes. Das Kreuz einer studierten beruflichen Ausfallerscheinung ist doppelt so breit wie deines und meines, dahinter kann man wegtauchen. Auf einen Experten zu deuten, ist das, was früher der Ablass war. Aber seitdem der Ablass von Versicherungen abgelöst wurde, ist es nicht mehr so schicksalsergeben und unterwürfig wie einst. Heutzutage sind die Menschen schnell gereizt, ungeduldig sind sie sowieso. Eine Schlange, in der sie nicht Erster oder Zweiter sind, ist ihr natürlicher Gegner. Jeder, der so tut, als habe er es eiliger als man selbst, hat sich das Folgende selbst zuzuschreiben: Entzug von Freundlichkeit und Beginn der sozialen Eiszeit. In der Bereitschaft übelzunehmen, unterscheiden sich Städte und ihre Stadtteile nicht. Und auch nicht in der Unfähigkeit, das Wichtige vom Unwichtigen zu trennen und das Unvermeidliche zu akzeptieren. 3.000 jährliche Todesopfer im Straßenverkehr werden klaglos akzeptiert – mit den gleichen Begründungen, die im nächsten Satz benutzt werden, um Ingenieure, Tiefbau-Branche und Lokalpolitiker anzuspucken, weil sie es in zehn Jahren nicht schaffen, eine wirkungsvolle Hürde für außer Kontrolle geratene SUVs zu errichten, in denen alte Menschen eher Begleiter und Fahrgäste als Fahrer und Lenker sind. Bremser jedenfalls sind sie nicht.

Eine Woche hielten sich die beiden Reporter vom *SPIEGEL* bereits im Stadtteil auf. Sie schliefen hier nicht, aber sie waren immer da. Eine Kunst, um die sie mancher Einheimische beneidete. Der Mann fotografierte auf eine Art und Weise, die jedem Beobachter spontan als unentschieden und unprofessionell erschien. Es begann damit, dass er nicht energisch auf das ins Auge gefasste Objekt zustrebte, um es sodann für die nächsten Jahrzehnte zu bannen. Der Kerl bewegte sich auf eine Art fort, die man nicht anders als »schlendern« nennen kann. Er absolvierte einen Schritt, und niemand wusste, ob ihn der folgende Schritt noch in dieselbe Himmelsrichtung führen würde. Der ganze Mann wirkte irgendwie privat und zufällig – als müsse er nach Feierabend 500 Bilder vorzeigen, bei denen es gleichgültig war, was sie zeigten. Natürlich hatte es keine 48 Stunden gedauert, um sich über die Reporter kundig zu machen. Zwar war dies nach eigener Einschätzung der Stadtteil mit den wenigsten neugierigen Menschen, aber auch der mit den meisten Jalousien. Und nur Amateure platzieren das Gerät so, dass Fensterlicht voll den Bildschirm trifft.

Die beiden Journalisten spielten in der ersten Liga, der zehn Jahre ältere Fotograf mehr als seine Kollegin. Sie wurde noch oft als Talent bezeichnet. Aber Preise hatten beide erhalten, der Fotograf mehr. Seine Preise klangen auch wichtiger, sie hatte sich ihre Urkunden in der *Elbphilhar-monie* abholen können – oder welche Form journalistische Pokale heutzutage haben mochten. Irgendeine Form würden sie schon haben, denn es ist nicht einfach, sich etwas Digitales ins Regal zu stellen. Amateure stellen sich dann stets vor, dass dieses digitale Etwas leicht umfällt. Falls es nicht von vornherein unsichtbar ist.

Wenn der schlendernde Fotograf im Stadtbild unterwegs war, hatten Beobachter das Gefühl, dass der Kerl unmöglich arbeiten konnte. Vielleicht tat er es auch nicht, vielleicht war seine Berufsbezeichnung nur Tarnung. Er hatte auch nur eine einzige Kamera dabei. Er knipste praktisch im Vorbeigehen. Genie oder Bluffer? Solche Ratespiele schätzte man im Stadtteil. In einer Welt, in der alles berechenbar ist und selbst Diskretes und Geheimes früher oder später offen auf dem Tisch liegt, mochte man es, wenn ein Rätsel blieb. Man mochte es sogar, in der Weihnachtslotterie eine Niete zu ziehen, zur Not sogar fünf. Darüber hinaus wurde es dann aber doch zunehmend anstrengend.

Gerne hätte man den Fotografen dabei ertappt, wie er etwas Unrechtes tat: einen Zaun übersteigen oder eine Mauer, zur Not würde es auch ein Mäuerchen tun. Man fand ihn auch nie schlafend auf einem Rasenstück. Nie fotografierte er in Fenster hinein. Nie sah man ihn, wie er ein Liebespaar abschoss. Gut, hier wimmelte es nicht von Liebespaaren. Und der Rest behalf sich wohl mit Jalousien. Im Grunde sah der Fotograf mit seinen Augen 1.000-mal so viel wie durch seine Kamera. War das möglich? Und was bedeutete es? Die durch häufigen Aufenthalt im Ortsbild bekannten Fotografen der lokalen Medien hetzten durch die Straße und auf ein Ziel zu, sie drückten ab, einmal, noch einmal, vor dem dritten Bild begann bereits das

Überlegen. Wie weit wollte man sich engagieren? Reichte die Zeit? Wann musste das Bild in der Redaktion vorliegen? Warum hatte man eine Viertelstunde weniger Zeit als Kollege B? Diese Fotografen schossen gern Porträts: Gesicht mit Hals, und weiter zum nächsten Termin. Man konnte es drehen und wenden, wie man wollte: Der Fotograf blieb ein Rätsel.

Was man von seiner Kollegin nicht sagen konnte. Sie benahm sich so, wie man es gewöhnt war, sie hatte einen Block unterm Arm, ein Ringbuch. Wenn sie ihr Tablet brauchte, entnahm sie es jedes Mal ihrer Umhängetasche. Die hatte über 200 Euro gekostet, im Lederwarengeschäft lag sie im Fenster. Vielleicht würde sie nur noch die Hälfte kosten, falls der nächste Wagen dieses Fenster treffen sollte. Bisweilen ging sie zusammen mit ihrem Kollegen, meistens waren sie getrennt unterwegs. Doch einige Bewohner wussten zu berichten, dass sie Gesprächstermine in Privatwohnungen, Häusern und Büros stets zu zweit wahrnahmen.

Die Reporterin mochte die Einkaufsstraße, daran bestand kein Zweifel. Während man beim Fotografen nie wusste, wohin er sich an der nächsten Abzweigung wenden würde, gab es bei ihr weniger Zweifel. Es zog sie dahin, wo es Kaffee und Backwerk gab. Nie absolvierte sie ihre Pausen sitzend, sie zog den Stehtisch vor. Wenn sie an ihm stand, war er voll. Man musste so neugierig sein, dass es praktisch schon als aufdringlich bezeichnet werden konnte, wenn man sich dazustellte. Was nicht bedeutet, dass dies nicht geschah. Oft leisteten ihr Angehörige des medizinischen Formenkreises Gesellschaft, man erkannte sie leicht an der Arbeitskleidung. Helle Jacken, manchmal Kittel, meist in hellen Farben. Wenn dunkel, dann nie so hermetisch, dass Blut nicht mehr erkennbar gewesen wäre.

Zwei Frauen kamen leicht in Kontakt. Frau und Mann kamen noch leichter in Kontakt. Ab und zu fand sich jemand, den die Reporterin noch auf den Stand bringen musste. Aber die meisten wussten den Grund für ihre Anwesenheit einzuschätzen. Man mochte sich, man freute sich über die gemeinsame Freude an zehn Minuten Pause. Es war jedes Mal die Person in der Berufskleidung, die als Erste aufbrach. Die Reporterin ging, ohne zu diesem Zeitpunkt zu bezahlen, sie zog es vor, dies bereits bei der Bestellung zu erledigen. Bei ihrem aktuellen Job war das nicht notwendig, doch sie hatte auch andere Jobs gehabt, an die sie gern zurückdachte. Aufregendere Jobs, oft außerhalb der Geschäftszeiten und nie in soliden Wohnquartieren. Telefonierend verließ sie die Bäckerei, telefonierend betrat sie den Bürgersteig. Sie telefonierte noch, als der Zusammenprall sie von den Beinen holte.

Das Nächste, an das sie sich erinnerte, war das Klacken einer Kamera. Vielleicht auch von mehreren Kameras, denn es ist ja kaum möglich, dass eine einzige Kamera … Sie öffnete die Augen und erkannte erst in diesem Moment, dass sie geschlossen gewesen waren. Sie ahnte, dass sie möglicherweise eine Zeit lang nicht bei Bewusstsein gewesen war.

Ihr Kollege umkreiste sie und feuerte unablässig seine Kamera auf sie ab. Das hatte sie an ihm noch nie erlebt.

»Was ist …?«, begann sie.

Er sagte: »Rühr dich nicht. Das Letzte war eine theoretische Bemerkung, denn du könntest dich momentan gar nicht bewegen.«

Erst jetzt, keine Sekunde früher, nahm sie wahr, dass sie von Menschen eingekreist war. Ihr panischer Gedanke lautete: Du hast keinen Körper mehr. Aber das Fehlen ihres Körpers hätte dann ein halbes Dutzend Helfer arbeitslos gemacht. Alle trugen Arztkittel, und einer hatte ein Gesicht, das sie sofort seinem Berufsstand zuordnen konnte. »Gregor …«

»Der Fotograf sagte: »Ist Ihr Name Gregor? Das ist gut.«

Gregor entgegnete: »Das habe ich als Kind anders gesehen.«

»Wie hießen Sie denn da?«

»Prinzipiell wie heute. Aber ich hatte noch nicht meinen Frieden damit gemacht.«

Der Arzt, der Gregor hieß, musste seine Helfer nicht anleiten. Jeder wusste, was zu tun war, keiner stellte eine Frage.

Die Reporterin sagte: »Was treibt ihr alle da unten?«

»Zehn«, sagte eine Frauenstimme.

Sie meinte die Zahl der Zehen, acht der zehn waren voll einsatzfähig, zwei waren in einem schlechten Zustand, was aber von Verbänden gnädig überdeckt wurde. Wahrscheinlich war das für die Umstehenden auch besser so, jedenfalls für die empfindlicheren Gemüter unter ihnen. Die Passanten hielten Abstand, das nahm die Reporterin wahr, obwohl sie auf der Straße lag. Allerdings war in dieser Gegend sogar das harte Pflaster anschmiegsamer als im Rest der Welt. Es lag an diversen Decken und einer Jacke, auf denen sie lag.

Das Schluchzen kam von links. Das Mädchen war sehr klein, dabei lag die Reporterin zu seinen Füßen. Die Augen des Kindes schwammen in Tränen und Entsetzen, aber man erkannte, wie sehr es in diesem Moment dagegen ankämpfte zu weinen.

»Kann mir langsam mal einer sagen …«

Die Stimme des bekannten Arztes sagte: »Blicken Sie nach links.«

Die Reporterin starrte auf zwei Arme, die ihr das Rad entgegenhielten. Streng genommen war es noch kein Rad. Es war winzig, nur Holz, kein Metall, es gab keine Pedale, immerhin zwei Räder. Ein Laufrad, auf dem die Kinder der Gegenwart das Radfahren üben und die Kulturtechnik am Ende beherrschen werden.

»Gratuliere«, sagte der Arzt. »Sie sind das erste Opfer, dem so ein Minimini-Rennrad zwei Zehen mit einem einzigen Angriff gebrochen hat.«

»Und das Schienbein angedellt«, sagte eine Frauenstimme.

Keines dieser Worte war geeignet, das Befinden des kleinen Mädchens zu verbessern oder auch nur zu stabilisieren. Die toughe Reporterin war von einem winzigen Mädchen umgefahren worden. Die Mutter des Kindes stand neben ihr und hatte einen Arm um die Querfeldein-Pilotin gelegt.

Als sich die Blicke der beiden Frauen trafen, sagte die Kindsmutter: »Ich finde es richtig, wenn sie sieht, was passieren kann.«

»Aber der Schreck …! Der Schock!«

»Das verwächst sich. Heute hat sie etwas für ihr Leben gelernt, wenigstens für die nächsten Jahre. Besser hätte es gar nicht laufen können. Höchstens für Sie.«

Der Arzt rief: »Wer will noch mal? Wer hat noch nicht?«

Es sah aus wie eine Spritze, was er erwartungsvoll in die Luft streckte. Aus der Richtung der Mutter kam nichts als Schweigen. Aus den Augen des Arztes mit der chirurgischen Praxis in 30 Metern Entfernung kam ein Lächeln. Es galt nicht der Mutter, sondern der Patientin.

9

Der SUV wurde schneller, das große Gebäude kam näher, der SUV wurde keinen Deut langsamer. Er raste nicht, aber behielt beharrlich sein Tempo bei, als würde nichts vor der großen Frontscheibe auftauchen, was sich auf das derzeitige Tempo in irgendeiner Weise mäßigend auswirken könnte. Auf dem Platz vor dem Nebeneingang zum Kaufhaus war schon lange nichts mehr so schnell gefahren, das vier Räder besaß. Ohne die Fahrtrichtung auch nur geringfügig zu verändern, hielt der SUV auf die Glasfront zu, die beiden Stufen stellten kein wirkliches Hindernis dar, Glas in Scherbenform spritzte nach allen Seiten weg, der SUV befand sich auf der Verkaufsebene im Erdgeschoss und fuhr geradeaus, immer geradeaus, wie magnetisch von einem Ziel angezogen, das keinen Widerspruch duldete. Die Rolltreppe verfehlte er um einen halben Meter, fuhr parallel zu ihr noch vier Meter oder fünf oder sechs und stoppte dann, ohne dass ein Geräusch Auskunft über einen stattfindenden Bremsvorgang gegeben hätte.

Der Wagen stand, die Rolltreppe lief unverdrossen weiter. Gemeinsam war beiden, dass sie nicht von der Stelle kamen. Hundertmal oder tausendmal hieß es: Einen Augenblick blieb alles still. Auch dieser Vorfall fügte sich harmonisch in das literarische Klischee ein. Oft ist es dann eine Frauenstimme, die schreit und als hysterisch bezeichnet wird. Hier war es ohne Zweifel ein Mann. »Verdammt noch mal! Was soll das werden, wenn es fertig ist!?«

Die Frage hatte sich bereits beantwortet, die Situation

war an ihr Ende gekommen, Menschen eilten herbei, zwei oder drei liefen auch weg. Es wäre interessant gewesen, sie in einer ruhigen Minute zu fragen, was sie sich dabei gedacht hatten. Weil man an die Fahrertür nicht herankam, riss man die Beifahrertür auf. Der alte Mann am Lenkrad blickte erfreut, geradezu erleichtert wirkte er.

»Das ist nett«, sagte er mit einer Ruhe, die zum chaotischen Umfeld in schreiendem Widerspruch stand. Er war wohl unverletzt, doch nicht in der Lage, den Helfern die Arbeit zu erleichtern. Erst musste jemand hineinklettern, bevor es gelang, den Mann mit vereinten Kräften auf eine Weise nach draußen zu ziehen, die ihm körperliche Schmerzen ersparte. Er stand neben seinem Wagen und knickte in den Knien ein. In der Sporthalle hätte er in der Seniorengruppe den Vorturner geben können. In der Parterre-Verkaufsfläche von *Galeria Karstadt Kaufhof* sagte er: »Hoppla, was ist denn das?« Man fing ihn auf, stützte ihn ab, man setzte ihn hin, rief nach einem Arzt, und auch diesmal befand sich einer in Hörweite. Er war nicht viel jünger als der Horrorfahrer und wäre problemlos als sein Bruder durchgegangen. Aber er war fit und präsent und alles, was er tat und anordnete, hatte Hand und Fuß.

»Das ist wirklich sehr freundlich von Ihnen«, sagte der Fahrer in freundlichem Tonfall. Entweder er begriff in diesem Moment, was passiert war. Oder er stand unter Schock. An die schlechteste Option wollte niemand laut denken: dass er am Steuer einen Schlaganfall oder Schwindelanfall oder plötzlichen Blutdruckabfall erlitten hatte oder ein anderes Phänomen aus dem großen Strauß der Möglichkeiten, das einen sehr alten Menschen in Nullkommanichts in ein Opfer des Straßenverkehrs verwandeln kann.

»Konkurrenz für Othmarschen! Was die im wilden Westen können, können wir auch« – mit diesen launigen Worten beschrieb eine nicht mehr junge Besucherin des *Alstertal-Einkaufszentrums* gestern Mittag den Vorfall in dem bekannten Einkaufsparadies (240 Geschäfte) im nordöstlichen Stadtteil Poppenbüttel. Offenbar als Folge eines Sekunden-Blackouts am Steuer seines Volvo-SUV durchbrach ein Pensionär (82, kein Bewohner einer Seniorenresidenz) einen Eingang des *Kaufhof*-Kaufhauses. Er rollte durch die halbe Länge der Verkaufsfläche im Erdgeschoss, bevor er neben der Rolltreppe zum Stehen kam. Personenschäden sind nicht zu beklagen, auch der Fahrer kam mit dem Schrecken davon. Die Schäden an der Einrichtung und der Glasfront sind noch nicht addiert worden. Der Filialleiter: ›Wir sind alle glücklich, dass es so glimpflich abging. Kein Tropfen Blut, nicht mal Nasenbluten. Dabei blutet irgendeine Nase doch meistens. Der alte Herr hat einen Schutzengel gehabt. Und wir wohl auch.‹ Der Verkauf läuft weiter, die Unglücksstelle wurde weiträumig abgesperrt. Ein Sonderausverkauf ist nicht vorgesehen.«

Zwischen der Einkaufsstraße im Westen und dem Einkaufszentrum auf der anderen Seite der großen Stadt liegen* 30 Kilometer Luftlinie. Selbst bei hemmungsloser Bereitschaft zum Herstellen von Ähnlichkeiten ließ sich zwischen den Unfällen in der Einkaufsstraße und dem Vorfall im Nordosten keine seriöse Verbindung ziehen. Aber wer nicht buchstabengetreu auf Seriosität bestand, konnte reiche Beute machen.

»Bis gestern hatte ich nur eine vage Ahnung, wo dieses merkwürdige Poppenbüttel eigentlich liegt. In meinen ersten Jahren in Hamburg habe ich gedacht, Poppenbüttel ist nur ein Spitzname. Wie Mottenburg für Ottensen. Jetzt weiß ich: Die Kollegen da drüben haben es auch nicht leicht. Zwar haben sie viel größere Kaufhäuser als wir, aber wer wirklich will, kommt auch da rein. So viel zum Thema ›Gebrechliche Senioren‹. Mit den alten Leutchen ist jederzeit zu rechnen.«

Aus dem Westen kamen Lebensäußerungen, die in ihrer betroffenen Grundmelodie an Beileidsbezeugungen erinnerten. »Mit Bestürzung hören wir von dem Vorfall in Poppenbüttel. Wir freuen uns, dass niemand verletzt wurde. Unsere Gedanken sind in diesen Stunden bei dem alten Herrn und seiner Familie. Wir wünschen alles Gute und keine Wiederholung des Schreckens.«

Aber in der Einkaufsstraße waren auch andere Tonlagen zu hören. Um sie mitzubekommen, durfte man sich nur nicht direkt vor die Geschäfte oder in die Nähe der Kasse stellen. Denn nicht wenige Statements beschränkten sich keineswegs auf das pflichtgemäße Ausbringen von Betroffenheit und Solidarität.

»Kopf hoch, Kollegen. Das ist nicht so traurig, wie es einem im ersten Moment erscheinen mag. Im Grunde ist dieser Unfall ein Hallo-wach für uns alle. Wir sind viel zu lange im Büßerhemd herumgelaufen. Jetzt können wir das guten Gewissens endlich in die Maschine geben. 30 Grad und Schonprogramm. Denn der Bums in Poppenbüttel zeigt doch im Grunde nur eines: Unfälle kommen überall vor. Mal sitzt ein Alter am Steuer, mal ein Junger. Mal ist der Wagen groß, mal ist er klein. Wir müssen endlich davon wegkommen, ständig leichtfertig mit Reizworten zu hantieren. Das führt in die falsche Richtung. Autofahren ist Leben. Autounfall ist Lebensrisiko. Wenn ein großer Autotyp mit im Spiel ist, heißt das nur: So einen fahrbaren Untersatz muss man sich erst einmal leisten können. Wenn in Billstedt bei den Hartzern ein schrottiger Lada in einen zerdellten Kadett rutscht, wird das gar nicht als Unfall wahrgenommen, sondern als eine Art Freitod. Im Grunde sind diese Karren doch schon vor dem Unfall Schrott. Ich sage nur: Büßerhemd in die Maschine. Seien wir stolz darauf, dass wir uns richtige Unfälle leisten können. Ein Unfall ist nicht so schön wie kein Unfall. Aber wenn schon Unfall, dann einer, mit dem man sich sehen lassen kann. Wenn die Zuschauer auf den billigen Plätzen das partout nicht begreifen können, schicken wir eben ein Dutzend unserer starken Maschinen zu denen rüber. Die schieben dann deren Altautobestand zu einem formschönen Blechwürfel zusammen. Mit dem können sie zur nächsten *documenta* nach Kassel fahren. Wenn sie Glück haben, kommen sie mit einem Kunstpreis zurück. Den können sie dann in ihrer Kneipe bei *Lidl*-Bier und Wodka aus dem Russen-Supermarkt begießen. Und mit dem Sprit, der übrig bleibt, können sie die Fahrgestellnummern aus den frisch geklauten Audis ätzen, bevor die rüber nach Polen gehen. Bloß nichts wegwerfen.«

Die zuständige Bezirksversammlung arbeitete 48 Stunden nonstop daran, die fatale Wirkung dieses Statements aus der Welt zu reden. Zuerst versuchte man es mit den bewährten Mitteln: Missverständnis, nicht freigegebene Meldung, sachlich nicht ausreichend abgeklopft. Weil das nicht reichte, um das schäumende Billstedt zu befrieden, ging ein Sprinter mit 20 Kisten Markenbier auf die Straße nach Osten. Er hätte sein Ziel bestimmt erreicht, wenn er nicht unterwegs einem liegen gebliebenen Sprinter-Bruder Pannenhilfe und Ladekabel gegeben hätte, um danach festzustellen, dass der Laderaum den Verlust von 18 Kisten Bier beklagte. In Fehleinschätzung des Klimas lud man wenigstens die letzten beiden Kisten ab und floh mit einem von allen Seiten besprayten Sprinter zurück nach Westen.

Die Politik hob den Konflikt auf eine höhere Ebene. Damit war er keineswegs befriedet – denn das wäre zum ersten Mal geglückt. Aber auf Stadtteil-Ebene konnte man durchatmen.

In der Villa des leidenschaftlichen Aufstand-Forschers Ehrenreich wurde in aller Eile ein Raum von verstaubten Demofotos befreit. Man schloss sich mit der Kulturbehörde kurz, eine Stunde später stand der Senator vor der Tür und höhlte auf seine handfeste, loyale und offene Art so viele Vorurteile aus, dass mancher von Ehrenreichs alten Genossen davon auf dem falschen Fuß erwischt wurde. Sie versuchten alles Mögliche, um den Senator einzuwickeln, und mussten auf ihre alten Tage eine schmerzhafte Lektion lernen: Nicht jeder Sozialdemokrat ist so einfältig wie seine Partei.

Ehrenreich streckte seine Fühler aus, die Stadt war gespickt mit alten Professoren, die darauf brannten, mal wieder gebraucht beziehungsweise nachgefragt zu werden. Die ältesten der alten Professoren saßen in mehreren Clustern in Poppenbüttler Seniorenresidenzen, wo sich folgerichtig erstaunlich viele Gemälde fanden, die den betagten Bewohnern als lustige Szenen aus dem ländlichen Leben verkauft wurden, während es sich in Wirklichkeit um gute alte Revolutionen und Aufstände handelte. Farbenprächtig waren sie in jedem Fall.

Zwischen Poppenbüttel und Othmarschen besteht eine durchgehende S-Bahn-Verbindung. 50 Minuten Fahrt für drei Euro 40. Acht Professoren stiegen in Poppenbüttel ein, fünf stiegen in Othmarschen aus. Über den Verbleib der verloren gegangenen drei Kollegen herrschte einige Tage Rätselraten, bis einer nach dem anderen wieder auftauchte. Einer hatte seine vor 48 Stunden kennengelernte und vor 24 Stunden geheiratete taufrische Pflegerin aus Russland an der Seite. Der andere berichtete von unerwartetem Telefonkontakt mit seiner lange tot geglaubten Gattin. Der letzte zog sich zurück und arbeitet seitdem an einem Abenteuerroman, der die angeblich schönsten drei Tage seines Lebens zum Inhalt haben soll.

Dann liefen die ersten Daten aus Poppenbüttel ein. Von allen 104 Hamburger Stadtteilen ist Poppenbüttel derjenige mit der ältesten Bevölkerung. Fast vier von zehn Bewohnern sind 60 Jahre und älter. Bürgerliches Erscheinungsbild, beeindruckende Eigenheimviertel, Seniorenresidenzen ohne einen Hauch von Altenheim-Aura. Engste und oft harmonische Einbindung von Flüsschen und Wäldern. Der Einzugsbereich erstreckt sich bis ins südliche Holstein. Die Ostsee mit der Lübecker Bucht liegt nur 60 Kilometer entfernt. Und natürlich das Einkaufszentrum, eine Welt für sich, großzügig, nobel mit Angeboten vom Brötchen bis zum Tesla.

Zuletzt die Information, die das Leben von Ehrenreich veränderte. Poppenbüttel hatte in der jüngeren Vergangenheit einige Unfälle erlebt, die zwar nicht identisch mit denen im Westen waren, aber doch Ähnlichkeiten aufwiesen. Betagte Fahrer, Autos von Mittelklasse an aufwärts, Automatik, Gaspedal statt Bremse, nach maximal 20 Metern Vollkontakt mit einem harten Hindernis, keine Personenschäden.

Es gab einen Unterschied, der ins Auge fiel, doch der war beträchtlich. In Poppenbüttel verteilten sich die Unfälle über den gesamten Stadtteil. Es gab Häufungen, keine Ballungen. Aber selbst in dem am härtesten getroffenen Wohnviertel wurden keine beeindruckenden Ereignisse verzeichnet, die man bei freundlichster Auslegung als Unfall bezeichnen kann. An die Einkaufsstraße im Westen reichten sie nicht heran, in dieser Disziplin musste der Westen keine Konkurrenz fürchten.

Im Gegensatz zu Ehrenreich. In der Villa des Radikalismusforschers schrillten die Alarmglocken. Eine Zeitenwende drohte, der Hausherr sah sein jahrelanges Monopol bedroht. In Othmarschen hatte er Heimvorteil, dies war sein Land. Zwar hatte er die historische Unfallserie nicht persönlich in Szene gesetzt, aber er profitierte von ihr seit vielen Jahren. Kein Gespräch, kein Telefonat, kein Interview, in deren Verlauf nicht spätestens im dritten Satz der jahrelange Wumms im Westen Erwähnung fand. In seinem Zuhause hatte Ehrenreich praktisch einen Zuschauerplatz, so dicht war er in seinem Leben nie am Zentrum einer gesellschaftlichen und emanzipatorischen Revolte gewesen. Und jetzt das! Poppenbüttel! Poppenbüttel war Ausland, Poppenbüttel war der Feind.

Bis zur letzten Woche hatte sich Ehrenreich jeden Tag auf die Lektüre der Tageszeitungen gefreut. Er las sechs: *FAZ*, *Süddeutsche*, *Welt*, *Bild*, *Mopo* und – weil er nicht gemein sein wollte – auch die *TAZ*. Darüber hinaus wühlte er sich täglich durchs Netz, hatte sämtliche *NDR*-Hörfunkkanäle und zwei der großen Privatsender auf Kurzwahltaste. Vor allen Dingen war er vernetzt bis zum Abwinken, selbst gegen die Belieferung mit kauzigen Newslettern von mittlerweile komplett neben der Spur fahrenden Ex-Kollegen verwahrte er sich nicht. Ehrenreich war ein intellektuelles Trüffelschwein, die Sehnsucht nach und die Vorfreude auf unerwartet eintreffende Perlen hielten ihn jung und spannkräftig. Etwas mehr Sex hätte er nicht abgelehnt, aber in den ersten 60 Jahren seines Lebens hatte er gelernt, dass Frauen nicht nur Geld kosten, sondern vor allem Zeit – Zeit, die er in seinem Alter nicht mehr hatte. Er musste ökonomisch mit seinen Kräften umgehen. In seinem zweiten Arbeitszimmer warteten 37 Tagebücher darauf, endlich redigiert zu werden. Lockere Kontakte zu zwei Verlagen existierten bereits. Ehrenreich freute sich schon darauf, die geizigen Verlagsleute gegeneinander auszuspielen.

10

In einer Region mit über zwei Millionen Einwohnern herrscht im Lokalteil der Tageszeitungen kein Mangel an Themen. Fast immer steht fest, welche Meldung zum Aufmacher wird. Personen, Persönlichkeiten, D- und Doppel D-Promis, Politiker, Profisportler, Wirtschaftsbosse und Unterweltler reichen untereinander den Stab der weltberühmten Lokalhelden weiter. Jeder kommt dran, manchmal reicht es nur zum Promi für einen einzigen Tag, manchmal zieht es sich über mehrere Tage. Diesmal kamen sich zwei Ereignisse ins Gehege. Obwohl sich die beiden Hamburger Tageszeitungen und die anderen Blätter mit Hamburger Lokalteil oft einig sind, wem die Krone des Tages gebührt, gingen diesmal die Meinungen auseinander. Bis letzte Woche war es unvorstellbar gewesen, einen banalen Unfall in einem Vorort zum Hit aufzublasen. Doch der nur wenige Stunden später stattfindende spektakuläre Versuch eines betagten Fahrers, ein Kaufhaus von innen mit dem Auto zu durchqueren, veränderte die Sicht auf die Dinge. Im Lokalteil fand eine Zweiteilung statt. Eine Fraktion widmete sich hingebungsvoll der *SPIEGEL*-Reporterin, deren Zehen unter die Räder einer kleinen Laufrad-Pilotin geraten waren. Die andere Fraktion machte mit dem SUV neben der Rolltreppe auf. Natürlich gab dieses Bild optisch mehr her als eine auf dem Bürgersteig liegende Person, die von mehreren Menschen, die auf den ersten Blick als Ärzte zu erkennen waren, medizinisch versorgt wird.

Es war der Hintergrund, der den Reiz ausmachte. Hier waren nicht Frau Hinz oder Herr Kunz umgefahren worden, sondern eine journalistische Kollegin, und das in aktiver Ausübung ihres Berufs und ihrer beruflichen Pflichten. Davon träumen viele Journalisten. Nicht von zwei gebrochenen Zehen, aber es tut ihnen in der Seele gut, dass die Gefährdung ihres Berufsstandes ins Bewusstsein geholt wird. Ein Journalist verbringt seine Arbeitstage nicht am Schreibtisch oder im gemütlichen Homeoffice, auf einem Bein schaukelt das Töchterchen, auf dem anderen die dicke Hauskatze. Nein, Journalist sein, heißt rauszugehen und dort zu sein, wo die Luft brennt. Natürlich war jedem Lokaljournalisten die Heuchelei bewusst. Es ist nicht das gleiche, ob man Bürgerkriegshandlungen in Drittwelt-Staaten dokumentiert oder Stehempfänge anlässlich der feierlichen Eröffnung einer Maßnahme zur Verkehrsberuhigung in Form eines Kreisels, dessen Bauzeit zwei Jahre betrug. Der Tisch, auf dem die Platten des Buffets stehen, hat nichts gemein mit dem Tisch, auf dem die Opfer des letzten Minenangriffs zusammengeflickt werden. Aber es fühlt sich gut an, so zu tun als ob. Immerhin hatte sich die Reporterin im Westen nicht freiwillig vor die Räder der heranrasenden Zweirad-Marodeurin gelegt. Sie hatte ihre körperliche Unversehrtheit in Ausübung ihres Berufs riskiert. Und die Bäckereitüte, die auf einem Foto neben der kollektiven Erstversorgung auf dem Bürgersteig zu erkennen war, hätte genauso gut schon seit längerer Zeit dort liegen können und musste nicht zwangsläufig der kauenden Reporterin beim Sturz aus der Hand gefallen sein.

Was aber schnell die beiden Vorfälle an entgegengesetzten Enden der Stadt unauslöschlich verflocht, waren die Schauplätze: ein marodierender Senior im Osten, ein Unfall im Westen auf der Straße, auf der in den letzten Jahren sage und schreibe und fotografiere 20 Unfälle zu verzeichnen waren. Schlagartig kam alles wieder hoch: Senioren, die die Herrschaft über überdimensionierte Wagen verlieren, die mehr Ähnlichkeit mit einem Lieferwagen haben als mit einer Familienkutsche. Zumal bei den Unfällen fast immer nur eine einzige Person den Innenraum bevölkert hatte – leider ohne nachhaltige Wirkung zu hinterlassen. Beispielsweise in Form eines Bremsversuchs.

Der Poppenbüttler Unfall wurde tagelang gewürdigt. Das Strickmuster aller Zeitungen ähnelte sich bis zur Ununterscheidbarkeit: erst das saftige Foto, um im Text darunter oder daneben die Kurve zum eigentlichen Anliegen zu bekommen. Was passierte hier in Wirklichkeit: eine statistisch kaum noch begründbare Häufung von fast identischen Abläufen? Oder der Beweis für die Überforderung alter Menschen im Straßenverkehr, verstärkt durch groteske Übermotorisierung? Dass es ohne schwere Verletzung abgegangen war, nahm einen Halbsatz in Anspruch. Wilde Spekulationen über Ursachen und sich aus der großen Zahl an Unfällen zwingend ergebenden Konsequenzen machten den eigentlichen Text aus. Jeden Text, denn tagelang wurde auf dem Thema herumgeritten, Experten gaben ihren Senf dazu, die Lage in anderen Städten wurde geschildert, der Blick ins Ausland war nicht nur dem europäischen Gedanken geschuldet, sondern dem Zwang, die umfangreichen Textlücken zu füllen, ohne sich ab Tag zwei zu wiederholen.

Die verunfallte Reporterin war in der Unfallpraxis der Einkaufsstraße operiert worden. Sie hatte nicht auf der Einlieferung ins Krankenhaus bestanden, obwohl es bis dorthin nur ein paar Kilometer gewesen wären. Aber der Unfallchirurg hatte den Eingriff zu einer Frage der Ehre umdefiniert. Und der Fotograf, der alle Erdteile kennengelernt hatte, freute sich, bei diesem Job alle Wege zu Fuß erledigen zu können. Zwei Zehen waren gebrochen, einer stand fast im rechten Winkel ab. Kurz darauf stand er auf 40 Fotos im rechten Winkel ab. Der Fotograf fotografierte alle Schritte des kleinen Eingriffs. Niemand wunderte sich, dass das Geschäft für orthopädisches Schuhwerk nur wenige Schritte entfernt lag. Alle wunderten sich, dass der Reporterin nicht ihre Schuhgröße einfiel. Dabei ist 41 für eine Frau so ungewöhnlich, dass man die 41 theoretisch ein Leben lang auf Kommando parat haben könnte.

Eine Kollegin, die der Chirurg nie beim Namen nannte und ausnahmslos als »meine linke Hand« bezeichnete, besorgte den passenden Schuh. Sie erwähnte nicht, dass der Verkäufer in den Regalen lange gesucht hatte und den angestaubten Karton schließlich an einer Stelle aufgespürt hatte, die er zuvor mehrfach als »das ist alles ausrangiertes und aus der Mode gekommenes Zeug« bezeichnet hatte.

Danach komplimentierte der Arzt seine Mannschaft aus dem Behandlungszimmer, weil er mit der Patientin gern unter vier Augen wichtige Verhaltenstipps der folgenden Tage besprechen wollte. Sie bestand darauf, weiter an dem »Stück« zu arbeiten. Nie sagte sie Text oder Reportage, es war »das Stück«. Der Fotograf versprach, für einen fahrbaren Untersatz zu sorgen. Er fuhr einen sehr alten Mini mit Doppeltür im Heck und regte sich längst nicht mehr darüber auf, dass man den Veteranen gern als Frauenauto verspottete.

Der SUV-Angriff auf das Kaufhaus katapultierte das verschlafene Poppenbüttel mit einem Schlag auf die Karte der Stadtteile, die man kennen muss. Kein Tag verging in der kommenden Woche, in dem Poppenbüttel nicht von allen Gazetten ein Drei- bis Vierspalter gegönnt wurde. Im Grunde wurden zwei Themen hin- und hergewendet: die vielen alten Bewohner und das Einkaufszentrum, zu dem angeblich halb Schleswig-Holstein anreiste und zusätzlich jeder Mecklenburger, der in Schwerin alle Geschäfte in- und auswendig kannte. Als Arbeitsplatz besaß die Ballung von rund 300 Adressen im Einkaufszentrum und rund um das Einkaufszentrum offenbar seit vielen Jahren eine überregionale Bedeutung.

Jörg Ehrenreich las diese Hymnen, er tat es widerwillig, aber er versagte sich nicht. Information brauchte er nötiger als Wasser und Kaffee. Was nicht bedeutete, dass er den Poppenbüttlern den jungen Ruhm gönnte. Hamburg besitzt mehr als 100 Stadtteile. 30 bis 40 von ihnen könnte man über Nacht abbauen, ohne dass jemand etwas vermisst hätte. Manche Quartiere besitzen ein Bauwerk oder ein anderes Phänomen, beispielsweise Freudenhäuser und Nachtklubs, woran jeder denkt, wenn der Name des Stadtteils fällt. Aber woran denkt der Mensch bei Horn? Oder bei Marmstorf? Klein Borstel oder Lurup? Diese Adressen sind gut, um die Abstände zwischen wichtigen Standorten aufzufüllen. Aber bleibende Eindrücke haben sie während ihrer Existenz nicht hinterlassen. Und nichts deutet darauf hin, dass sich daran etwas ändern könnte.

Ehrenreich wollte sich nicht versagen und betrat die aus Blankenese einrollende S-Bahn. Im Verlauf der langen Fahrt wurde ihm anhand der Haltestellen deutlich, dass sich auch hier Leuchttürme und graue Mäuse abwechselten. Natürlich besaß die Mehrheit eine gewisse Attraktivität, wenigstens touristische Attraktivität, denn die Fahrt führte vorbei am Hafen und mitten durch die Innenstadt, bevor man über den ehemaligen Arbeiterstadtteil Barmbek in Richtung der sogenannten Walddörfer reiste. Die Bürostadt zur Linken gefiel Ehrenreich sehr, der jüngere Idealist hatte seinerzeit ernsthaft mit dem Gedanken gespielt, gegen alle Moden und Vorlieben hierher zu ziehen. Das war in der Zeit, als kaum jemand wusste, dass es hier nicht nur Büros gibt.

In Ohlsdorf hat man die Wahl zwischen riesigem Friedhof und großem Flughafen. Als gläubiger Mensch fällt einem die Wahl wohl schwer, denn man hebt dort im besten Fall genauso ab wie da. Zuletzt wird es rechts und links neben der Strecke nobel, Othmarschen light auf mehreren Kilometern Fahrt. Ehrenreich begann, sich zu langweilen. Endstation Poppenbüttel. Er versagte sich den billigen Kalauer mit der Endstation, war nach wenigen Schritten im Einkaufszentrum und fand keinen Ausgang. Im Grunde war das hier eine Einkaufswelt. Wer nach einem Billigladen suchte, war verloren. Ehrenreich zählte mit und las die aushängenden Pläne. Seine heimische Einkaufsstraße passte sechs- bis achtmal in diese monströse Anlage hinein. Vielleicht noch öfter. Aber in der Einkaufsstraße sah man den Himmel, hier sah man die Rohre an den nicht besonders hohen Decken. Dafür wurde man in seiner Heimat nass, wenn es regnete. Im Einkaufszentrum würde man einen draußen vorüberziehenden Hurrikan nicht einmal spüren. Die Poppenbüttler machten es einem leicht, sie zu hassen.

Ehrenreich nutzte die erste Gelegenheit, ins Freie zu gelangen, indem er auf der gegenüberliegenden Straßenseite im *Blockhouse* einkehrte. Das hätte er auch in Othmarschen haben können. Dafür bekam das Steakhouse-Imperium einen Makel ins Gästebuch geschrieben.

Ziellos ließ er sich treiben und stand schon zwei Minuten vor dem abgeklebten Fenster, das ohne Sinn und Verstand mit Flatterband beklebt war. Durch dieses Tor musste er gekommen sein. Ehrenreich war es nicht recht, so dicht am Ort zu stehen, an dem sich Zeitgeschichte ereignet hatte. Im Grunde war es respektabel. Er kannte mehr als einen Autofahrer persönlich, dem er nicht zutraute, bis auf diesen Platz vorzudringen, um dann Schwung zu holen, durchzudrücken und ... Zeitgeschichte eben. Das Widerspenstige im alten Menschen. Das, was kein Staat jemals in den Griff kriegen wird, vielleicht mit Ausnahme von Nordkorea. Das Monster Bürokratie (kein Kosename) soll die Alten stoppen, egal wie. Schikanieren, mit Strafen einschüchtern, unrealistische Drohungen ausstoßen, Entmündigung an die Wand malen, Internierungslager. Na gut, Internierungslager vielleicht nicht. Aber Entmündigung war eine Option. Der Entzug des Führerscheins ist eine Variante von Entmündigung. Ehrenreich war sicher, dass selbst mittelmäßige Anwälte solche Versuche stoppen würden. Aber er hatte sich in seinem Leben schon mehrmals geirrt – auch bei wichtigen Themen. Gerade bei wichtigen Themen. Auf die Schnelle fiel ihm kein Thema ein, bei dem er nicht am Ende danebengelegen hatte.

Erst wollte er nicht ins Kaufhaus, dann ging er doch. Auch drinnen Flatterband, wohin man sah. Einige Regale waren wohl weggeräumt worden, aber der Großteil des Weges vom Eingang bis zur Rolltreppe war schon wieder für den Verkauf freigegeben. Keine Mahnwache, keine Kerze. Das kommt dabei heraus, wenn die fromme Basis wegbricht. Und warum sollten Jugendliche, die jeden Frosch und jedes Küken betrauern, um einen alten Zausel weinen? Ihm war ja nichts passiert. Saß wahrscheinlich in diesem Moment zu Hause und wälzte die pfundschwere Bedienungsanleitung des SUV, um herauszufinden, wie man den Boliden auch ohne Schlüssel starten kann. Den Schlüssel nehmen die Kinder einem immer als Erstes weg.

Als Ehrenreich sich zur Rückfahrt fertig machte, bekam er durch ein zufällig aufgeschnapptes Gespräch von zwei Frauen mit, dass er überhaupt noch nicht in Poppenbüttel gewesen war. Das ernüchterte ihn vollends und erzeugte Scham. Er war zu alt und erfahren, um sich dermaßen leicht reinlegen zu lassen. Poppenbüttel hatte es offensichtlich nicht nötig, Besucher mit offenen Armen zu empfangen.

So begann die Besteigung eines der höchsten norddeutschen Hügel. Wahrscheinlich gehörte er nicht zu den Top 3, doch Ehrenreich war darauf nicht vorbereitet, er trug keine günstigen Schuhe und wollte kein Taxi nehmen, weil er befürchtete, dass er an der zweiten Ecke am Ziel sein würde. Er hasste kurze Touren, nur Taxifahrer hassen diese Touren noch mehr. In Othmarschen konnte man sich *Moias* bestellen, das versuchte er hier gar nicht erst, weil er Angst hatte, dass sie verfügbar sein würden. Die Poppenbüttler hatten immer noch ein Ass im Ärmel.

Es war weit, es war steil, und dann war es zu Ende. Auf der Bergkuppe lag ein verschlafenes Städtchen, nichts erinnerte einen daran, dass man sich noch in Hamburg befand. Hier war Provinz, hier war nicht viel los. Der Verkehr konzentrierte sich auf eine einzige Straße. An der Bushaltestelle hielt eine einzige Linie. Und da, da waren sie: die ersten standorttreuen Senioren. Womit sie ihren gesamten Leib bedeckten, dafür bekam man in Othmarschen eine Jacke, keine lange Jacke, maximal drei Viertel. Ehrenreich verachtete sich dafür, dass er das Preisniveau kannte. Er hätte es lieber gesehen, als freischaffender Geistesarbeiter souverän über der Ebene bürgerlicher Pflichten zu schweben. Nun erkannte er widerwillig, dass er doch alltagstauglicher war als gedacht. Dann war er auch beziehungstauglicher als gedacht. Und als gewollt.

Er ertappte sich bei dem Gedanken, eine Nacht in Poppenbüttel zu verbringen. Er war an einem Hotel vorbeigekommen. In den Altenresidenzen gibt es in der Regel Gästezimmer. Ehrenreich erschrak. Wo kamen diese Gedanken auf einmal her? Er war kein Tourist, er war ein akademischer Zeitreisender. Unten im Tal stand die S-Bahn abfahrbereit. Jemand hatte gesagt, dass sich mehrmals im Jahr ein Lkw an einer Brücke der Haltestellen vor Poppenbüttel festfuhr. Dann verkehrte stundenlang keine Bahn. Aber man konnte sich nicht darauf verlassen.

Er eilte zum Bahnhof, die Bahn stand abfahrbereit. Aber sie fuhr erst los, als er eingestiegen war.

11

Man ging auf Nummer sicher und fand sich in einem Büro außerhalb von Othmarschen zusammen. Man wollte mit offenen Karten spielen, die aufrichtige Besorgnis um das Wohlergehen betagter Unglücksfahrer und möglicher Opfer in der Zukunft weit nach vorne stellen und nicht in den Verdacht geraten, taktisch oder sonst wie tricky zu agieren.

Doch 48 Stunden vor dem Termin fand in Poppenbüttel ein Ereignis statt, das alle Planungen in Makulatur verwandelte und bei den Vertretern von Behörden, lokaler Politik und aller Institutionen, die alten Menschen wegen Auftrag und Neigung nahestehen, Sorgenfalten erzeugte. Im Stadtteil Poppenbüttel krachte ein Pkw gegen einen Fahnenmast und knickte ihn um. Die gute Meldung: Es handelte sich nicht um einen SUV, sondern um einen Wagen, der zweifelsfrei dem Segment der Mittelklasse zuzuordnen war. Als hätte dies nicht schon gereicht, handelte es sich überdies um einen Opel. Das war fast schon zu viel des Guten, aber das Schicksal schlägt zu, wie es will. Alle anderen Meldungen mussten dem negativen Segment zugeordnet werden.

An erster Stelle stand dabei: Der Vorfall fand auf dem Parkplatz einer Seniorenresidenz am Rand von Poppenbüttel statt. Der Opelfahrer war 84, und auf Befragen fiel ihm sein Name nicht ein. 20 Minuten später stand die Meldung im Netz, am nächsten Tag in allen lokalen Zeitungen und als Randnotiz sogar in nicht ganz unwichtigen Titeln der überregionalen Presse. Sogar die würdige *FAZ* berichtete. Zwar verfügte man über einen Korrespondenten in Hamburg, doch der interessierte sich primär für die Welt der Wirtschaft. Befragt, woher sein Sinneswandel stammte, antwortete er: »Ich verstehe mich unter anderem auch als Seismograf.« Abgesehen davon, dass nicht jeder auf Anhieb sagen konnte, was man sich unter einem Seismografen vorzustellen hat, war sofort klar, dass der Korrespondent möglicherweise persönlich in das Thema involviert war. Stichworte: Eltern, Großeltern, familiäres Umfeld.

In Othmarschen mussten gegen 9.30 Uhr vormittags *Bild*, *Mopo* und *Welt* nachgeliefert werden. Die *TAZ* kam glimpflich davon, denn sie war zu diesem Zeitpunkt noch gar nicht erstausgeliefert worden.

Poppenbüttel holte auf! Die Besucher der Einkaufsstraße im Westen mussten sich endgültig mit einem Rivalen in der Sparte »Unfallhäufigkeit bei alten Mitbürgern« auseinandersetzen. Dabei hatte man die Ruhe der letzten Tage als eine Art Friedensangebot angesehen. Zwar gab die Lokalpresse immer noch nicht Ruhe, aber die furiose Berichterstattung hatte sich erschöpft. Die Artikel wurden kürzer und schafften es nicht mehr auf die Aufmacherseite. Wer sensibel war, hatte mehrfach Gelegenheit, zwischen den Zeilen zu lesen: Er hätte dort gelesen, dass es nun gut war und dass man zum bewährten alten Schweigen zurückkehren sollte, was die westliche Einkaufsstraße überzeugend vorexerziert hatte. Nun hatte Poppenbüttel das Angebot ausgeschlagen, Poppenbüttel wollte es wissen. Nach dem letzten Eklat fehlten nur noch rund 20 Unfälle, und die Einkaufsstraße würde nicht mehr Rang eins belegen. Was würde als Nächstes kommen: eine offizielle Kriegserklärung? Die Veröffentlichung von Statistiken, in denen ein

Dutzend Verkehrsunfälle aufgelistet war, die die Poppenbüttler bisher für sich behalten hatten? Kauften die Poppenbüttler in diesen Tagen bereits auf Schrottplätzen und bei Gebrauchtwagenhändlern des Umlands in großer Zahl Schrottkisten auf, um sie preisgünstig in die Schlacht zu werfen sprich: gegen den nächsten Fahnenmast zu fahren? Wie viele Fahnenmasten standen überhaupt in Poppenbüttel? Wie viele waren von einem offensiv fahrenden Pkw in wie vielen Minuten zu erreichen? Den Bewohnern des Westens wurde bewusst, wie naiv sie bis heute gewesen waren. Dabei hatten sie sich in aller Bescheidenheit eine Menge auf ihre Menschenkenntnis eingebildet. Aber da hatten sie die Poppenbüttler noch nicht gekannt.

Dabei hatte Poppenbüttel allen Grund, sich zu schämen. Opel gegen Fahnenmast! Wie popelig war das denn? Im Westen fuhr man nicht gegen Fahnenmasten, maximal war ein Laternenmast drin, aber auch nur im Notfall. Wer gegen einen Fahnenmast ins Feld zog, begab sich auf das Niveau von Schützenfesten und Jahrmärkten. Im Westen gab es gar keine Fahnenmasten, mit Ausnahme der Elbe. Da wehte meist ein Wind, von Sturm über ordentliche Böen bis zu milder Brise war alles vorhanden und erzeugte diese angeblich poetische wahlweise lyrische Mischung aus Heiterkeit und Lebenslust, die jeden Einheimischen zwar kalt bis in den Kern seiner Seele ließ. Aber die Besucher aus der Stadt und aus dem Umland mochten das. Wer positiv gestimmt ist, spaziert unwillkürlich, und meist von ihm unbemerkt, langsamer, verweilt mithin länger am Fluss, und die Wahrscheinlichkeit steigt, dass sich Hungergefühl und die Bereitschaft, ein halbes Stündchen dranzuhängen, entwickeln – am besten erst der Hunger, danach die längere Verweildauer. Am

Ende landen sie in Bretterbude, Kiosk, Lokal oder Restaurant, finden alles urig oder erträglich oder vornehm, verzehren und konsumieren, erzeugen Umsatz und tun somit alles, weshalb man Besucher akzeptiert, und wenn nicht akzeptiert, so doch für die Dauer von zwei bis drei Stunden erträgt – klaglos und lächelnd. Und ohne einen Fahnenmast umzulegen.

Gastfreundschaft oder was Besucher dafür hielten, war am Fluss ein hohes Gut. Dass sich mancher auswärtige Besucher mit der Zeit weiter nach Norden in Richtung Einkaufsstraße Waitzstraße zu orientieren wünschte, kam erfreulich oft vor. Diese Entscheidung war auch naheliegend, weil die Ausdehnung nach Süden ja schnell an eine natürliche nasse Grenze geriet. Wer schlau war, reiste sowieso mit der Bahn an. Von einer sehr weit im Westen der Vororte gelegenen Startposition konnte man dann Richtung Stadt pilgern und musste sich keine Gedanken über den Standort des Wagens machen, der in diesem speziellen Fall die Wege nicht verkürzte, sondern beschwerte. Für nicht wenige Besucher war das erstmalige Erlebnis eines Ausflugs ohne Auto als Klotz am Bein ein einschneidendes, dem er weitere Erlebnisse folgen ließ, die besseren davon unvergesslich.

Der Einzugsbereich der Einkaufsstraße hatte zuletzt deutlich zugenommen. Die Stammgäste aus den umliegenden Stadtteilen hatten die Einkaufsstraße seit Langem auf dem Zettel – wenn auch im Einzelfall nicht so weit oben, wie es möglich gewesen wäre. Von Altona und Ottensen waren es nur zwei Stationen, die Bahnen fahren alle zehn Minuten. S-Bahnsteig und Einkaufsstraße bilden praktisch ein Ensemble. Mehrere Buslinien verkehren, die Anreise per Fahrrad ist kein Problem. Bevor Poppenbüttel begonnen

hatte, sich unbeliebt zu machen, gab es gar kein Problem –
bis auf 20 Unfälle, aber die hatte man im Griff, weil man
traditionell alles im Griff hatte. Und bisher war es ja jedes
Mal gelungen, die zeitliche Lücke zwischen den Unfällen,
die man bevorzugt »Vorfälle« nannte – denn Vorfall klingt
weniger nach Blech- und Sachschaden – ausreichend groß
zu halten. So hatte das Vergessen Gelegenheit, Kraft zu entfalten, und der Schreck über den neuesten Wumms würde
wirken wie beim ersten Mal. Jedes Mal war das erste Mal,
der Mensch ist ein vergessliches Tier.

Im Stadtteil ärgerte man sich über die Poppenbüttler. Es
begann schon damit, dass man sich nicht einig wurde, wie
man die bösen Nachbarn nennen sollte. Poppenbüttler?
Poppenbüttelaner? Popper? Popper entfiel schnell, weil
der Begriff auf die falsche Spur führte. Poppenbüttilanskis
rutschte nach hinten, weil sprachsensible Gemüter es fertig-
kriegten, daraus einen Affront gegen Polen und Russen und
Balten herauszulesen. Das war nicht beabsichtigt, aber im
Osten saßen die Poppenbüttler nun mal, da biss die Maus
keinen Faden ab. Und es hätte niemanden überrascht, wenn
in ländlichen Regionen im Osten das Umlegen von Fahnenmasten in wodkaseliger Stimmung seit Jahrhunderten Höhepunkt und Abschluss von Volks- und Schützenfesten bilden
würde. Bevorzugt Fahnenmasten aus anderen Dörfern. So
wie die Bayern für ihr Leben gern Maibäume klauen. Dabei
leben sie nicht mal im Osten. Aber sie sind Bayern. Und auch
davon beißt die Maus keinen Faden ab. Es ist gar nicht nötig,
dass man im Osten lebt, es reicht vollkommen, wenn man
anders ist. Anders ist man bevorzugt dann, wenn man nicht
von hier ist. Womit wir wieder bei den Poppenbüttlern wären.

Aufgrund der aktuellen Ereignisse lag von der ersten Minute an Besorgnis wie Mehltau über der Runde. Drei Viertel der Teilnehmer hatten auch an der ersten Zusammenkunft teilgenommen. Der Rest fügte sich mithilfe von Altklugheit und Meinungsfreude harmonisch ein.

Zum Auftakt fasste der Leiter zusammen, was seit dem ersten Treffen geschehen war. Der Leiter war derselbe geblieben. Jeder Teilnehmer, der annehmen würde, ein rotierendes Prinzip sei keine unangemessene Forderung, hätte sein blaues Wunder erlebt. Man wird nicht Leiter, um dieses Amt beim geringsten Gegenwind wieder herzugeben. Leiter zu sein, ist die halbe Altersversorgung, nur dass in diesem speziellen Fall nicht ein Konto gefüllt wird, sondern ein Ego. Das Ego ist ein großes Fass. Unten ist es undicht und muss deshalb ständig nachgefüllt werden.

Ein neuer Vorschlag zum Aufstellen von Schutzpollern lag auf dem Tisch. Die auf den ersten Blick pfiffige Lösung bestand aus einer Art Schaukel-Mechanismus, mit dem ein angreifender Pkw selbst ein Hindernis vor sich aufbaut, das sein Tempo schlagartig auf null reduziert. So hieß es in den ersten Minuten, in den letzten Minuten wurde aus dem »auf null reduzieren« ein »deutlich verringern«. Angeblich existierten 1:1-Modelle erster Hindernisse und waren bereits unter Wettbewerbsbedingungen geprüft worden, glücklicherweise nicht in der Einkaufsstraße.

Was sich im Verlauf des Abends nicht änderte, war die Kostenaufstellung: Man sprach hier über ein millionenschweres Projekt. Angeblich war die Finanzierung gesichert. Bund und Land und Bezirk wollten sich beteiligen, die örtliche Einkaufsgemeinschaft hatte ebenfalls finanzielle Bereitschaft zugesagt, doch wollte sich partout keine Zahl finden lassen, die irgendjemand jemals ausgesprochen oder angedeutet oder zur Not auch bestritten hatte. Auf diese Weise wäre man der Wahrheit nähergekommen, dies war der Weg, den jeder kennt, der jemals einem Gremium angehört hat, das über Aktionen diskutiert, die es nicht umsonst gibt.

Gremienerfahrene Menschen wissen auch, dass jede Runde ein Mitglied hat, das mit vorgeblich dummen Fragen zu verblüffen weiß und behauptet, in seiner Logik würde sich der normale Bürger manifestieren, wahlweise der gesunde Menschenverstand. Der heutige Schlaumeier fand folgende Formulierung:

»Wollt ihr ernsthaft behaupten, es gibt auf der großen weiten Erde keinen einzigen Ort und keinen einzigen Hersteller, der sich mit unserem Problem bereits beschäftigt hat? Beschäftigt bis zur Bauphase oder Serienreife, die die Sache bekanntlich radikal verbilligt? Jede Sache. Bis auf die Ehe. In der Ehe wird es immer teurer.«

So aufzuhören, war nicht dumm, denn schlagartig waren alle wieder präsent, im Extremfall sogar wach.

»Sie arbeiten dran«, behauptete der Leiter und las vom Blatt die Namen aller Firmen und Institute aus Hochschulen und Wirtschaft und Industrie vor, die offensichtlich Kenntnisse besaßen. Aber es gab keine Zahlen.

In Gegenwart der Runde telefonierte der Leiter mit einem Gewährsmann in der Wirtschaftsbehörde. Namen fielen nicht, er sagte auch nicht viel. Aber am Ende teilte er der gespannt wartenden Runde mit: »Er sagt, wir brauchen einen Anstoß. Dann kommt Bewegung in die Sache.«

Man stellte Vermutungen an, was damit gemeint war: ein weiterer Unfall? Ein lancierter Unfall? »Oder«, rief die

Leiterin eines Seniorenzentrums, »oder müssen wir warten, bis uns die Poppenbüttler zeigen, was eine Harke ist?«

Auf dem Notebook des Leiters vertiefte man sich dann in ein Filmchen, das einen der neuen Schaukel-Poller in Aktion zeigte. Man bat darum, den Film aufs eigene Gerät überspielt zu bekommen. Aber der Leiter tat geheimnisvoll, schlawinerte über rechtliche Probleme, am Ende standen zehn Personen hinter ihm und seinem Bildschirm, von denen die Hälfte nichts erkennen konnte, weshalb man in drei Schichten gucken musste. Keinem entging, wie behutsam, geradezu rücksichtsvoll sich der Pkw auf den Poller zubewegte. Und mit dem Aufrichten hatte es der Poller auch nicht eilig. Wer sich vorstellte, dass ein SUV – motiviert durch senilen Gasfuß – heranflog, konnte sich problemlos vorstellen, dass das Unheil bereits passiert war, bevor der Poller abschließend zu seiner Form von Erektion gefunden hatte. Anzügliche Bemerkungen lagen in der Luft, es spricht für die Kultiviertheit der Runde, dass niemand der Erste sein wollte, der das Niveau auf die Einstellung »feuchtfröhlich« absenkte.

Die Frau mit der größten Nähe zum Bezirk berichtete von Gesprächsrunden ohne offiziellen oder auch nur offiziösen Auftrag, die sich über die Meinung des Bundesjustizministers und einiger Länderbehörden ausgetauscht hatten. Es ging um die Möglichkeit, verbindliche Überprüfungen der Fahrtüchtigkeit ab einem gewissen Alter einzuführen, noch in der laufenden Legislaturperiode. In der EU war das weit verbreitet, dort hatten die Prüfungen von Anfang an breite Unterstützung gefunden, oder anfänglicher Widerstand hatte sich nach vollzogener Einführung schnell gelegt.

Die Anwältin in der Runde referierte über die Lage in Deutschland, wo es nicht nur an Unterstützung von

Überprüfungen mangelte, sondern bereits im Vorfeld massiv quergeschossen werden würde. Die Anwältin aus einer Kanzlei der Innenstadt hatte im Vorfeld Kollegen im Hamburger Westen abtelefoniert. Ihr war versichert worden, dass es im Fall des Falles einen Aufschrei geben werde und sich Dutzende von Kanzleien und Hunderte Anwälte in Bewegung setzen würden. Beauftragt nicht etwa – wie man erwarten würde – von sich bedroht fühlenden Senioren, sondern in viel größerem Ausmaß von deren Kindern und deren Verbindungen. Sie nannte Namen und im Einzelfall auch Verbindungslinien. Wie schnell man von Othmarschen in die Hamburger Innenstadt, von dort in mehrere Landeshauptstädte und von dort nach Berlin gelangte, verfehlte nicht seine Wirkung. Per Mail und Telefon dauerte es maximal zehn Minuten, um in die Region vorzustoßen, wo die Vorsicht regiert und die immerwährende Bereitschaft, keine schlafenden Hunde zu wecken. Da es derzeit in der Politik nichts Älteres gab als die Wählerstruktur der Sozialdemokratie, würde der Widerstand aus einer Ecke kommen, deren gewerkschaftliches Umfeld die Flanken absichern und deren intellektuelle Restbestände die Diskussion zügig im moralischen Sumpf versenken würden. »Wollen wir eine komplette Generation entmündigen?« – »Das Land aufbauen, das durften sie. Aber jetzt ab mit ihnen in die beschützenden Werkstätten.« Diese Richtung. Der Spaßvogel in der Runde erkundigte sich, ob beschützende Werkstätten auch Schäden an SUVs ausbügeln könnten. Die Lacher fielen müde aus.

Natürlich saßen Sozialdemokraten in der Runde. Wenn sich in Hamburg Runden zu egal welchem Thema zwischen Sport, Stadtgrün, Sozialem, Heizpilzen und Kultur treffen, sitzen immer Sozialdemokraten in der Runde. Früher hatten sie das belebende und listige Element gegeben. Jetzt stellten sie nur noch ihre hängenden Schultern zur Verfügung, um mitleidige Klapser in Empfang zu nehmen.

»Was schließen wir also daraus?«, fragte der Leiter in die Runde.

»Wir warten auf den nächsten Wumms.«

Alle blickten den Unglücksraben an, der sich so weit vorgewagt hatte. Jedem lag Widerspruch auf der Zunge, jeder hielt den Mund.

12

Sie hinkte, und hinkend schleppte sie sich durch die Einkaufsstraße. Man nickte ihr zu, sie nickte zurück und hinkte weiter. Meistens blieb sie nicht stehen. In ständiger Bewegung zu sein, erwies sich als hilfreich. Von wildfremden Menschen fotografiert zu werden, war weniger hilfreich, es war ungewohnt und ihr während der Ausübung ihres Berufs noch nie passiert. Journalisten sind in der Regel diejenigen, die Fragen stellen und fotografieren. Sie legen die Aufnahmegeräte auf den Tisch oder halten sie dem Befragten unter die Nase. Das ist die Regel, jeder kennt sie, jeder akzeptiert sie. Aber jetzt hatten sich die Rollen verändert. Seitdem die *SPIEGEL*-Reporterin ihrem beruflichen Auftrag trotz zwei gebrochenen Zehen nachging, tat man alles, um ihr den Alltag zu erleichtern. Natürlich starrte man sie an, aber vor allem grüßten die Einheimischen, und jeder Händler, von dem sie bemerkt wurde, eilte aus dem Geschäft und erkundigte sich nach dem werten Befinden. Manchmal fand sich ein Kunde, bis eben noch umschwärmter Mittelpunkt des geschäftlichen Treibens, unversehens allein und verlassen im Laden wieder. Aber er klagte nicht, protestierte nicht, stattdessen gesellte er sich zu der plaudernden Runde vor dem Geschäft, begrüßte die Reporterin und erkundigte sich nach dem werten Befinden. Man war eine große Familie, man kümmerte sich umeinander, nie vergaß man, alles Gute zu wünschen und schnelle Wiederherstellung. Man fragte nach Wünschen, die erfüllt werden konnten, man bot an, Essen zu besorgen, erteilte Einkaufstipps, und jeder Dritte wusste von einem medizinischen Angebot in höchstens fünf Minuten Laufentfernung, das den orthodoxen Heilungsverlauf mit exotischen, esoterischen und geheimnisvollen Essenzen wirkungsvoll flankieren würde. Ein Dauerbrenner lautete: »Gesundwerden ist das Eine. Sich dabei gut fühlen, ist das Andere.« Das sind diese Sätze, deren Sinn man auf keinen Fall durch Nachfragen einkreisen darf, weil durch das Freilegen wunderlicher Einstellungen zum Körper und seinen Gesetzen eine peinliche Stimmung entstehen kann, Schweigen ist nur eine Option.

Zwar handelte es sich bei der Patientin glücklicherweise um eine Frau. Frauen kann man mehr bieten als Männern. Männer lachen schnell, und viele tun so, als würden zwischen ihrem körperlichen Wehwehchen und der Inspektion ihres Wagens in der Werkstatt nur marginale Unterschiede bestehen. Männer kümmern sich schlecht um ihren Körper – oder zu viel, aber dann meist äußerlich. Entsprechend grausig ist oft das Resultat. Männer, die im Leben keine Frau an ihrer Seite haben, rutschen im Fall von Krankheiten oder Unglücksfällen leicht in eine Hilfsbedürftigkeit ab, der sie sich durch Versteckspielchen entziehen wollen. Das fällt schon jedem sozial halbwegs eingehegten Zeitgenossen schwer, in einem Stadtteil wie diesem blickt man noch genauer hin – natürlich weil man neugierig ist, aber auch aus ernsthaftem Interesse.

Nicht selten bieten Krankenbesuche die erste Gelegenheit, bisher hermetisch abgeschlossene Wohnbereiche kennenzulernen. Bettlägerige Bewohner erleichtern diesen Prozess ungemein. Aber zur Not nimmt man auch banale Einschränkungen des Bewegungsapparats als Gelegenheit und Aufforderung, alles zu tun, um dem Patienten seine

Situation zu erleichtern. Eine gute Grundlage ist dafür die Kenntnis des Wohnungsgrundrisses, der Einrichtung, des Inhalts des Kühlschranks sowie aller Schränke, deren Türen sich außerhalb der Sichtweite des aktuell gehandicapten Bewohners befinden.

All das entfiel leider im Fall der Reporterin. Sie wohnte angeblich in Alsterdorf. Die meisten Einheimischen waren nie in Alsterdorf gewesen und kannten auch niemanden, der in Alsterdorf lebte. Angeblich floss dort die Alster. Man war froh, dass man selbst nicht in Elbedorf wohnen musste.

Der Fotograf hatte es noch schlimmer getroffen. Dass es in Rothenburgsort Wohnungen gab und nicht nur Werkstätten, Lagerhallen und Zubringerstraßen zur Autobahn, gehörte nicht zum Allgemeinwissen. Hartnäckig hielt sich das Gerücht, dass der Mann gar keine Wohnung nutzte, sondern eine hallenähnliche Räumlichkeit, die jahrzehntelang als Kfz-Werkstatt gedient hatte. Dass die Hälfte der Halle bis heute exakt diesem Zweck diente, erfuhren die Einheimischen nicht vom Fotografen. Und dass jedes zweite Auto, das auf die Bühne fuhr, zum selben Zeitpunkt von seinem Besitzer schmerzlich vermisst wurde, wusste nicht einmal die Reporterin. Obwohl sie viel über ihren Kollegen wusste. Sehr viel, wirklich sehr, sehr viel. Das gefiel ihr. Was ihr nicht gefiel, war die Tatsache, dass sie nicht die einzige Frau war, die so viel über ihn wusste.

So angenehm der Zuspruch der Einheimischen war, so sehr hielt er auf Dauer die Reporter von ihrer Arbeit ab. Deshalb zogen sie die geplanten Gespräche mit den diversen Auskunftgebern und Interessengruppen vor, weil diese Treffen in privatem Ambiente stattfanden. Falls man in einem Büro landete, war es in der Regel dermaßen nobel und wohnlich eingerichtet, dass viele nicht für möglich gehalten hätten, sich hier in einem beruflichen Umfeld zu befinden. Schon am zweiten Tag absolvierte die Reporterin das Gespräch auf einem Sofa liegend, weil ihr das am meisten behagte. Ihre Gastgeber hatten darauf bestanden, es war diese Art nötigender Freundlichkeit, der man sich bereitwillig überlässt – nachdem man anfangs der Form genügt und heftig widersprochen hat.

Nie sprach man länger als zwei Sätze über den Unfall. Bald hielt die Reporterin es für erwiesen, dass sich wirklich niemand dafür interessierte. Aber da irrte sie sich. Es gab eine Bevölkerungsgruppe, die einen scharfen Blick auf das Unfallgeschehen im Stadtteil hatte.

»Ich bin noch nie einem Laufrad in die Quere gekommen. Und wenn, dann hätte ich das zur Seite gekickt und gut ist. Ich verstehe gar nicht, wie man so leicht umfallen kann. Müssen diese Reporter heutzutage denn keinen sportlichen Einstellungstest mehr ablegen?«

So sprachen alte Einheimische, wenn sie sich in Gesellschaft Gleichaltriger befanden. Am liebsten von Gleichaltrigen, die entgegneten: »Es ist eine Frage der Reflexe. Mit Reflexen wär das nicht passiert. Besser, du stößt das Kind um als dich selbst. Der Fallweg ist bei kleinen Kindern ja fast null. Die rollen sich zusammen, die werden zu einer Kugel. Und sie jammern auch nicht rum, weil sie das für ein lustiges Spiel halten.«

»Reflexe. Es sind immer die Reflexe.«

»Manchmal ist die Hochzeit ein Reflex.«

»Du sagst es. Und manchmal ist die Hochzeit der Beginn einer langwierigen Erkrankung, die partout nicht mehr heilen will.«

»Mit Scheidung wäre das nicht passiert. Scheidung und Reflexe – damit bist du auf der sicheren Seite.«

»Und Knoblauchpillen.«

»Scheidung, Reflexe und Knoblauch, da kommt nichts mehr an dich ran, was Unheil anrichten könnte.«

»Männer!«

»Und kleine Gören auf diesen modernen Terrorrädern. Ich verstehe gar nicht, was das soll. Wo ist der Vorteil, wenn sie schon Menschen umfahren, bevor sie aus eigener Kraft laufen können?«

»Sie können laufen, sie wollen nur nicht.«

»Weil sich moderne Eltern nicht mehr durchsetzen können.«

»Das Kind von meinen Kindern macht jetzt auf Sicherheit.«

»Du meinst deine Enkelin?«

»Ich meine meine Enkelin? Ja richtig, meine Enkelin. Heutzutage geht alles so schnell. Wie beim Einparken. Eben warst du noch hier, im nächsten Moment bist du schon da. Als wäre inzwischen gar keine Zeit vergangen.«

»Ich mag das. Losfahren und da sein. Da entfällt die viele Fahrerei dazwischen, wo man sich sowieso nur langweilt. Und was war das mit der Sicherheit? Das Kind ist doch noch klein. Und kümmert sich schon um Sicherheit. Was stimmt denn nicht mit diesen Kindern? Warum können sie nicht mal zufrieden sein?«

In der dritten Grundschulklasse der Enkelin fieberten 28 Schüler der heutigen Präsentation entgegen. Frau Schierwater, die nie Schietwater hieß, steigerte die Vorfreude durch eine mitreißende Rede, die niemanden annähernd so begeisterte wie Frau Schierwater. Die Kinder wussten, was unvermeidlich ist, und ließen den entflammten Monolog über sich ergehen, indem sie sich anderweitig beschäftigten. Jedes Kind hatte einen Nachbarn, Vordermann oder Hinterfrau, um zu ärgern, Informationen auszutauschen, Fundstücke im Netz anzusehen und das Kleingeld nachzuzählen. Isabel hatte wieder eine Münze mit, die sich verwandelte, während man drauf sah: Aus 50 wurde 20, wenn man Pech hatte umgekehrt. Im schlimmsten Fall wurde aus 50 eine 30. Dann war die Münze kaputt, und man konnte sie wegschmeißen. Oder vorher beim Bezahlen in einem Geschäft untermogeln. Am besten, man verkaufte sie Noahs Opa, der sammelte seltene Münzen und zahlte gut. Am meisten für die, die sonst keiner hatte. Winifred hatte er aus Versehen zwei Achtzehner rausgegeben, der Opa war manchmal durch den Wind.

Frau Schierwater kam zum Ende. »So viele Autos, so viele Menschen, so viel Gefahr. Und es reicht aus, wenn nur ein Einziger nur einen winzigen Moment nicht aufpasst. Schwupp, und der Moment ist vorbei, und der Unfall ist passiert. Schwupp – denkt immer dran. Schwupp und Aua. Wir haben ja darüber gesprochen. Und wir haben alle unsere Omis und Opis lieb und wollen nicht, dass sie sich wehtun. Oder anderen Leuten wehtun.«

»Oder uns«, murmelte Bernie Zwo. Vor vier Wochen hatte er noch lauter geredet. Aber Frau Schierwater mochte das nicht. Je lauter die Stimme, desto näher das Unglück – das sagte sie gern und oft. Und manchmal zitterte ihre Stimme dabei ein wenig. Aber nur leise. Doch ohne Zittern ging es nicht.

Die Klasse hatte fünf Arbeitsgruppen gebildet. Fünfmal fünf, macht Rest drei. Um diese drei war ein zähes Ringen entbrannt. Sie mussten ja irgendwie untergebracht werden. Dass auch drei Kinder eine Gruppe bilden können, war weder Frau Schierwater noch den anderen eingefallen. Einer wollte nur in die eine Gruppe und nicht in die andere. Eine wollte nicht mit Wendolin zusammen und ohne Wendolin keinen Schritt. Zeitweise waren sechs Schüler ohne Gruppenzugehörigkeit. Frau Schierwater nutzte die Gelegenheit, um das Thema »Außenseiter« vorzuziehen. Aber das wollte keiner hören. Außenseiter zu sein, war in diesen Minuten ziemlich hip. Außenseiter sein bedeutete: Man musste Daisy nicht einmal von hinten sehen, weil man sich aussuchen konnte, wohin man guckte. Daisy wurde traurig, eine Träne kullerte, und Daisy gründete die sogenannte Heulgruppe. 18 Schüler stellten Mitgliedsanträge, Daisy gab Autogramme. Frau Schierwater unterbreitete ein Dutzend Vorschläge – von alphabetische Reihenfolge bis zur Farbe der Klamotten, die jedes Kind an diesem Tag trug: dunkle Gruppe, karierte Gruppe, teure Gruppe. Alles wurde abgeschmettert. Frau Schierwater wurde einen Hauch lauter, die Klasse sprach über Demokratie und Volksabstimmung. Frau Schierwater sagte: »Ich lasse mich von euch doch nicht verscheißern.«

Die Klasse schlug eine neue Gruppe vor, in die alle kommen sollten, die keinen Humor hatten. Aber niemand wollte mit Frau Schierwater zusammen in einer Gruppe sitzen. Frau Schierwater sagte: »Ich kann sehr gut ohne Gruppe leben. Ich bin ein großes Mädchen.«

Leider traf das nicht zu, sie war ein Meter 58 und hatte in der Vergangenheit selbst Scherze darüber gemacht. Jetzt lachte sie nicht mehr und sprach von Diskriminierung. An der Tafel stand eine neue Gruppe: Unterdrückte Gruppe. Heimlich kamen hinzu: Pferdehasser, Katzenquäler, Nichtschwimmer, Segelpreis-Gewinner, Hosenscheißer. O-Bein & die Spreizfüße.

Zuletzt entschied wie bei der Ziehung der Lottozahlen der Zufall. An der Tafel stand: Zufallhassergruppe.

Die Gemüter beruhigten sich, Süßigkeiten auf veganer Grundlage eigneten sich zur Bestechung am besten. Erst spät kapierte Frau Schierwater, dass die ihr untergejubelten veganen Gummibären alles Mögliche sein mochten, jedenfalls nicht vegan.

Dann traten die Gruppen an. Frau Schierwater – die übliche Heulerei vorwegnehmend – war entschlossen, am Ende ein »Best of« der Vorschläge anzuregen.

Frohgemut präsentierte die Einhorngruppe ihre Liebesschilder. Vor jedes Geschäft in der Einkaufsstraße sollte ein Schild gepflanzt werden, insgesamt also mehrere Dutzend. Die Farben waren ausnahmslos Variationen von Rosa, hießen aber nicht so. Die Kids kannten die Schwachstellen ihrer Lehrerin. Auf jedem Schild ein anderer Text, alle spielten nach der Melodie: »Wir haben unsere Eltern lieb«. Das las man einmal und zweimal gern, sogar fünfmal. Was darüber hinausging, wurde anstrengend, um am Ende zu dem Wunsch zu führen, das Schild zu zerstören. Jedenfalls verspürte Frau Schierwater diesen Impuls.

Die Schlaumeier stimmten für die Macht der Zahlen. Sie hatten erstaunlich viele Statistiken gefunden, das Unfallgeschehen in Deutschland durch 500 geteilt und behauptet, genauso sei die Lage in Othmarschen. Danach lag die Wahrscheinlichkeit, nach einem Besuch der Einkaufsstraße lebendig nach Hause zurückzukehren, bei Werten, die selbst durch einen Dritten Weltkrieg nur mit viel Mühe zu erzielen wären. Aber die Schlaumeier ließen mit sich reden, sie sahen den Umgang mit Zahlen liberal und elastisch. Aus ihnen würden erfolgreiche Banker werden.

»Jedes Kind braucht einen Papi«, wahlweise Mami, Omi, Opi, Rennschwein (Hundename), Frau Schierwater (Lehrerin), Gott & die Propheten. Eine herzige Liebeserklärung an die Familie und die Bitte, dafür zu sorgen, dass die Zahl der Familienmitglieder nicht leichtfertig reduziert würde. Darüber wurde von der Klasse lange diskutiert, um es am Ende auf die lange Bank zu schieben.

»Weiße Kittel, heiße Herzen« – die Gruppe, in der alle Eltern eng oder locker im medizinischen Sektor aktiv waren. Ein Mitglied war Rochus, der es Jahr für Jahr auf sechs Monate Rotznase brachte. Seit diesem Schuljahr hatte er in der Klasse eine Bank für sich allein. Für die Fotos von Weißkitteln mit Clownsnasen und albernen Verkleidungen waren diverse Eltern über ihre Schatten gesprungen. Aber die Bilder waren ungewöhnlich, sie waren wirklich albern und nicht peinlich. Kenner wissen, wie selten das ist.

Zuletzt eine weitere Gruppe, bei der die Berufe in der Familie den Ausschlag gaben:

Die Unfall-Versicherung – Wir versichern, dass es heute keinen Unfall geben wird. Das kostet fünf Euro oder zwei. Die Einnahmen gehen an einen sozialen Zweck, der Rest an den Süßigkeitenladen der süßen Frau Lecker. Wenn es doch knallt, erhält der Versicherungsnehmer sein Geld zurück und einen selbstgebackenen Muffin (Fertigpackung) dazu. Bei einem schweren Unfall mit Liebesperlen obendrauf. Bei Todesopfer mit Kerze (nicht essbar).

Diese letzte Version verschwand innerhalb weniger Minuten sang- und klanglos von der Vorschlagsliste. Der Teint von Frau Schierwater brauchte mehrere Tage, um sich von dem Schreck zu erholen.

13

Der nächste Wumms in Poppenbüttel. An einer Bushaltestelle im äußersten Norden des Stadtteils, quasi schon im
Wald, hatte eine betagte Pkw-Lenkerin versucht, die Wartezeit hinter einem haltenden Bus an der Haltestelle abzukür-
zen, indem sie nicht etwa langsam an dem Bus vorbeirollte.
Stattdessen war sie auf den ungepflasterten Bürgersteig
gefahren und hatte versucht, den Bus rechts zu überholen,
womit sie mehreren Aussteigenden gleichzeitig in die Quere
kam. Einsteigende entfielen in diesem Fall, hier stieg man
nur morgens auf dem Weg zur Schule oder zur Arbeit ein.

Die Reaktion im Westen war heftig: »Es reicht!«

Ein Shitstorm ging auf den Weg, er fand den Weg ins
Netz und ans Ziel, nachdem jugendliche Enkel und jung
gebliebene Söhne und Töchter den empörten alten Eltern
hilfreich zur Hand gegangen waren. Sicherheitshalber wurden bei dieser Gelegenheit gleich noch diskret die Texte
überflogen und behutsam von strafrechtlich heiklen Unterstellungen befreit, deren Zahl in die Dutzende ging. Bei
manchen Autoren fand sich kein einziger stubenreiner Satz.
Diverse Söhne und Töchter wunderten sich sehr, über welchen zeitgemäßen Vorrat an Schimpfwörtern, Tötungsprak-
tiken und Bezeichnungen primärer Geschlechtsteile ihre
sonst so freundlichen und weltfremden Erzeuger verfügten.

Poppenbüttel hatte seinen Rückstand an Unfällen also
weiter verringert. Der Zeitpunkt war abzusehen, an dem
Othmarschen mit Häusersprengungen und Kandidaten für

das *Buch der Rekorde* würde aufwarten müssen, um überhaupt noch Erwähnung in den Medien zu finden. Immerhin hatte die Dame in Poppenbüttel zwei Fahrgäste des öffentlichen Nahverkehrs von den Beinen geholt. Mit diesem unfreundlichen Akt konnte man im Westen arbeiten. Aber der taktische Vorteil wurde gleich wieder eingeebnet, weil eine außer Rand und Band geratene Hausfrau und regelmäßige Nutzerin des Poppenbüttler Nahverkehrs mit ihrer Handtasche auf den Unfallwagen eingeschlagen hatte. Zwar war die Ausbeute dürftig, auch wenn die beiden Scheibenwischer nach den Schlägen wie zwei Achten aussahen. Aber der West-Fraktion war bewusst, dass diese historische Situation nicht für feingeistiges Sprechen über Einerseits-Andererseits geeignet war. Poppenbüttel konnte zwei Verletzte vorweisen, das hatte Othmarschen seit Jahren nicht mehr fertiggebracht. Denn auch wenn man die paar lumpigen Unfälle außerhalb der Einkaufsstraße mitrechnete, kam nicht mehr dabei heraus als Tränen und Schwindelgefühle als Folge eines Unfalls beziehungsweise eines unfallähnlichen Geschehens, das von hartgesottenen Großstadtbewohnern – man denke nur an Berlin – überhaupt nicht wahrgenommen werden würde. Dafür fuhr dort kein Streifenwagen vom Hof oder von der Pommesbude weg oder wo immer Berliner Cops ihre Dienstzeit vertrödeln.

Wenn der angehende Ehrenbürger Jörg Ehrenreich einlud, freute sich das Catering-Gewerbe zwischen Ottensen und Blankenese. Er demonstrierte nicht Bedürfnislosigkeit am falschen Platz, wenn ihm nach Angaben zumute war. Feinfühlig balancierte er das Nahrungsangebot stets zwischen jugendlicher Hamburger- und Craftbeer-Welt sowie von von Meeresfrüchten dominierten Platten aus Ortsteilen, in denen von den zehn größten Steuerzahlern neun dem globalen Schiffsverkehr verbunden sind. Zwar würden gerade diese Adressen nichts zu lachen haben, wenn einer der seit Jahrzehnten regelmäßig geträumten Träume des alten Revolutionärs Ehrenreich wider Erwarten doch noch wahr werden würde. Aber auch nach der Machtübernahme würde gut gegessen werden – und die Reeder konnten mit der nobelsten Versorgung rechnen, die in der Geschichte der letzten 200 Jahre jemals inhaftierten Geldsäcken vergönnt wurde.

Ehrenreich, der alte Radikalismus-Theoretiker, suchte den Schulterschluss mit der Bürokratie und der bürgerlichen Politik, was in Hamburg bedeutet: mit den Parteien, die zurzeit den Senat bilden. Alle anderen politischen Kräfte lavierten zwischen Unsichtbarkeit, Widerlichkeit und fehlenden Talenten. Für die Linken hatte Ehrenreich eine Herzkammer reserviert.

Ein Vorteil der Villa war, dass sie sich wunderschön illuminieren ließ. An den festlichen Abenden verfeuerte Ehrenreich so viel Energie wie sonst im Vierteljahr nicht. Die Leuchtkörper waren herrlich anzuschauen, sogar ausgeschaltet machten sie was her. Dabei war die Einrichtung frei von neureicher Attitüde, kein Pling-Pling, keine peinliche Anlehnung an feudalistische Großkotzerei. Wenn ein Gast bei irgendeinem Teil der Einrichtung *Swarovski* assoziierte, schritt Ehrenreich, nachdem der letzte Gast gegangen war, auf kürzestem Weg zu diesem Gegenstand, um ihn nicht nur zu entsorgen, sondern vor allem zu zerstören. Einige Zentner Glas hatte er im Lauf der Zeit persönlich in den großen Kamin gefeuert. Es wäre weniger dramatisch gegangen, aber manchmal gönnte sich Ehrenreich eine Übertreibung, von der er wusste, dass sie bei der Verfilmung seiner Biografie einen bleibenden Eindruck hinterlassen würde.

Heute Abend fütterte und tränkte und beeindruckte er etwa 20 Gäste. Ihre Zahl entsprach der Zahl der bisherigen Unfälle in der Einkaufsstraße. Damit ging Ehrenreich nicht hausieren, wenn es niemandem auffallen würde, dann war das eben so. Aber wenn doch, würde er sich Sonderbeifall abholen. Dafür ist man nie zu alt und nie zu klug.

Seine Gästeliste führte einmal quer durch den gesellschaftlichen Garten: von der Bezirksspitze der Politik über zwei Wirtschaftsgrößen, von denen eine ein Hobby wie Sammeln von Kunst oder Handschriften pflegen sollte. Er bat Namen aus dem Filmhaus, den Verleger eines Buchverlags, der mit dem Rad anreisen konnte, und unbedingt einen Architekten, weil er mit diesem Berufsstand gern raufte. Aber er lud auch den legendären bürgernahen Polizeibeamten Sott ein sowie durch sozialen Einsatz aufgefallene Zeitgenossen, bei denen es sich gern um Pfleger und Beschäftigte in der Wäscherei handeln durfte. Er sammelte Segler, Reiter und Hockeyspieler ein sowie einen Fußballer. Nie mehr als einen, denn auf Fußballersprüche reagierte Ehrenreich mit unreiner Haut. Natürlich war ein alter Weggefährte aus der Hochschule für bildende Kunst dabei, und warum nicht ein Talent der letzten beiden Semester, bei dem es sich in 99 von 100 Fällen nicht um junge Männer handelte. Dann noch ein Name aus der Einkaufsstraße – für den letzten Gast ging Ehrenreich im Verlauf des Nachmittags einmal durchs Quartier und sprach spontan an, wer auf ihn Eindruck machte.

Eine buntere Mischung hat kaum ein Hamburger Salon vorzuweisen, eine ähnlich uneitle wohl keiner. Jedes Mal dachte Ehrenreich: nie vergessen: Du bist nicht halb so menschlich, wie auch heute Abend alle glauben werden. Die Distanz zwischen seinem öffentlichen Ruf und seiner

Selbsteinschätzung war im Lauf der Jahrzehnte nicht kleiner geworden. Aber heutzutage litt er weniger darunter.

Erst kam das Fressen, dann kam der Schnaps. Danach kam Ehrenreich zügig zum Thema, weil er die Pfeiler einrammen wollte, bevor die Gäste blau waren.

Der frühe Höhepunkt des Abends war für ihn die Reaktion der Gäste auf den Namen Poppenbüttel. So viel Ignoranz, so viel Gönnerhaftigkeit. Warum hatte er sich überhaupt Sorgen gemacht? Der Rang seines eigenen Quartiers war intakt. Hier trafen Bundesliga und Zwergenliga aufeinander. Aber während der Gastgeber noch verträumt zusah, mit wie viel naiver Hingabe das blutjunge nicht männliche Kunsttalent mit Schampus die Innenwände der Gläser benetzte, erinnerte sich unerwartet ein Gast an Spaziergänge mit seinen Eltern, die angeblich teilweise durch Poppenbüttel geführt hatten. Gast zwo fiel ihm ins Wort mit der Schilderung jugendlichen Übermuts in den Poppenbüttler Auen: Kanu, Knutschen, Paradies.

Als habe jemand einen Korken aus einer unsichtbaren Magnum-Erinnerungsflasche gezogen, stieg im Verlauf weniger Minuten die Hälfte der Anwesenden in emotionale Selbstbezichtigungen ein, in denen Poppenbüttel – eben noch bespuckt – auf einmal wie in knisterndes Geschenkpapier eingeschlagen erschien. So sanft, so unauffällig, so uneitel, so dörflich. Vor allem: so ruhig. Wer im lauten Teil Hamburgs wohnt und sich in Poppenbüttel wiederfindet, glaubt spontan an einen Hörsturz. Seine Besorgnis löst sich erst in Luft auf – in glasklare Poppenbüttler Wald- und Wiesenluft – wenn er begreift: So hört sich Stille an. Man ist in Hamburg und man ist zur Kur. Ganze zwei Gäste hielten die Fahne der Vernunft hoch und äußerten eine Denunziation Poppenbüttels nach der nächsten. Aber sie hatten dafür nur private Gründe. Dem einen war die werte Gattin mit einem Poppenbüttler Lehrer durchgegangen; der andere hatte sich in den Alsterwäldern verlaufen und war zu spät zu einer beruflichen Verabredung gekommen, die angeblich sein gesamtes Leben radikal verändert hätte – natürlich zum Besseren.

Ehrenreich lenkte die Beiträge behutsam in Richtung Metropole, Niveau und Kultur. Was bisher jedes Mal geklappt hatte und als routinierte Gesprächsmanipulation meistens gar nicht notwendig gewesen war, lief heute gegen die Wand, denn heute hatte das ganz andere einen Namen. Poppenbüttel! Nach der zehnten Erwähnung hörte sich der Name nur noch albern an. Zwischen dem 11. November und Aschermittwoch mochte Poppenbüttel hingehen, aber danach und davor machte man sich ja lächerlich und ritt sich mit jedem weiteren Lobes-Psalm tiefer in den Poppenbüttler Sumpf hinein. Dabei gab es dort gar keinen Sumpf, die Alster war da oben im Norden ein Rinnsal. Wer es schaffte, in der Alster zu ertrinken, dem sollte posthum ein Preis verliehen werden, am besten ein Comedy Preis.

Die Gästeschar, von der er sich im Vorfeld so viel versprochen hatte, erwies sich mit jeder weiteren Minute als fünfte Kolonne der Poppenbüttler. Jetzt erst begann sich Ehrenreich darüber zu ärgern, dass er keinen waschechten Poppenbüttler eingeladen hatte. Als junger Anarcho hatte er mit Faschos beim Griechen im Karolinenviertel literweise Rotwein aus Wassergläsern getrunken und sich dabei nichts vergeben.

Bevor Ehrenreich endgültig einschnappte, bat er um ein neues Thema. Das konnte er, dazu war er fähig. Er brachte das Gespräch auf die letzten Poppenbüttler Unfälle und erwähnte wie nebenbei die Erfolgsserie der hiesigen Unfälle. Schlagartig bekam die Atmosphäre etwas Komödiantisches. Greise Autofahrer gegen 400 PS – das fanden alle komisch. Die Filmer nannten es »filmreif«, die Politiker »koalitionsfähig«. Die Sozialgäste berichteten von Senioren, die auf dem Fahrrad von der Station geflohen waren, und der *Bünabe* berichtete von viel Kurzweil, die er beim jahrelangen Kontakt mit älteren Mitbürgern erlebt hatte. Die Fahrt durchs halbe Kaufhaus fanden alle respektabel (»Das muss man erst mal hinkriegen.«). Im nächsten Moment war man dabei, für Othmarschen attraktive Unfallorte zu finden, die mehr hermachten als die Einkaufsstraße. An der alle jedoch den »Seriencharakter« und die »Wiederholung des ewig Gleichen« schätzten. Bei Dreharbeiten würde man viel Geld sparen, wenn man 20 Unfälle, die fast identisch seien, an einem Tag in den Kasten kriegen konnte.

Zart fragte Ehrenreich nach, ob das nicht möglicherweise ein filmreifes Thema sein könne: *Othmarschen versus Poppenbüttel – Zwei Stadtteile ziehen in den Autokrieg.*

Zu diesem Zeitpunkt dachte der ach so belesene und ach so naive Intellektuelle immer noch, der Welt weniger eine Groteske und mehr ein Klassenkampf-Drama zu schenken. Othmarschen als Vertreter des alteingesessenen Großbürgertums, die Wilden aus dem waldreichen Osten als Bande desillusionierter Rheumatiker, die auf ihre alten Tage endlich die Sau rauslassen würden, die in den letzten 80 Jahren nie aus dem Stall gekommen war.

Aber die Runde brannte darauf, jetzt die Hitparade der attraktiven Unfallschauplätze aufzustellen. Diejenigen, die sich bei Ehrenreich auskannten und bei denen es nicht unverschämt war, sich frei im Haus zu bewegen, trugen

Flipchart samt Papier und Stiften heran. Zwei oder drei Minuten verspürte Ehrenreich Ärger, weil ihm das Heft des Handelns und vor allem des Lenkens aus den Händen geglitten war, dann ließ er die Begeisterung in seinem Umfeld zu sich durchdringen. Kurz darauf gehörte Ehrenreich zu den wildesten Schauplatz-Kennern. Er stürzte sich in die Ideenschlacht und sah, wenn er zwischendurch den Kopf hob, wie sich einer der Filmer an die Künstlerkellnerin heranmachte, um sie klarzumachen für eine bis 20 Nächte sowie eine bis 1.000 Lügen, bevor sie am Ende bei einem intellektuell limitierten und finanziell befriedigenden, aber nicht außergewöhnlichen Manager landen würde, der ihr alles geben würde, was man braucht, um zwei Kinder zu bekommen und anschließend großzuziehen, bevor man endlich durchatmen und sich in Freundschaft trennen kann. In Ehrenreichs Leben hatte es eine Frau gegeben, für die er alles getan und nichts ausgelassen hatte. Noch heute gingen seine besten Freunde erst behutsam und zur Not radikal dazwischen, wenn in einer geselligen Runde das Thema auf Männer und Frauen als Paare und die Vergangenheit der Anwesenden zu kommen drohte. Manche Wunden heilen nie, du musst erst sterben, um die Erinnerung loszuwerden. Der Tod hat mehr Vorteile, als man denkt.

Die Poppenbüttel-Freunde erwiesen ihrem Favoriten aus Poppenbüttel Hochachtung für die Wahl eines Kaufhauses, um dort noch nicht mal etwas umzufahren. Nach allem, was man wusste, war der Wagen vollkommen berührungsfrei bis zur Rolltreppe gefahren und hatte unterwegs nichts und niemanden touchiert. Das muss man erst einmal hinkriegen. Wenn man das Ganze nicht als Unglück, sondern als Leistung betrachtete, stand der alte Fahrer auf einmal ganz anders da. Othmarschen verfügte über kein großes Kaufhaus, man musste nehmen, was da war.

Die Bahnstrecke schloss man gleich wieder aus, obwohl sie mit zwei Gleisen quer durch das Quartier verläuft. Aber wenn das Geringste schiefging, konnte es sehr blutig werden. Beim letzten Vorfall in Deutschland, bei dem es schiefgegangen war, starben über 100 Menschen. Jemand wollte auch noch die drohenden Verspätungen der Abfahrtzeiten ins Spiel bringen, musste aber wegen nicht nur schwarzem, sondern abstoßendem Humor eine Runde aussetzen.

Die Elbchaussee ist eine berühmte Straße und allererste Adresse, aber auf einer Seite fließt die Elbe, auf der anderen teilen sich die Pfeffersäcke und ihre digitalen Enkel die großen Grundstücke hinter dicken Mauern und eisernen Zäunen. Der Unfall musste sich auf die schmalen Straßen mit menschlichem Maß konzentrieren. Zu wenig Verkehr war aber auch nicht gut, die Totenstille nach 10 Uhr vormittags und vor der abendlichen Rush Hour lockt keinen ehrgeizigen Unfallfahrer an. In den Wohnstraßen fehlte das Mittelfeld. Was sollte man hier umfahren? Zwischen Mülltonne und Kleinkind herrschte Leere. Na gut, es gab Postboten, es gab deren Räder. Es gab Lieferdienste und Zeitungsboten, und tagsüber wanderten Prospekte in die Schlitze. In der Waitzstraße trat SUV gegen Schaufenster und Hauswand an – das sind Gegner, die sich sehen lassen können. Auf gleicher Augenhöhe. Was dem einen an Verstand fehlt, gleicht er durch Pferdestärken aus. Den Prospektverteiler plattzufahren, ist da eher ernüchternd.

Das Prinzip Waitzstraße ist perfekt und nicht ohne groteske Komik: Anlauf mit Schwung und Sprung, fünf Meter Freiheit, und aus die Maus. Plus ein Sack Ärzte in Rufweite und die Bereitschaft zum Anmarsch im Laufschritt. Zur

Not das Riesenkrankenhaus in Altona in wenigen Kilometern Entfernung. Davon träumt jedes Unfallopfer.

Zwei Stunden arbeiteten sich die Teilnehmer von Ehrenreichs Runde unter dem Motto »Mut zum Unfall« ab, indem sie die Logistik des Stadtteils auf ihre Möglichkeiten abklopften. Ergebnis: Nichts geht über die Waitzstraße, die Waitzstraße ist wie eigens geplant und errichtet für Unfälle. Ein Senior will es wissen, fünf Sekunden später weiß er es. Und die Waitzstraße weiß es auch.

Offiziell herrschte unter den um 23 Uhr immer noch 15 Gästen Einigkeit: Gold geht an die Waitzi. Doch im Untergrund gärte eine schreckliche Angst: Was, wenn Poppenbüttel auch eine Waitzstraße hat? Wenn die bräsigen Poppenbüttler nur noch nicht erkannt haben, auf was für einem Schatz sie sitzen? Immerhin gibt es dort steile Straßen: hoch hinauf, steil herunter. Es gibt überraschende Änderungen der Lichtverhältnisse: aus der Sonne in den Wald, das erzeugt Sekundenblindheit. Es gibt Kinder, sie spielen im Wald, jagen Stichlinge in der Alster, angeln in den Teichen, toben über die Wiesen und Weiden. Und es gibt Pferde. Pferde sehen aus, als wenn sie nicht bis drei zählen können. Aber du weißt nie, was das Pferd im nächsten Moment tun wird. Nicht die Othmarscher Pferde, die wissen, was sich gehört. Sie sind domestiziert und berechenbar.

Silber für alles, wozu du ein Pferd brauchst.

Bronze für den Kreisel, aus dem zwei SUVs nicht mehr herausfinden. Sie fahren und fahren, bis das *Technische Hilfswerk* kommt.

14

Lars Lübecker hatte das Rad nicht erfunden. Er fuhr sehr defensiv Auto, und wenn er einen Braten in der Röhre hatte, blieb er sicherheitshalber 20 Grad unter der empfohlenen Temperatur. Seine Frau kannte alle Macken ihres Mannes, sie mochte keine einzige davon. Wenn der Druck zu stark wurde, tröstete sie sich mit der Vorstellung, dass seine liebenswerten Eigenschaften die Nachteile aufwogen, *fast* aufwogen, in glücklichen Momenten wurde Gleichstand zwischen Macken und Stärken erreicht. Die Frauen der Kollegen ihres Mannes redeten ihr seit Jahren ein, dass Männer eben so seien: eine Art Sonderangebot des Schicksals und der Evolution. Zuerst nimmt man sie mit nach Hause, weil man glaubt, man könne nichts falsch machen. Wenn sie nach einem halben Jahr noch nicht gegangen sind und man noch nicht schwanger ist, beginnt man im Stillen, die Vorteile aufzulisten, die einem die neue Belegung der Wohnung bieten könnte. In der Anfangszeit kommt man auf eine höhere Zahl als später. Es ist wie oft im Leben. Zuerst ist es schön, danach lässt es sich zumindest aushalten, und man leidet ja auch nicht körperlich. Der Mitbewohner ist nicht gewalttätig, aber auch nicht geschickt. Nicht nur handwerklich nicht geschickt, auch in den anderen Disziplinen, die im Zusammenleben der Geschlechter zeitweise anfallen. Einiges kannst du ihnen beibringen, einiges kapieren sie schnell, aber du musst immer wieder nachjustieren, denn sie vergessen schnell. Und immer wieder. Aber einige Vorteile überleben die erste Zeit und alle Zeiten, die danach folgen. Und du selbst vergisst ja auch, es gibt Tage, an denen du kaum noch weißt, wie es zu Beginn war. Du weißt auch nicht mehr, wie es war, bevor die neue Belegung der Wohnung begonnen hat. Dabei hattest du da exakte Vorstellungen – in der Zeit, als die Vorstellungen noch einen anderen Namen hatten: Träume.

Träume werden weniger. Oder die Ansprüche an die Träume werden weniger. Vielleicht ist das das Gleiche, vielleicht nicht. Vielleicht sollte man nicht zu oft darüber nachdenken, denn es lässt sich aushalten, und in den besten Momenten ist es immer noch schön. Der kleine Junge, der jetzt mit dir in der Wohnung lebt, hat nicht so viele Ähnlichkeiten mit dem älteren Mitbewohner, wie du anfangs befürchtet hast. Bei einem fallen die Haare früher aus, dafür begannen sie beim anderen später zu wachsen. So gleicht sich alles im Leben aus. Und du willst dem Leben nicht im Weg stehen, weil es sonst noch heißt: Sie ist nie zufrieden, sie neigt zum Nörgeln.

»Mein Name ist Lübecker.«

Schlagartig veränderte sich die Körperhaltung des alten Mannes. Sein Blick wirkte, als seien gerade die Vorhänge von seinen Augen weggezogen worden.

»Lübecker? Das macht doch nichts.«

Lübecker ging davon aus, dass der andere nicht gut hörte, daher wiederholte er seinen Namen.

Der andere nickte und sagte: »Damit kann man klarkommen. Mit der Zeit wird es leichter.«

»Ich leide nicht unter meinem Namen.«

»Sehen Sie, das meine ich. Man lernt, damit zu leben. Und irgendwann will man es auch gar nicht mehr anders.«

»Sie verstehen mich nicht …«

»Wer versteht schon das Schicksal? Einer heißt Müller, einer heißt Schläfrich.«

»Niemand heißt Schläfrich.«

»Mit ch hinten. Das ist ein Trost. Kein großer, aber ein Trost.«

»Und Sie …?«

»Ich heiße nicht Schläfrich. Dafür bin ich dankbar. Nicht jeden Tag, aber dankbar. Hat mich gefreut.«

Der alte Herr machte Anstalten, sich zu entfernen. Lübecker sagte: »Sie sind gar kein Polizist, oder?«

Der Ältere lachte. »Ein Polizist? Ich? Für wie alt halten Sie mich? Sagen Sie es lieber nicht.«

»Ich dachte nur, weil Sie die Parkuhren … Und die Quittungen …«

»Ach das. Das ist mein Hobby. Dafür bekomme ich kein Geld.«

»Sie kontrollieren, ob alle ordentlich parken.«

»So sieht das aus. Auf dem Platz hier geht es zu wie im Wilden Westen. Sie müssen sich nur noch die Pferde dazu denken. Und die Indianer natürlich. Wie im Wilden Westen.«

»Aber keiner schießt.«

»Was? Nein, so weit gehen wir nicht. Obwohl …«

»Ich höre.«

Der Ältere sah sich um. Vom Discounter im Hintergrund schleppte ein Paar den Wocheneinkauf heran. Ein Kind sprang um sie herum, es trug nichts.

Der Ältere sagte: »Es hat eine Zeit gegeben, da ging es bei uns … wie soll ich sagen?«

»Rechtstreu. Es ging rechtstreuer zu.«

»Den Ausdruck habe ich noch nie gehört. Gemütlich,

es war gemütlicher. Jeder hatte mehr Zeit, es gab weniger Autos. Wenn ich nachdenke, glaube ich, es gab damals insgesamt weniger von uns.«

»Von alten Leuten.«

»Wo sehen Sie hier alte Leute? Nein, insgesamt, unterm Strich. Sie ziehen jetzt zu uns.«

»Menschen aus der Innenstadt.«

»Das Gefühl habe ich, ja. Natürlich verstehe ich das. Es ist schön hier, du kommst zur Ruhe. Manchem ist es wohl zu ruhig.«

»Die ziehen dann wieder weg, oder?«

»Ja. Manche sterben auch. Jeder nach seinem Geschmack. Aber wir haben auch junges Volk. Sehen Sie, da.«

Der Junge, der seinen bepackten Eltern keine Last abnahm, hüpfte am Rand des Platzes entlang. Die Eltern trugen schwer.

Lübecker sagte: »Ich habe gehört, dass ihr hier viele alte Leute habt. Statistisch. Über dem Durchschnitt.«

»Ach das. Das sind alles nur Frauen.«

»Was sind alles nur Frauen?«

»Die Alten. Frauen halten länger, das wissen Sie bestimmt. Wenn nicht, werden Sie es noch früh genug erfahren. Die Frau als solche ist zäher als wir. Das wird im Alter nicht besser, da spitzt es sich noch zu. Ich verstehe das. Die Mädels haben die große Auswahl. In meinem Knast kommen vier Mädels auf einen von uns.«

»Ich weiß nicht, ob ich Ihnen folgen kann.«

Aber am Ende wusste der Besucher aus dem Westen, worum es ging. Frauen erreichen im Durchschnitt ein höheres Lebensalter. Mit den Jahren geht die Schere immer weiter auf. Die Männer werden zu gesuchten Einzelstücken, wenn auch nicht alle. Manche sind schon sehr klapprig, an denen hat die Frau nicht mehr viel Freude. Aber das Betütern und Pflegen überlässt sie lieber den Leuten, die zu dem Zweck angestellt wurden. Sie selbst hat in ihrem Leben genug betütert, sie hat ihre Pflicht getan. Jetzt will sie ihr Leben genießen, mit den Schneidigen geht das gut. Schneidige Männer sind körperlich noch gut beieinander, geistig sowieso. Und die paar Ausfälle, die lacht man locker weg, am besten gemeinsam, auch wenn der Mann vielleicht nicht in jedem Fall weiß, worüber er gerade lacht. Aber wenn die Frau lacht, lacht er mit. Das nennt sich gute Erziehung. Die Männer, die mit über 80 noch vorzeigbar sind, freuen sich, wenn sie zeigen können, was sie draufhaben. Jeder zweite von ihnen fährt noch Auto. Und auch einige von denen, die doch schon etwas eingeschränkt sind, federn jedes Mal hinters Steuer wie ein Junger.

Lübecker wunderte sich, dass er kaum eine Frage stellen musste, um die Antworten zu bekommen, um die ihn Kollege Sott von den bürgernahen Kollegen gebeten hatte. Zwar wusste Lübecker nicht, wozu das gut sein sollte, aber er war Polizist. Sein Job bestand nicht darin, von morgens bis abends zu diskutieren. Er war gut darin, Ansagen auszuführen. Er hatte nie begriffen, wie jemand scharf darauf sein kann, Chef zu werden. Was trieben diese Leute den ganzen Tag, wenn sie nichts mehr über sich hatten als den Sternenhimmel? Beziehungsweise den hellen Tag. Lübecker wäre orientierungslos durch die Straßen getorkelt. Er hätte einen freundlichen Zeitgenossen dafür bezahlt, damit der ihm einen Auftrag erteilte. Nicht jeder kann Häuptling sein, man braucht auch Indianer, damit der Laden läuft. Ohne Ausgebeutete würde jeder Ausbeuter dumm dastehen. Aber das Bild mit Häuptling und Indianern gefiel ihm besser, es klang nicht so konfrontativ. Lübecker war nicht scharf auf Streit. Solang seine Uniform ausreichte, um dem Bürger die Richtung vorzugeben, war er zufrieden. Sobald der Bürger pampig wurde, fühlte sich Lübecker nicht mehr wohl. Er hatte Dienst in Stadtteilen geschoben, in denen viele pampige Leute lebten. Das war kein Spaß gewesen, vor allem nicht für Lübecker. Auch deshalb freute er sich auf die Zukunft. Im Westen wirkte alles heller und schöner und leichter. Die Menschen, die da lebten, mussten keinen Polizisten anpflaumen, um sich wohlzufühlen. Sie konnten sich eigene Indianer leisten. Dafür mochte sie Lübecker schon, bevor er einen einzigen von ihnen persönlich kennengelernt hatte.

»Man fährt hier also auch im Alter noch Auto«, sagte er, während der alte Mann in seiner Jackentasche herumsuchte. Er zog dies heraus und das, an einigen Teilen roch er, an anderen nicht, und ein Teil warf er auf den Boden. Zuletzt fand er etwas, das ihm behagte, es verschwand in seinem Mund und er lutschte mit Hingabe.

»Ist nicht die feine Art«, sagte Lübecker und deutete auf den Boden.

»Aber auch nicht die direkt ekelhafte«, entgegnete der Senior.

»Was ist für Sie denn ekelhaft?«

Der Alte rotzte Lübecker vor die Schuhe. Als der erschreckt den Schuh wegzog, war es längst passiert.

»Das entsorgen bei uns die Vögel«, behauptete der Einheimische.

»So was fressen bei euch die Vögel?«

»Warum nicht. Woher kommen Sie denn?«

»Von … aus … Othmarschen.«

»Ach daher weht der Wind«, rief der Alte fröhlich. »Eure Möwen stehen auf Fisch.«

Lübecker mochte keine Möwen. Bei seinen beiden Besuchen im Westen war ihm auch keine Möwe begegnet. Aber was nicht war, konnte ja noch werden.

»Wie sieht es denn so mit der Motorisierung aus?«, fragte Lübecker.

»Verstehe ich nicht.«

»Na, die Autos. Was fahren Sie denn, zum Beispiel?«

»Was ich in die Finger kriege.«

»Wollen Sie damit sagen, dass Sie …?«

»Ich bin doch kein Autodieb«, rief der Alte lauter als bisher. »Ich habe kein Auto mehr. Ist bei den Kindern gelandet. Die haben so eine Art, die gucken dich so lange hungrig an, bis du sagst: Nimm schon. Ich war nicht so, als ich jünger war.«

»Wie waren Sie denn?«

»Ich war Autodieb.«

Der Alte amüsierte sich köstlich über Lübeckers verdutztes Gesicht.

»Daran müssen Sie sich gewöhnen, wenn Sie öfter hier sind«, sagte der Senior. »Wir haben Humor. Wer keinen Humor hat, den lassen wir nicht aus dem Haus.«

»Sie internieren alte Menschen?«

»Auch junge, das sehen wir nicht so eng.«

Erneut lachte er. Lübecker musste dringend an seiner Schlagfertigkeit arbeiten. Vor allem daran, anderen Leuten nicht ständig Steilvorlagen zu liefern. Lübeckers Frau fand auch, dass er bisweilen etwas begriffsstutzig war. Das Wort »etwas« sagte sie immer dazu. Aber das tat sie nur, weil sie wusste, wie empfindlich er war. An seiner Empfindlichkeit musste er auch arbeiten. Am besten, bevor er fünf Tage in der Woche Gelegenheit hatte, die Othmarscher zu Lachorgien zu animieren. Er wollte als Respektsperson auftreten und nicht als Wiedergeburt von Charlie Chaplin. Er wollte, dass man mit ihm das Gespräch über heikle und die Sicherheit betreffende Fragen suchte. Wenn jeder Zweite sagte: »Hast du einen neuen Witz auf Lager?«, würde er wissen, dass hier etwas schieflief.

Der Senior kehrte zu alter Sachlichkeit zurück und teilte Lübecker mit, dass er jeweils einen Wagen nahm, der gerade frei war. Offenbar ging man in seiner Nachbarschaft sehr locker mit fremdem Eigentum um. Jeder, der wollte, durfte auch. Ungefähr so benahmen sich wohl auch die alten Mädels gegenüber den gut erhaltenen alten Kerlen. Es hatte eine Zeit gegeben, in der man beim Wort »Senior« zuerst an Hinfälligkeit und Schutzbedürftigkeit dachte. Jetzt hörte es sich so an, als seien es vor allem die von den Mädels ins Visier genommenen Kavaliere, die schutzbedürftig waren. Plötzlich sah Lübecker die Othmarscher Senioren aus einer neuen Perspektive. Führten sie ein Doppelleben? in der Öffentlichkeit wie aus dem Ei gepellt und immer einen Schnack auf Lager. Aber zu Hause hinter den Jalousien ging es dann hoch her. Sie mussten nur warten, bis die Jungen aus dem Haus waren. Aber in Othmarschen wohnten viele alte Menschen in Wohneigentum – ohne familiäre Kontrolle. Sie konnten tun und lassen, was sie wollten. Vor allem tun. Davon hatte Kollege Sott kein Wort gesagt. Gab es ein Schweigegebot? Musste jeder neuer *Bünabe* mit seinem Blut eine Verpflichtung unterschreiben, die ihn zu absolutem Stilschweigen zwang – abgesehen von Gewaltverbrechen und Eigentumsdelikten oder Mischformen?

Lübecker wusste, dass neue *Bünabes* vor dem Amtsantritt zu einer Veranstaltung ins Präsidium gebeten wurden, in der sich die Führungsetage die Kandidaten zur Brust nahm und so tat, als würde ihre Bedeutung zwischen Bundespräsident und Fußball-Nationaltrainer liegen. Lübecker wollte den Job, aktuell traute er ihn sich noch nicht zu, aber er wusste, dass es mit jeder Woche besser werden würde. Vielleicht war die neue Umgebung eine Chance, um die Schlagfertigkeit zu verbessern. Die meisten würden bestimmt Deutsch sprechen oder Deutsch verstehen, das sah in anderen Stadtteilen ganz anders aus. Vor allem hörte es sich anders an.

Die bepackten Eltern hatten ihren Wagen erreicht. Nun brauchten sie den Schlüssel, offenbar hatte den der Junge, der einige Meter entfernt war und sehr schlecht hörte. Lübecker mochte den Jungen nicht, er hatte so gar nichts Liebenswertes. Und er war nicht hilfsbereit. Das war für Lübecker eine der wichtigsten menschlichen Eigenschaften. Keine Hilfsbereitschaft, kein Charakter.

Der Vater stieß einen Pfiff aus, darauf reagierte der Bengel. Als die Wagentüren offen waren, luden die Eltern das Heck voll, der Bengel saß hinterm Steuer und tat wunder wie.

»Bin gleich zurück«, murmelte Lübecker und eilte zum Wagen hinüber.

Der Bengel empfing ihn mit den Worten: »Vorsicht, Nürburgring.«

»Warum hilfst du deinen Eltern nicht?«

»Die kommen prima zurecht. Da störe ich nur.«

»Du bist nicht hilfsbereit.«

»Ich bin Rennfahrer, ich muss nicht hilfsbereit sein.«

»Ich will dir mal etwas sagen …«

»Helfen Sie lieber meinen Eltern, wenn Sie unbedingt den guten Samariter spielen müssen.«

»Den was?«

»Den guten Samariter. Und danach machen Sie am besten einen Termin beim HNO-Arzt. HNO kennen Sie? Hals und Nase und Ohr. Oder zwei, vorausgesetzt, Sie haben …«

»Steig aus!«

»Was?«

»Steig aus. Ich will deine Papiere sehen.«

»Sie sind witzig, wissen Sie das!«

»Ich will wissen, ob du so hässlich aussiehst, wie du redest.«

»Ich bin nicht hässlich. Ich bin Rennfahrer.«

»Du bist ein Idiot.«

Der Junge machte eine Bewegung, der Motor sprang an. Zum ersten Mal hoben die einladenden Eltern die Köpfe. Der Vater sagte: »Lass das.«

Lübecker sagte: »Ich kläre das für Sie.«

Der Vater sagte: »Nett gemeint, aber wir haben alles unter Kontrolle.«

»Das glauben Sie doch selbst nicht.«

Beide Elternteile hoben die Köpfe. Lübecker überlegte, ob sie gerade etwas Eingekauftes eingepackt hatten, mit dem sich zur Not zuschlagen ließ.

Der Junge hatte beide Hände am Lenkrad, der Motor lief.

Lübecker sagte: »Ich warte.«

Der Junge sagte: »Hol mich doch.«

Lübecker griff zu, der Wagen machte einen Satz.

15

So wenig Spaß hatte das Aufschlagen der Tageszeitungen zuletzt gemacht, als der *HSV* nach vielen Jahren schlechten Fußballs endlich erfolgreich aus der ersten Liga abgestiegen war.

»Rennfahrer (12) fährt Parkuhr um – Nach den Poppenbüttler Unglücksfahrern kann man derzeit die Uhr stellen. Nur wenige Tage nach dem letzten Crash zeigen die Bewohner des Alstertals, dass hier die Generationen zusammenhalten. Diesmal war es ein Stadtteilschüler, mehr Kind als Jugendlicher, der die Unfall-Statistik im Stadtteil weiter in die Höhe trieb …«

»Gratuliere«, sagte Harald Sott säuerlich, »wie viel haben sie dir dafür bezahlt? Kriegst du einen festen Betrag oder rechnet ihr nach Stunden ab? Und was ist mit den Fahrtkosten? Ich nehme an, die werden getrennt erstattet? Ich nehme an, auf ein Sonderkonto. Es wird ja nicht ausgerechnet ein Polizist so dumm sein, seine Untaten fein säuberlich auf dem Kontoauszug zu hinterlassen. Da fühlt sich doch jeder Fahnder verhöhnt. Das haben Fahnder gar nicht gern. Da werden sie richtig sauer und kümmern sich gleich noch um alle anderen Transaktionen, die du und deine käufliche Sippe in den letzten Jahren angesammelt haben.«

Sott hatte noch weitere Gemeinheiten in petto, aber Lübecker sah aus, als würde er gleich weinen.

»Ich kann nichts dafür«, behauptete er. »Ich wollte ihm nur ins Lenkrad greifen. Im Grunde wollte ich den frechen Kerl aus dem Wagen ziehen …«

»… und ihm hoffentlich eins verpassen.«

»Möglicherweise, ja. Er hat mich richtig sauer gemacht. Ihr wisst alle, dass ich nicht so leicht sauer werde.«

»Das ist richtig. Ehe du in die Gänge kommst, muss einiges passieren. Du bist eher der Typ, der sich bestechen lässt. Da muss man sich auch nicht bewegen.«

Lübecker litt wie ein geprügelter Hund. Natürlich tat er Sott leid. Aber Sott tat auch sich selbst leid. Er hatte doch nur helfen wollen und sich auf diese Weise für die Einladung in die Villa des Professors bedanken. Ehrenreich machte sich keine Vorstellungen, wie sehr er den redlichen *Bünabe* mit der Einladung gerührt hatte. Für Sott war das der Ritterschlag, eine berufliche Beförderung hätte ihn nicht stärker ins Mark treffen können. Nur deshalb war er auf den Gedanken verfallen, eine Schilderung der aktuellen Poppenbüttler Verhältnisse in die Wege zu leiten. Lübecker schien ihm der Richtige für diese Aufgabe zu sein: zuverlässig, fantasielos, aber er lieferte Leistung. Und er konnte die Bitte nicht ablehnen, weil er darauf angewiesen war, das Verhältnis zu seinem prominenten Förderer und Vorgänger im Amt nicht schon zu einem Zeitpunkt zu belasten, an dem er noch gar nicht im neuen Amt war.

Sott war vor allem deshalb so sauer, weil er sich vor dem Moment fürchtete, an dem er Ehrenreich von dem Vorfall in Kenntnis setzen musste. Das Naheliegende hatte Sott nicht auf der Rechnung: dass Ehrenreich zum Frühstück massenhaft Tageszeitungen verzehrte und früher als Sott von der Fortsetzung der Poppenbüttler Erfolgssträhne Kenntnis erhalten hatte.

Immerhin war er so fair, Sott ins Haus zu bitten, als der am späten Vormittag vor der Tür erschien und aussah, als würde er einen Beileidsbesuch abstatten. Was er in gewisser Weise ja auch tat.

»Kopf hoch, Kollege«, sagte Ehrenreich. »Manches klappt, manches geht in die Grütze. Oder mit welchen Worten baut ihr euch in eurem Gewerbe auf?«

»Wir bauen uns gar nicht auf, wir machen uns nieder.«

»Sie übertreiben.«

Sott schilderte zwei dienstliche Vorfälle, die mit der vollständigen Filetierung unglücklich agierender Kollegen geendet hatten.

»Oha«, sagte Ehrenreich beeindruckt. »Ihr seid ja fast halb so gemein wie der akademische Betrieb.«

»In Ihrer Welt gibt es Gemeinheiten?«

Verdutzt starrte er Sott an. Konnte es wahr sein, dass jemand mit über 50 Jahren so blauäugig dachte? Der Hausherr bemerkte, dass der Frühstückstisch Sott beeindruckte. Ehrenreich war so sehr an das Arrangement gewöhnt, dass er nicht mehr nachvollziehen konnte, wie der Anblick auf Bewohner der pragmatischen Welt wirken mochte. Ein Tisch, an dem acht Personen Platz finden würden, bestand aus dem Geschirr für eine einzige Person, den Rest bedeckten die aktuellen Zeitungen, die Zeitungen der letzten Tage sowie drei Körbe mit Notizen, Ausrissen und Fotos der Projekte, die Ehrenreich in Arbeit hatte. Er begann zu sammeln, wenn sich zu einem Stichwort drei bis vier Anhaltspunkte gefunden hatten, egal wie tiefgründelnd, egal aus welcher Quelle. Ehrenreich kannte keine Hemmschwelle, alles war Quelle, alles konnte Erkenntnis enthalten oder im Zusammenspiel mit weiteren Quellen Erkenntnis liefern. Das war für ihn der Reiz, dem er seit seiner Schulzeit anhing wie der Süchtige der Nadel. Ehrenreich war dem Klügerwerden verfallen – in jungen Jahren, um anzugeben, prominent zu werden und um universitäre Rivalen auf Normalnull zu reduzieren. Aber seit einem Jahrzehnt war er frei von diesem Ehrgeiz, wenngleich er ihn noch nachvollziehen konnte. Jetzt wusste er, dass seine Lebensweise für ihn die beste Medizin war. Sie verschob den Tag, an dem er um reguläre Medizin nicht mehr herumkommen würde, immer weiter in die Zukunft. Wenngleich die Zukunft mit der ihr eigenen Sturheit treu und brav jeden Tag ein Stück nachrückte. Die Sturheit musste eine Norddeutsche sein, mit friesischen Wurzeln und Mecklenburger Verwandtschaft. Plus Westfalen und Heidjer – Menschenschläge, gegen die tonnenschwere Brauereipferde wie Turniertänzer wirken.

Mittlerweile konnte er ja sogar mit bräsigen Polizisten nicht nur an einem Tisch sitzen, sondern sogar an seinem eigenen Tisch. Er konnte Polizisten Fehler vergeben, ohne wochenlang über ein Revanchefoul nachzudenken.

Wenngleich es hier um Othmarschen ging, seine lieb gewonnene und sauer erarbeitete Heimat. Sie hatte ihn nicht zur Welt gebracht, sie hatte nicht einmal seine Jugend geprägt. Er hatte sie erst kennengelernt, als das Leben bereits die ersten charakterlichen Pfeiler ins Erdreich getrieben hatte. Vielleicht wäre alles anders abgelaufen, wenn er fünf Jahre früher angekommen wäre. Manchmal erwachte er morgens mit dem Gedanken: Wem wirst du heute wieder verzeihen? Aber mittlerweile konnte er auf den Gedanken einen Espresso trinken, einst hatte es ein Schnaps sein müssen. Und weil der Mensch nicht auf einem Bein stehen und so weiter und so fort und so blau.

Jetzt hatte der freundliche und zurzeit geknickte Bürgercop vor ihm am Tisch dafür gesorgt, dass sich die Poppenbüttler Unfallbilanz weiter verbessert hatte – womit die jahrelang unangefochtene und wie aus Erz gemeißelte Othmarscher Spitzenposition weiter angenagt worden war. Er hatte sich so sehr an den süßen Gedanken gewöhnt, dass die marodierenden heimischen SUV-Senioren Othmarschen auf immer ein bizarres Alleinstellungsmerkmal beschert hatten. Der gesamte Stadtteil liebte den Gedanken – was nicht im Widerspruch zu der Tatsache stand, dass auf der offiziellen Schiene ein anderer Ton herrschte – und, um im Bild zu bleiben, sehr viel defensiver gefahren wurde. Dabei saßen alle in einem Boot. Fast alle Crashpiloten lebten im engen Umkreis, fast alle waren Teil hiesiger Familien, darunter Sippen, ohne die das Bild des Quartiers heute anders aussehen würde – nicht schäbiger und nicht durchschnittlicher.

Ohne diese Crashpiloten wäre Othmarschen eine andere Welt gewesen. Wofür andere Quartiere eine komplette Studentengeneration, jahrzehntelang Unruhe stiftende Künstler und Anarchisten sowie millionenteure Profisportler brauchten, das hatten vor Ehrenreichs Haustür 20 fidele alte Nachbarn geschafft, indem sie kurz zum Einkaufen und zum Arzt gefahren waren und ein Stündchen später Unsterblichkeit erlangt hatten. *Fünf Meter bis zur Ewigkeit* – so lautete eine von Ehrenreichs Titelideen. Seit Jahren ging er mit dem Gedanken schwanger, über die Unfälle einen Roman zu schreiben. Aber der Mann, der in seinem Leben keine einzige Schreibhemmung erlitten hatte, kam nicht von der Stelle. Er hütete sich davor, bei der Suche nach Gründen in tiefe See zu geraten. Die offizielle Version lautete, dass er sich nicht die groteske Komik zutraute, die dieses Thema einforderte wie kaum ein zweites. Oder wie ein Film von Tati.

Die Wahrheit war, wie üblich bei klugen und komplizierten Menschen, eine andere. Sie war nicht unbedingt anständiger, und er hatte den Wunsch nur wenige Jahre nach der ersten Ausstellung mit seinen berühmten Demonstrations-

und Revolutionsfotos verspürt – an Stellen am Körper, die die Sonne nicht erreicht und wo der Mensch sich nicht kratzen kann. Ehrenreich träumte davon, vor seinem Haus einen Wagen zu besteigen und mit diesem um zwei Ecken herum in die benachbarte Einkaufsstraße einzubiegen. Er würde in aller Ruhe auswählen, nach Tagesform ein Geschäft ausschließen und ein bisher am Rande liegendes nach vorne rücken. Dann würde er seine Startposition einnehmen – den Rest würde man zwei Stunden später im Netz und im Fernsehen und am nächsten Tag in der Zeitung studieren können. Falls es zum Prozess kommen sollte – Ehrenreich würde dafür sorgen – würden sich Anwälte im Sitzungssaal befinden, für deren Honorar ein Durchschnittsverdiener seine halbe Rente verbrennen muss. Aber das war es Ehrenreich wert. Es gibt kein Honorar, das zu hoch ist, um einen endlich ausgelebten Traum rund um die Erdkugel zu verbreiten.

Es klingelte, Sott war schon auf dem Weg, als Ehrenreich rief: »Ich ziele mit einer Waffe auf Sie.«

An der Tatsache, dass Sott das spontan für möglich hielt, erkannte der Beamte, dass er noch viel lernen musste. Ehrenreich packte ihn von hinten an den Schultern und dirigierte ihn zurück in die Küche, wo er ihn auf seinen Stuhl drückte. Leise sagte er: »Das möchte ich nicht noch mal erleben.«

Dann ging der Hausherr an die Tür und kehrte mit den Reportern zurück. Der Fotograf latschte in geschlossenen Räumen genauso wie im Freien, die hinkende Reporterin trug ihre Schultertasche und eine große Tüte.

Der fassungslose Sott begriff, dass Ehrenreich die berühmten Journalisten aufgefordert hatte, die Brötchen für das gemeinsame Frühstück mitzubringen. »Aber das können Sie doch nicht machen«, stieß er hervor, damit gegen viele ungeschriebene Regeln verstoßend.

Ehrenreich, der dabei war, den Tisch auf Vordermann zu bringen, schwieg. Erst als Sott sagte: »Lassen Sie doch. Ich kann doch den Tisch …«, reagierte er. Ohne seine Arbeit zu unterbrechen, sagte er zum Fotografen: »Seien Sie so freundlich und hauen Sie dem Kerl bei seiner nächsten unqualifizierten Bemerkung aufs Maul.«

Sott war still, drückte sich an die Seite und versuchte, nicht zu stören. Fassungslos sah er zu, wie die Reporterin die Zeitungen zuammenräumte und wie Ehrenreich den Tisch deckte und dafür zehn Schranktüren öffnete. Er inspizierte jeden Becher und stellte ihn, als selbst Sott aus mehreren Metern den abgestoßenen Rand entdeckte, trotzdem auf den Tisch.

Sott sagte leise: »Ich wünsche dann noch und gehe dann mal.«

»Können Sie zählen?«, fragte Ehrenreich, ohne sich zu ihm umzudrehen.

»Was?«

»Können Sie bis drei zählen?«

»Natürlich. Jeder kann bis drei zählen.«

»Dann tun Sie es freundlicherweise.«

Sott trat an den Tisch und zählte die eingedeckten Plätze – nicht laut, aber verstehbar. Bei drei hörte er auf, aber es gab einen weiteren Platz.

Niemand half ihm weiter, alle blickten ihn an. Aber sie blickten, niemand starrte, niemand grinste höhnisch. Praktisch lächelten sie nicht einmal. Bis der Fotograf sagte: »Der Kaffee wird nicht heißer.«

Sott fiel auf seinen Platz und dachte: Das überlebst du nicht.

Eine Stunde später atmete er immer noch – sicheres Zeichen für Lebendigkeit. Die Schmerzen waren aus den Muskeln gewichen, er musste nichts mehr anspannen, zweimal hatte er gesprochen, obwohl keine Frage an ihn gerichtet worden war. In den letzten Stunden hatte er so viele Menschen kennengelernt wie seit Jahren nicht mehr. Mit den Reportern hatte er so intensiv geredet wie mit keinem Mitglied seiner Familie bei einer der letzten Familienzusammenkünfte. Bei der letzten Feier hatte er – am Gartenzaun stehend und rauchend – so lange mit dem im Nachbargarten wirkenden Besitzer gesprochen, bis seine Frau ihn zurück ins Haus abgeführt hatte.

Sott stand vor der Galerie der Demonstrationsfotos. Er wusste, dass wegen dieser Bilder die Menschen von weither anreisten. Er hatte sich nie vorstellen können, was das für Menschen sein mochten. In den ersten Jahren war er darauf eingestellt gewesen, dass plötzlich vor Ehrenreichs Haus eine Zusammenrottung passieren würde. Und noch längere Zeit hatte er sich vor Ehrenreich gefürchtet, weil ihm klar war, dass man sich nicht verstehen würde, sollte man jemals einige Worte wechseln. Er musste den Gelehrten zehnmal in der Einkaufsstraße erleben, bevor er es für möglich hielt, dass der denselben biologischen Regeln unterworfen war wie du und ich. Offenbar verstanden ihn auch die Frauen in der Bäckerei. Aber Verkäuferinnen können mit jedem gut, sonst würden sie ihren Job nicht lange ertragen. Sott hatte sich den Abgang einer frustrierten Verkäuferin immer so vorgestellt, dass sie einen Kunden mit einem Trommelfeuer von zielsicher abgefeuerten Schrippen ins Freie gejagt hatte, bevor ihr der Chef fristlos kündigen und sie des Ladens verweisen würde.

Der Fotograf stand kauend neben ihm und studierte die Bilder.

»Nett«, sagte er kauend. »Bisschen viel Sendungsbe-
wusstsein, aber nett.«

»Nicht Ihre Welt?«

»Ich knipse. Ist also meine Welt.«

»Sie würden anders knipsen?«

»Heute sind viele Protestierer sehr jung. Schüler. Die
willst du eher beschützen als totknipsen. – Warum hatten
Sie vorhin Angst? Wovor?«

»Vor dem – wie heißt das – vor dem Moment der Wahrheit.«

»Wir sind wegen Ihnen hier. Und wegen ein paar anderer.«

»Ich bin doch nur der Polizist.«

»Das heißt was?«

»Ich bin nicht wichtig. Ich bin das, was im Wartezimmer
die Topfpflanze ist.«

»Sie hat jetzt was mit dem Chirurgen.«

»Nein!!!«

»Das haben Sie nicht von mir.«

»Warum sagen Sie mir das?«

»Weil ich keinen kenne, der es schneller verbreiten wird.«

»So einer bin ich nicht.« Ein Blick von der Seite und
dann: »Okay, manchmal bin ich so einer.«

»In Ihrem Job würde ich von morgens bis abends nichts
anderes tun. Ich würde aus der ganzen Bagage einen einzigen Heiratsmarkt machen.«

»Die meisten sind doch schon …«

»Woher wissen Sie das?«

»Okay, ein Punkt für Sie.«

»Die Einkaufsstraße ist Theater.«

»Kommt mir manchmal auch so vor. Ich denke immer,
sie kommen alle nur aus zwei Gründen her: um einzukau-
fen, obwohl sie alles haben. Und um so zu tun, als ob.«

»Was heißt das?«

»Weiß gar nicht. So tun, als ob. Zwei Figuren in jeder einzelnen Figur. Eine begrüßt und schnattert und popelt. Die andere lebt still in ihrer Schale.«

»Eine Theateraufführung.«

»Jeden Tag. Und sie werden nie müde. Die längste Theateraufführung der Erde.«

»Wie in jeder Einkaufsstraße. Und in jedem Zentrum. Wie oft langweilen Sie sich?«

»Keine Sekunde. Ich bin die wichtigste Figur auf der Bühne. Jeder kennt mich, fast jeder mag mich.«

»Woran kann das liegen?«

»Ich bedrohe niemanden, bin für niemanden eine Gefahr. Niemand verliebt sich in mich, keiner raubt mich aus, weil er Angst vor 1.000 Cops hat, die mich dann rächen werden. Aber ich mag ja auch alle. Fast alle, am meisten die Kaufleute. Jeden Morgen antreten, jahrelang, ein Leben lang. Einen Partner finden, der es erträgt, wenn er seinen Liebsten mit dessen Geschäft teilen muss. Den Laden erben und eine neue Generation draufsetzen. Von wegen schnelllebige Zeit. Ich freue mich jedes Mal, wenn ich sehe, wie ein Händler ausflippt. Weil ich dann weiß: Potzblitz, ein Mensch wie du und ich. Na gut, nicht wie Sie. Aber wie ich. Launen, Lügen, lustig sein.«

»Ihnen ist klar, dass das alles in die Geschichte kommen wird.«

»Ach was. Das haben Sie an der nächsten Ecke vergessen.«

»Träumen Sie weiter. Noch einen Kaffee?«

»Ach ja, einer geht wohl noch.«

16

Die SUVs jagten durch die Dünenlandschaft, dass es eine
Freude war. Sand und Steinchen spritzten nach allen Seiten weg. Die Wagen gingen in die Kurven, fast ohne an
Tempo zu verlieren, der Wagen brach aus und wurde eingefangen, und gleich wieder aufs Gas. Zwei Fahrzeuge
kamen sich nahe, keiner wollte weichen. Sie fuhren parallel auf einer Linie, der rechte Fahrer drohte dem Rivalen
mit der Faust, der Rivale lachte und fuhr den Mittelfinger
aus. Dann fasste er wieder mit beiden Händen zu und kontrollierte den Wagen. Irgendwo rief jemand, man mochte es
spontan für einen Schmerzensschrei halten, aber der Anteil
von Jubel war größer. Hinter den beiden führenden Wagen
rauschte ein dritter, viel kleiner, kein SUV, ein kompaktes,
aber starkes Modell mit einer Fahrerin, die Handschuhe
trug. Dafür trug sie als Einzige keinen Helm. Im Haar saß
die Sonnenbrille, in den Augen saß der Wille, so bald wie
möglich Zweite zu sein.

Was dahinter kam, fuhr auf eine Weise, mit der man auf
regulären Straßen eine gute Figur gemacht hätte. Aber hier
gab es keine reguläre Straße, nicht mal einen Feldweg. Hier
gab es eine Dünenlandschaft, und nur, wer solche Landschaften nicht nur von den Kanaren und von Sylt kannte,
schätzte die Geografie zutreffend ein. Die wilde Jagd führte
durch die Kieskuhlenwelt nördlich der Stadtgrenze. Hier
wurde nichts mehr für die Bauwirtschaft abgebaut und auch
sonst fand keine offizielle Aktivität statt. Nur die wilde
Jagd. Die Zuschauer, die am Start standen, warteten auf

die Rückkehr der Rennteilnehmer. Ursprünglich war die Kieskuhle ein überschaubares Gebiet gewesen, aber mit jeder Erweiterung hatte sich ihr Umfang vergrößert. Und stets war dafür gesorgt worden, dass der Weg, der die verschiedenen Abbaugebiete verband, eine Breite und Festigkeit besaß, die beladenen Lkws keine Probleme bereitete.

Jörg Ehrenreich legte eine Hand über die Augen und dachte: Wenn du den Ersten fliegen siehst, ist das Rennen zu Ende. Aber sicher war er nicht, denn das heutige Rennen war keine Premiere, sondern bereits das zweite Treffen. Neben ihm stand das Paar, das er seit Jahren kannte. Die Tänzer mit dem Regenschirm. Gut erhaltene Pensionäre, stets gemeinsam im Ortsbild unterwegs, immer in Begleitung ihrer Schirme. Sie machten kein Geheimnis daraus, dass diese Marotte auf ein traumatisches Erlebnis vor vielen Jahren zurückging. Damals hatte sich angeblich etwas ereignet, was sie von der Notwendigkeit überzeugt hatte, in Zukunft stets einen Schirm in Reichweite zu haben. Zuerst waren sie belächelt worden, freche Kinder hatten die Pflicht frecher Kinder getan und ihnen hinterhergerufen. Aber auch Erwachsene hielten die beiden für wunderlich, doch stoisch saßen sie die Phase aus, in der die Spaßvögel tun mussten, was Spaßvögel tun, weil sie sich für Spaßvögel halten. Obwohl Flegel die passendere Bezeichnung war. Irgendwann waren die beiden ohne Schirme nicht mehr denkbar gewesen, und niemand erinnerte sich noch daran, wie alles begonnen hatte. Vielleicht erinnerten sich auch die beiden nicht mehr daran, vielleicht war das traumatische Erlebnis nichts weiter gewesen als ein Platzregen, der sie erwischt hatte, als sie leichte Kleidung trugen und die Bäume kein Laub getragen hatten.

So ein Schirm schützt auch gegen Sonnenschein, und ein liebevoller Partner hält den Schirm für seine Partnerin. Man hatte auch Ehrenreich einen Schirm angeboten, natürlich hatte er mit dem traditionellen Standard abgelehnt: »Ich bin nicht aus Zucker« – um danach so viel über Schirme nachzudenken wie seit Langem nicht. Dabei hatten Schirme bei den frühen Demonstrationen hilfreiche Dienste geleistet. Geregnet hatte es damals ja pausenlos, wenn der erste Wasserwerfer leergepumpt war, kam schon der nächste. Man hatte die Schirme als Degen geführt, elegant hatte man gegen das Urelement gekämpft, das vom ersten Volltreffer in Müll verwandelt worden war. Neben Ehrenreich und dem Schirmpaar hielten sich alle auf, die auch ohne Rennen Spaß hatten. Auf dem Campingtisch standen Flaschen, Kaffee und Gepäck. Daneben Bananen, ein Blutdruckmessgerät und der Handyhaufen. Das Personal in den Residenzen sowie die Familien und das Personal in den Häusern, das für die Kontrolle der alten Eltern eingestellt worden war: Alle Mitglieder des Wachpersonals wurden nicht müde, das Mantra zum zehntausendsten Mal zu singen: Nie ohne Handy aus dem Haus! Ohne Handy sei man verloren, so gut wie tot. Nur das Handy stand zwischen Alltag und Abpfiff. Fast so oft wie das nervende Mantra ertönte das moralische Leckerli: Wir sind besorgt um euch. Und warum sind wir besorgt? Weil wir euch lieben. Eltern sind das wertvollste Gut, das wir haben. Sorgt dafür, dass es nicht zum anstrengendsten Gut wird. Diese Worte aus den Mündern der anstrengendsten Kinder, die es jemals gegeben hat.

Am schlimmsten waren die Töchter respektive Schwiegertöchter. Früher hatten sich Schwiegertöchter durch diese spezielle Distanz ausgezeichnet, die sie ins Haus getragen und nie abgelegt hatten. Das war nicht immer nett und hatte den alternativlosen Lieferanten von Enkeln scheele Blicke und spitze Bemerkungen eingetragen. An diese Distanz dachte man jetzt gern zurück, nach dieser Distanz sehnte man sich. Denn selbst bei der nüchternsten und distanziertesten Schwiegertochter der Gegenwart reichte es problemlos zum Handy-Mantra. Kein Schritt ohne Handy. Und weil man schon dabei war, auch gleich noch: Hast du deine Tabletten genommen? Hast du Brille, Fahrkarte, Ausweis, Traubenzucker und etwas gegen Regen dabei? Auf diese Weise entstand ein Strick, der sich um die Hälse der Alten legte – manchmal so eng, dass sie kaum noch Luft bekamen. Aber nie so eng, dass die Verbindung zum Gehirn unterbrochen wurde. Um innerlich zu murren und zu hadern, dafür reichte die verbliebene Energie allemal. Und um die Einladung des Gelehrten aus der Villa anzunehmen, hätte auch die Hälfte der Energie gereicht.

Ehrenreich war bewusst, dass er im Quartier als Vertrauensperson galt. Zwar kannte man seine Vita inklusive der jugendlichen Übertreibungen. Aber die akademische Karriere, seine internationalen Verbindungen und die Bereitschaft, sich auf der Einkaufsstraße nützlich zu machen und jede bürgerschaftliche Aktivität zu unterstützen, mit der man die Bürokratie in ihre Grenzen zurückschlagen konnte – das hatte ihm die Pluspunkte eingebracht, die nötig sind, um nicht nur ertragen, sondern geschätzt zu werden. Zwar hielt ihn die Hälfte der Nachbarn für schwul, aber weil er sein Hobby absolut diskret auslebte, ertrug man auch das. Immerhin förderte er den jungen, fast noch jugendlichen Nachwuchs in seiner alten Kunsthochschule, was man an der Schar junger Frauen ablas, die seine Villa betraten und verließen, und wenn dazwischen eine Nacht lag, freute man sich an dem Gedanken, dass Ehrenreich bei seinen Nachhilfestunden nicht auf die Uhr blickte.

Im Ort lebte eine Handvoll Künstler, alle galten als Maler oder wären gern für Maler gehalten worden. Sie hatten auch ausgestellt, einige sogar mehr als einmal. Aber man musste lange suchen, um einen Raum zu finden, in dem ein Werk aus der Produktion dieser Künstler auf eine Weise angebracht worden war, dass es ins Auge fiel.

Zwei Damen – eine alterslos vom Typ *Spätes Mädchen*, die andere pensionierte Lehrerin für Handarbeiten und alte Sprachen, vor allem wohl für sehr seltene Sprachen – machten in der Vorweihnachtszeit und in der dunklen Jahreszeit von sich reden, wenn sie zu Gesprächsnachmittagen mit Gebäck und Lyrik und sehr, sehr unbekannten Lyrikerinnen aus weiter entfernt liegenden Kulturkreisen einluden. Um besser und vor allem schneller ins Gespräch zu kommen, wurde der Tee wahlweise mit Schuss angeboten. Das hatte dazu geführt, dass der Verbrauch an Schuss mittlerweile die Menge an genossenem Tee weit überstieg.

Die Maler und die Literaturfreundinnen waren mitverantwortlich dafür, dass man Ehrenreich sehr schätzte. Obwohl er der Kunst sehr nahestand, übte er sie doch auf eine Art aus, die die Menschen in seiner Gegenwart frei atmen ließ. Nie musste man befürchten, um eine Einschätzung oder – noch schlimmer – persönliche Meinung gebeten zu werden. Nie drohte bei Ehrenreich die Nötigung zu einer Interpretation von holprigen Zeilen und hingepfuschten Pinselstrichen, bei denen mehr als ein Betrachter schon gedacht hatte: Das kriege ich mit meiner Zahnbürste besser hin. Und schneller. Und zur Not mit der alten Bürste, mit der ich immer die Fugen im Badezimmer sauber kratze.

Es war ein Kinderspiel gewesen, die Namen der Unfallfahrer in der Einkaufsstraße in Erfahrung zu bringen. Segen einer freien Gesellschaft und eines allwissenden Internets. Nicht alle lebten noch, nicht alle waren bei leidlicher Gesundheit. Um nicht unangenehm aufzufallen, war Ehrenreich Umwege gegangen, hauptsächlich solche, bei denen er nicht persönlich in Erscheinung treten musste. Zwar konnte er damit leben, als neugierig zu gelten. Neugier war eine Voraussetzung für seinen Beruf. Aber wenn das Objekt der Neugier ein bettlägeriger alter Mensch ist, teilweise dement, dann konnte man gar nicht so schnell richtigstellen, wie die Klappen zuschlugen.

Am Ende blieben elf Personen, die für eine Einladung infrage kamen. Acht lebten in häuslichem Umfeld, zwei im eigenen Haushalt. Die ging er zuerst an, die beiden übererfüllten alle Klischees von agilen, mobilen und unternehmungslustigen Senioren, die nur darauf warten, dass man ihnen eine Ablenkung anbietet. Obwohl Ehrenreich in kluger Voraussicht mehrfach Termin und Treffpunkt genannt und sicherheitshalber per Mail und per Post hieb- und stichfest gemacht hatte, stand am Tag nach dem Erstkontakt erst die alte Dame, bald auch der alte Herr vor seiner Tür. Beide sahen 15 Jahre jünger aus als ihr Geburtsdatum, beide besaßen die gemeinsame Eigenschaft, sich die Hände zu reiben, wenn sie sich auf etwas freuten. Was sie fast pausenlos taten. Ehrenreich hatte Mühe, sie wieder hinauszukomplimentieren.

Am Ende waren es sieben Personen, alle ehemalige Unfallfahrer, die sich am Eingang der Kieskuhle trafen. Die erste
halbe Stunde ging mit kurzweiligen Erlebnisberichten über
den ungewohnten Umgang mit dem Navi drauf. Die Hälfte
traf per Taxi ein, aber die, die noch selbst am Steuer saßen,
betonten einige Male zu oft, dass sie die Getränke für ihren
100. Geburtstag im eigenen Pkw von *REWE* abzuholen
gedachten. Man müsse nur rechtzeitig die Autoschlüssel in
Sicherheit bringen, bevor die Kinder Gelegenheit hatten, sie
einem zu entwenden. Langsam müsste man auch die Enkel
auf der Rechnung haben, die stünden in ihrer Besorgnis den
Eltern in nichts nach. Bei ihnen war es sogar noch schwie-
riger, sie wegzubeißen, weil sie so lieb und aufrichtig wirkten. Es sei ein Unterschied, ob dich jemand seit einem Jahr
belästigt oder ob er dir seit 40 Jahren auf die Nerven geht.

Nach dem ersten Rennen fand sofort das zweite statt. Erst
als sie am Steuer saß, rückte die frühere Bibliothekarin mit
dem Geständnis heraus, dass sie seit ihrem Crash in der Einkaufsstraße vor fünf Jahren kein Auto mehr gelenkt habe.
Sprach's und fuhr mit durchdrehenden Reifen los. Der alte
Herr, dem der Wagen gehörte, schlug still für sich ein Kreuz.
Ehrenreich war auf alle möglichen Bemerkungen gefasst,
aber nicht auf diejenige, die aus dem Mund des alten Herrn
kam: »Können Sie mir einen bestimmten Autotyp empfehlen? Wird Zeit, sich neu zu orientieren.«
    Als Letzter tauchte der Wagen auf, den sie gar nicht mehr
auf der Rechnung gehabt hatten. Herr V., einst Prokurist
im Hafen und einst nationale Spitze bei den *Finn-Din-
gis*, musste aus dem Wagen gezogen werden. Sonst wirkte
er nicht angeschlagen. Auch sein Gesicht wies nicht auf
Schmerz und Leid hin. »Ein Genuss«, sagte er. »So viel

Spaß hatte ich zuletzt, als ich Sex hatte. Ich hoffe doch, dass es Sex war.« Aber ihm wollte partout nicht einfallen, wie lange das her war.

Die übrigen Senioren wirkten, als wären sie in der letzten halben Stunde einige Jahre jünger geworden. Aufgedreht und freudestrahlend schilderten sie die hautnahen Duelle in den vom Start nicht einsehbaren Passagen des Rundkurses. Frau D. gestand errötend: »Ich wusste, dass ich nicht gewinnen werde. Ich bin damals nur Automatik gefahren, weil ich mich nie über den dritten Gang hinausgetraut habe. Ich hatte immer Angst, dass ich den Kontakt zum Boden verliere. Davon träume ich heute noch.«

Und Herr B., der aussah wie der gleichaltrige Bruder von Bruce Willis, strich über seine Stoppeln und sagte: »Wenn du vom Pferd fällst, setzen sie dich sofort wieder rauf, bevor sich ein Trauma entwickelt. Nur beim Autofahren gilt das angeblich nicht. Sie haben mich damals angelogen, nach Strich und Faden. Darüber wird noch zu reden sein.«

»Wo wollen Sie hin?«, fragte Ehrenreich.

»Ach, nur ein wenig durch die Gegend fahren. Jetzt geht es ja wieder. Danke für alles, Professor. Jetzt weiß ich auch wieder, dass Professoren wirklich klug sind. Nicht immer durchgedreht wie in den albernen Komödien.«

»Sie stellen aber nichts an?«

»Großes Ehrenwort. Vielleicht schaue ich da und dort mal vorbei, wo ich in der letzten Zeit selten vorbeigekommen bin. Wenn du kein Auto hast, bist du ja praktisch die Geisel deiner Kinder. Was bei meinen Kindern bedeutet: Verdoppelung der Strafdauer.«

»Fahren Sie vorsichtig.«

»Das habe ich vor. Man muss vorsichtig sein, wenn man gut zielen will.«

Das war der Moment, in dem Ehrenreich wusste, dass ihm zwei Möglichkeiten blieben: den Dingen ihren Lauf lassen oder zum ersten Mal im Leben einem Menschen den Autoschlüssel entwinden. Aber da setzte sich der alte Peugeot bereits in Bewegung.

17

Eigentlich wollte Ehrenreich nicht mehr. Aber die Alten baten und bettelten, sie packten das komplette Instrumentarium aus, mit dem hilflose Welpen uns das Herz brechen. Nur dass diese Welpen nicht das Herz berührten, weil sie so klein und niedlich waren.

»Professor, Sie haben mir einen neuen Lebenssinn gegeben«, behauptete Frau D.

»Tut mir leid, das war nicht meine Absicht.«

»Sie müssen sich nicht entschuldigen. Oder nur dafür, dass wir uns so spät kennengelernt haben.«

Einen schrecklichen Augenblick war dem Gelehrten klar, dass ihm die erste Liebeserklärung eines weiblichen Wesens bevorstand, bei der in ihrem Alter die Acht nicht hinten stehen würde, sondern vorne. Es wurde dann doch nicht ganz so kompliziert, denn Frau D. sprach von Abwechslung, Abenteuer und der Freude auf Ereignisse, deren Ablauf sie nicht bereits im Voraus bis zur dritten Stelle nach dem Komma vorhersagen konnte. Frau V. sowie die Herren S. und G. schlossen sich an. Da stand er nun, der geniale Taktiker und Stratege Ehrenreich, der jahrzehntelang in den verschiedenen Hochschulgremien und zuvor in den studentischen Hochschulgruppen abgefeimte Beweise seiner Intelligenz und Begabung zur Menschenführung mit Schwerpunkt auf Menschenmanipulation abgeliefert hatte. Hier gab es kein Gremium, kein politisches Ziel, hier gab es nur die Chance, eine Handvoll alter Zausel glücklich zu machen. Es hatte eine Zeit gegeben, da hätte Ehrenreich dafür keinen

Finger krumm gemacht. Jetzt erkannte er verdutzt, dass ihm nichts Sinnvolleres einfiel, das er ins Werk setzen konnte.

»Ihr regt mich alle auf, wisst ihr das?«, knurrte er.

Oh ja, sie wussten es. Auch sie kannten Gebiete der Menschenführung, auf denen ihnen niemand etwas vormachte. Was sie wahrscheinlich am besten konnten, war, ihrem Gegenüber ein Ohr abzukauen. Ehrenreich sah genau, wie sie untereinander mit Blicken kommunizierten und auf dieser Schiene auslosten, wer als Nächster dem sturen Professor um den Viertagebart gehen sollte. Ehrenreich hatte das Glück, über einen Bartwuchs zu verfügen, der ihn interessant und nicht verkommen aussehen ließ. Sein Bartwuchs hatte ihm manche Tür und noch mehr Herzen geöffnet.

An diesem Tag nahm er sich vor, keinen der Zausel jemals in seine Villa zu lassen. Die Gründung einer Senioren-WG war das Allerletzte, was er auf seinem Lebensplan entdecken wollte. Alten-WGs kamen für ihn nur in den stereotypen besinnlichen Komödien vor, mit denen die öffentlich-rechtlichen Sender ihre betagte Zielgruppe bei der Stange halten. Dafür war er zu jung und zu klug, so alt konnte er gar nicht werden.

Er bot ihnen einen letzten Besuch in der Kieskuhle an. Sie taten so, als seien sie überrascht. Dabei war das ihr einziges Ziel gewesen. Jetzt mussten sie sich nicht mal um Fressalien und Getränke kümmern. Den Campingtisch hatten sie in weiser Voraussicht beim letzten Mal vorsätzlich in der Kieskuhle vergessen.

Diesmal fuhren sie die Rennen erst ab 15 Uhr. Ob es daran lag, dass nachmittags der Blutdruck alter Leute stabiler ist oder dass sie bei weicherem Licht besser sehen – aber vielleicht lag es einfach daran, dass sie mehr Übung hatten. Sie heizten über den Kurs, dass jeder zart besaitete Augenzeuge entweder die Flucht ergriffen oder zum Handy gegriffen hätte. Wahrscheinlich würde die Polizei den Anruf und was der aufgeregte Anrufer da schilderte, für einen Witz halten.

Heute musste auch Ehrenreich ran. Er hätte darauf verzichten können, aber heute verspürte er viel mehr Lust als beim Premierenbesuch. Er nahm den Wagen, der am Schluss übrig blieb. Er wollte den Alten eine theoretische Chance geben, bevor er sie in Grund und Boden fahren würde. Vier Runden, gestartet wurde in der Reihenfolge der Nachnamen. So war Ehrenreich, als es in die erste Kurve ging, nicht Letzter – aber knapp hinter der Kurve war er es. Er wusste nicht, was für einen Fahrfehler er begangen haben könnte, aber ein Fehler musste es gewesen sein, denn sonst wäre es ja gar nicht möglich gewesen, dass er … er war allein!? Plötzlich war er allein! Wo waren die Lumpen auf einmal geblieben? Wo hatten sie sich versteckt? Oder bedeutete das Aufgabe? Aufgabe in weiser Einschätzung der limitierten eigenen Fähigkeiten? Es bedeutete, dass Ehrenreich in der Mitte der ersten Runde einen demütigenden Rückstand eingefahren hatte. Er riss sich zusammen, schaltete hoch und beschloss, den Knüppel lange nicht mehr anzufassen. Er holte wirklich auf, den Vordermann kassierte er problemlos ein, das tat der verwundeten Seele gut. Zwei waren noch vor ihm, sie beharkten sich, einer wollte den anderen abschießen. Aus der Zuschauerperspektive wirkte es gleichzeitig aufregend und unterhaltsam. Und es gab nicht den geringsten Hinweis darauf, dass sich in den Wagen alte Menschen aufhielten und dann noch am Steuer. Ehrenreich war gerührt und wurde von Gönnerhaftigkeit durchströmt. Was sollte dieses affige Wettkampfgetue? Sollten sie sich doch um den Sieg balgen! Er würde darauf achten, dass er nicht Letzter wurde, mit allem anderen konnte er leben. Irgendwann war es auch mal gut mit der Kleingeisterei. So hätte es weitergehen können, aber dann fuhr der Zweitplatzierte weit nach rechts und der Führende weit nach links. Beide wurden spürbar langsamer und zwischen ihnen klaffte eine Lücke, durch die ein Reisebus gepasst hätte! Sie luden Ehrenreich zum Überholen ein! Der sah es und fasste es nicht. Zwei alte Naturen, die bis gestern wahrscheinlich Probleme gehabt hatten, in ihrer eigenen Wohnung das Klo zu finden, markierten wenige Stunden später den dicken Max! Sie fühlten sich so stark, dass sie sich Gönnerhaftigkeit erlaubten! Gegenüber Ehrenreich. Das war ihm in seinem Leben nicht oft passiert, in der Aufregung des Rennens fiel ihm auf Anhieb kein einziges Beispiel ein – jedenfalls keins, bei dem nicht eine von ihm begehrte Frau eine Rolle gespielt hatte, bei dem sie den hechelnden und bettelnden Liebhaber zum Hanswurst degradiert hatte.

Natürlich nahm er das Angebot nicht an, hupend und winkend signalisierte er, dass er das würdelose Spiel durchschaut hatte. Zwischendurch kamen sie an Start und Ziel vorbei, dort herrschte große Aufregung. Das Publikum tobte! Er hatte Publikum, das hatte er im Eifer des Gefechts bisher gar nicht realisiert. Zuschauer! Zeugen! Öffentlichkeit! Das halbe Land sah zu, wie er sich gegenüber kecken Herausforderern schlagen würde. Es wurde Zeit für eine Antwort, die ein Blinder erkennen konnte. Ehrenreich teilte seinem Wagen mit, dass die Mittagspause vorüber war. Er fasste fest zu, ohne zu verkrampfen, legte alles in Standbein und Spielbein, was ihn das Leben und viele Touren quer und längs durch Europa gelehrt hatten. Er war lebendig durch Berlin, London, Paris, Athen und alle Regionen gekommen, in denen man Verkehrsregeln nur aus dem Fernsehen kennt – wahrscheinlich hielt man sie für Komik. Ehrenreich nahm es ernst. Aber sie ließen ihn nicht vorbei. Als würden sie über ein Organ verfügen, das sie davon in Kenntnis setzte, dass der Hintermann nun Ernst machen würde. Sie schlossen die Lücke zwischen sich, ohne dabei die Rivalität untereinander aufzugeben. Ehrenreich kämpfte mit zwei größenwahnsinnigen Egos. Dass eines der Egos weiblichen Geschlechts war, fand er nicht amüsant. Er wusste, dass die Gefahr schwerer Unfälle gering war. Im schlimmsten Fall landete man neben der Strecke mit der Nase im Kies. Jedenfalls hielt er das für Kies. Gleichzeitig war ihm klar, dass der Betrieb geschlossen worden war, weil sich der Abbau nicht mehr lohnte. Hieß das, es gab gar keinen Kies mehr? Oder minderwertigen? Wie musste man sich minderwertigen Kies vorstellen? Er musste das nicht wissen, er war Geisteswissenschaftler und kein Geologe oder Bauunternehmer. Er wusste nicht, wie hart er aufschlagen würde. In den Lister Dünen auf Sylt konnte man im schlimmsten Fall den Mund voller Sand haben. Das wusste er aus Erfahrung. Das hustete sich wieder aus. Aber wie hustete man Steinchen aus? Wie viele Zähne würde man nach dem Abhusten noch besitzen? Und warum ging er davon aus, dass er die beiden Amateure nicht auf einwandfreie Weise passieren konnte?

Bei Halbzeit des Rennens küsste er die Stoßstange des Vordermanns. Der hüpfte vor Schreck, aber machte keinen Platz. Ehrenreich stellte sich vor, dass er bereit war auszuweichen. Wenn er nur gewusst hätte, wie! Ehrenreich lächelte diabolisch und dachte: Das hättest du dir vorher überlegen müssen. Vielleicht küsste er auch die Stoßstange der Frau, aber jetzt war nicht die Zeit für Feinheiten. Im Wettkampf hat der Gegner kein Geschlecht, nur eine Eigenschaft! Er will gehasst werden! Das konnte er haben. Aber Ehrenreich musste mit störenden Erinnerungen fertigwerden. 90 Prozent seines Autofahrerlebens hatte er mit geöffnetem Seitenfenster verbracht, oft hatte der ganze Arm aus dem Fenster gelehnt, im Mundwinkel klebte die Kippe, und der Aschenbecher war so was von voll. Er war kein Kampffahrer gewesen, sondern ein Genussfahrer. Über die Autobahn geheizt war er nur, wenn eine Frau auf ihn wartete – oder am Telefon behauptet hatte, es zu tun. Dann war er auch über Landstraßen geheizt. Über französische Nebenstrecken zu fahren und mit schlagendem Herzen herauszukommen, war ein bleibendes Erlebnis. Aber ein schönes.

Der junge Ehrenreich stellte sich vor, dass sie am Ziel auf ihn warten würde. Er hatte die Qual der Wahl, er hatte nachgezählt, war bei fünf Durchgängen auf fünf Ergebnisse gekommen, hatte erneut nachgezählt und musste ständig an die Einzige denken, mit der er nie in Frankreich und im Süden gewesen war. Die Eine ist immer die Einzige. Das ist Mathematik und kein Selbstmitleid. Sie hatte ungern gewartet, gab ihm maximal zehn Minuten, dann war sie weg, gnadenlos. Niemand hatte ihn jemals besser gequält. Von niemandem hatte er sich lieber quälen lassen. Weil es sich lohnte, jedes Mal.

Da! Und tschüss! Ehrenreich war Zweiter. Das Leben war gut zu ihm, das Rennen ist Teil des Lebens, aber der vor ihm war ein Zauberer, er konnte sich in der Breite vergrößern, konnte die Breite beibehalten, ohne einen halben Kilometer langsamer zu werden. Ehrenreich arbeitete sich an ihm ab, er tat alles, was den Vordermann nicht in Lebensgefahr brachte. Und nebenbei auch ihn. Er schaffte es nicht. Mit geringem, aber unverkennbarem Abstand fegten sie über die unsichtbare Ziellinie. Der Sieger ließ den Wagen auslaufen. Immerhin war es nicht die Frau. Das machte es leichter, nicht viel leichter. Aber Ehrenreich musste jedes Korn aufpicken, das sich ihm darbot. Der Sieger hieß Max, er war 81, hatte nie im Leben weniger als sechs Zylindern unterm Arsch gehabt, vier Kinder, zwei Enkel, die er beide nicht besonders mochte. Eine tote Frau, eine halbe Etage Verehrerinnen in der Residenz, die den Rivalinnen zwar kein Gift ins Essen mischten, aber es gibt Gewürze, von denen man lange etwas hat. Ein bisschen Spaß muss sein.

Ehrenreich gratulierte. Der andere ersparte ihm die Demütigung zu behaupten, dass er gar nicht wisse, wie ihm der Sieg gelingen konnte. Er wusste es, er musste nicht protzen. Er war ein guter Mann, Ehrenreich war unfähig, ihn zu hassen.

Dann brach die Dorfjugend aus den Wäldern hervor. 16 bis Mitte 20, große Schnauze und gar nicht ekelhaft, wenn man die ersten zehn Minuten überlebt und dem Würgereflex widerstanden hatte. Angeblich hatten sie gehört, dass in der Kiesgrube seit einigen Tagen Betrieb sei. Muss man natürlich überprüfen, hatte man nichts gegen, einzige Bedingung: keine Visagen zwischen 16 und Mitte 20, die kannte man zur Genüge. Sie zogen die Decke vom Fahrradanhänger, darunter Bierkisten, Wasser und Frikadellen bis zum Abwinken. Senf mittelscharf und Currysoße für alle Gäste ohne schmerzleitende Nerven. Eine Schüssel mit Kartoffelsalat, die Köchin lässt ausrichten: Kritik verboten, sonst Strafe und viel Aua.

Ehrenreich war der Letzte, der den Gedanken an einen Hinterhalt nicht weiter verfolgte. Er begriff nicht, warum es den Alten so leichtfiel, an das Gute im Menschen zu glauben. Wo hatten sie die letzten Jahrzehnte verbracht? Wie groß ist der Unterschied zwischen Othmarschen und dem Paradies?

Das lauteste Großmaul schickte das leiseste Großmaul in den Volvo. Ehrenreich dachte: Den sehen wir nie wieder. Dann erlebte er mit, wie lange man den Fuß gleichzeitig auf Gas und Bremse und Kupplung stehen lassen kann und was sie heimlich sonst noch anmontiert haben mochten. Der Wagen drehte sich im Kreis und tanzte ohne Partner. Der Wagen musste eine schöne Frau sein. Die Senioren klatschten Beifall und husteten den Staub weg. Frau W. adoptierte den charmantesten Bengel, dabei hatte der bisher nicht mehr getan als die Welt mit seinem guten Aussehen zu verzaubern.

Niemand zerstörte die Stimmung mit dem Angebot eines weiteren Rennens. Ehrenreich war erleichtert, er konnte den Tag seines ersten Unfalls mit Todesfolge also noch weiter hinausschieben.

Als die Besucher glaubten, es könne nicht mehr schöner werden, kamen unter den Kisten und Schüsseln im Anhänger die Luftgewehre zum Vorschein. Es ging auf Glas und Dosen, niemand schien Angst zu haben, dass von der Bundesstraße ein Streifenwagen abbiegen könnte.

Die Alten fremdelten nicht, noch die zarteste aller Frauen packte die Knarre wie eine Alte. Und traf sogar. Kriegserlebnisse, Nachkriegskabalen und nie publik gewordene Abenteuer aus den frühen Jahren an der deutsch-deutschen Grenze machten die Runde und die Augen von zwei Alten feucht. Die Jungen hörten beeindruckt zu.

Danach Bier, bevor es warm wurde. Warmes Bier ist wie Pisse, nur kühler. Und teurer in der Anschaffung. Seniorin A. verwettet beim Schießen ihren Saab, verliert ihn in der Entscheidungsrunde und bekommt den Wagen zurück, nachdem sie dem Neubesitzer eröffnet, dass er nicht allein den Saab gewonnen hat, sondern auch die alte Dame aus baltischem Adel. Der Junge hat noch alle regulären Omas und Opas und weiß, wann Schluss ist.

18

Die Stunden in der Kiesgrube wirkten bei allen, die dabei gewesen waren, lange nach. Die alten Menschen erinnerten sich gern an die aufregenden Minuten, in ihrem Alltag fand sonst nicht viel Aufregung statt. Im Gegenteil: Man bemutterte sie von früh bis spät, beschützte sie vor imaginären Risiken und tat so, als seien endlose Urlaube das Großartigste, was sich ein alter Mensch wünschen kann. Selbst zu den wenigen Freiräumen wurden sie, wenn sie sich nicht wehrten, mit dem Wagen gefahren: ein Familienauto, eine Tochter am Steuer, eine Fahrweise, bei der jedem Mitfahrer die Füße einschliefen. Was kann einem alten Menschen Schlimmeres passieren? Vor allem solchen, deren Beine und Füße die gesamte Fahrt gestisch und gedanklich in ein Kieskuhlen-Rennen verwandelten. Danach saß man dann in einer Runde mit altersgleichen Leidensgenossen, musste basteln, musste malen, musste sonst wie kreativ sein, während man ununterbrochen an das optimale Kreativitäts-Werkzeug dachte, das jetzt vor einem Haus parkte. Kann sich ein Pkw langweilen? Man weiß es nicht genau, aber sollte es so sein, musste man sich die Lage in Othmarschen so vorstellen, als würde eine gigantische Käseglocke aus leisem Seufzen und Klagen über dem Quartier liegen. Jeder Pkw eine verpasste Gelegenheit.

Natürlich gab es Senioren, die noch selbst fuhren. Die meisten, weil man es ihnen großzügig erlaubte; eine radikale Minderheit, weil sie nicht von der Last einer besorgten

Familie erdrückt wurde und ihre Freiheit in vollen Zügen genoss – jedenfalls wenn sie in einem Wagen saßen. Diese Minderheit scheute nicht vor der Einkaufsstraße zurück, aber sie forderte das Schicksal auch nicht heraus. Die Welt ist voller Straßen, viermal abbiegen und man hat das Reich der Freiheit erreicht, in dem einen niemand kennt, in dem sich der Körper entspannt, und noch einige Straßen weiter wird der Blick farbig und gewinnt an Tiefe, das Atmen fällt leicht, und der Motor nimmt bereitwillig die Herausforderung an. Jeder alte Mensch weiß, dass Autofahren Risiko bedeutet. Aber auch Sex ist Risiko, Essen und Trinken und der Konsum schlechter TV-Serien sind Risiko für den Geschmack und den Verstand. Aber so ist die Freiheit. Die Freiheit sagt: Benimm dich anständig. Übertreibe es nicht. Ein Kratzer im Lack und du wirst nie mehr deines Lebens froh.

In vielen Familien gab es mehr als einen Wagen, in einigen drei oder vier. Aber die waren in Gebrauch, von denen wusste man in fast jedem Moment, wo sie sich aufhielten und wer am Steuer saß. Gegen das Diktat der Familie, diese wohlmeinende Diktatur mit zeitweise menschlichem Antlitz, half nur ein Wagen, den niemand auf der Rechnung hatte – jedenfalls niemand aus der familiären Führungs- und Fürsorge-Etage. Diese Autos gab es, für diese Autos existierten bis zu acht Schlüssel. Und die Fahrzeugpapiere wiesen Besitzer aus, die tatsächlich existierten, wenn auch unter anderem Namen und unter anderer Anschrift.

Die Handvoll Senioren, die durch den Erwerb so eines Wagens beizeiten den Schritt auf die sichere Seite der Existenz geschafft hatten, genossen ihren Wagen jeden Tag. Dabei nutzten sie ihn gar nicht so oft, es reichte vollkommen, die Möglichkeit zu haben. Es wäre möglich gewesen ... man hätte gekonnt ... sofort ließ der Druck nach, nun auch zu müssen. Wie manche Medikamente den Fluss des Bluts erleichtern, genauso wirkt der Besitz eines diskreten Autos. So nannten die eingeweihten Senioren untereinander ihr Geheimnis: »Der Diskrete«. Ihnen war klar, dass diese Wortwahl sie eines Tages in Teufels Küche befördern könnte, weil die Wortwahl in die geheime Welt der erotischen Nebenwege deutete. Doch mit diesem Risiko ließ sich leben, die Vorstellung, in einen diesbezüglichen Verdacht zu geraten, amüsierte die Senioren. Sie waren entschlossen, im Fall des Falles um ihr Recht auf Diskretion zu kämpfen. Die Phase beziehungstechnischer Aktivität lag noch nicht so lange zurück, dass man sich nicht mehr an sie erinnern konnte. Wenn sie es geschickt anstellten, würden sie ihre alarmierten Kinder durch moralische Gesprächsführung und das dazu passende leidende Gesicht spielend dahin bringen, ihren Eltern das Recht auf eine selbstbestimmte Sexualität im Alter nicht verbieten zu wollen. Segen der Liberalität: Man traut sich nicht mehr, als Spießer und moralischer Scharfrichter dazustehen. Wenn alles nicht mehr half, würden sich die Alten eben kurzfristig mit einem Partner eindecken – zweibeinig, nicht vierrädrig – der das Beziehungsspiel bereitwillig mitspielte. Danach würde man sich auf dem Rücksitz des diskreten Wagens treffen, um gemeinsam über die peinlich berührten Gesichter der Kinder zu lästern. Das Leben hatte noch einige erstrebenswerte Momente in petto – und natürlich den »Diskreten«. Nicht einmal der freundliche Professor aus der Villa war über dessen Existenz informiert. Man mochte den Mann, ihm hatte man die Kieskuhle zu verdanken. Aber er musste nicht alles wissen.

Kein Senior war scharf darauf, in Ehrenreichs nächstem Buch aufzutauchen.

Täglich schlug Ehrenreich mit bangem Herzen seine Zeitungen auf. Alles ruhig in Poppenbüttel? Zählte der Crash vor der dortigen Diskothek am letzten Freitag mit, weil der Fahrer flüchtig war und theoretisch 80 Jahre und älter sein konnte? Immerhin war es möglich, dass die Poppenbüttler ihre traditionelle Bräsigkeit nicht nur auf dem Gebiet des Straßenverkehrs abgelegt hatten. Ehrenreich dachte: Man muss sich das Ganze wie eine Epidemie vorstellen. Oder Pandemie, denn seitdem Poppenbüttel mit im Spiel war, war es nur noch ein kleiner Schritt bis zur globalen Bedrohung. Alles, was dann noch möglich war, würde unter Schadensbegrenzung abgeheftet werden. Danach würde die Literatur über die Lebensalter und ihre Verhaltensweisen vollkommen neu geschrieben werden müssen.

Die Medien blieben ruhig. Das konnte zweierlei bedeuten: Es passierte nichts. Oder: Es passierte alles Mögliche, aber es spielte sich im Geheimen ab. Ehrenreich hielt das jedoch für wenig wahrscheinlich, die Öffentlichkeit hatte Witterung aufgenommen, sogar die Bürokratie. Wenn die Sesselfurzer den verschlafenen Kopf hoben, war bewiesen, dass nun auch der Letzte wach geworden war. Bürokratie ist für gesellschaftliche Entwicklungen das, was das Barometer für den Luftdruck ist: ein zuverlässiges Messinstrument. Nur dass das Barometer viel früher anschlägt. Und dass es einen sinnvollen Zweck erfüllt.

Warum passierte in der hiesigen Einkaufsstraße nichts? Warum musste erst ein Trampeltier von Reporterin aus der Innenstadt anreisen, um hier spektakulär auf den Hintern zu fallen, damit die Doktoren endlich mal wieder in Laufschritt verfielen? Sie hatten doch etwas davon, jeder kleine Unfall war für sie Werbung, die sie keinen Euro kostete.

Auch die Werbegemeinschaft der Einkaufsstraße würde mehr Vorteile als Nachteile haben, wenn Othmarschen nach der langen künstlerischen Schaffenspause mit einem neuen Wumms nachlegen würde. Es war ja nicht so, dass hier die großen Handelsketten und die Kaufhaus-Konzerne saßen, es war umgekehrt. Hier zeigte der Einzelhandel sein menschliches Gesicht, hier standen Chefin und Chef noch persönlich im Laden, hier gab es einen freundlichen Mix an Geschäften, hier herrschte ein persönlicher Ton, hier kam noch eine Fortbewegungsweise vor, die in der stressigen Innenstadt immer seltener wurde: Hier wurde geschlendert, hier verbrachte man Zeit. Hier war ordentlich Kaufkraft unterwegs, weshalb auch das leidige Schielen aufs Preisschild meistens entfiel. Vor allem waren die Wege kurz, die S-Bahn fuhr parallel zu den Geschäften, die Autos und Räder mussten nicht mehrere Kilometer entfernt in hässlichen Parkbunkern untergebracht werden – einer Hühnerbatterie ähnlicher als einem anständigen kommerziellen Zweck.

Die Händler und ihr Zusammenschluss fielen nicht durch Weinen und Klagen auf, das Genörgel rumpelte nur unterirdisch immer mit. Das ist sich ein Kaufmann schuldig. Niemand erwartet, dass er sich auf die Straße stellt, Bluse oder Hemd aufreißt und freudestrahlend in die Wolken ruft: Ich bin reich, hurra, ich bin reich! Und ihr habt mir dazu verholfen!

Die Klage ist das moderne Kirchenlied des Kaufmanns – er kennt den Text auswendig, und der Song steht seit Jahrzehnten in der Hitparade. Aber nie in den Top zehn. Denn das würde keinen Kunden erfreuen. Der Kunde muss das Gefühl haben und behalten, dass er auch beim letzten Einkauf nicht über den Tisch gezogen wurde. Damit liegt er so falsch wie bei jedem Einkauf, aber immerhin kann er damit rechnen, nicht in empörender Weise behumpst worden zu sein. Dafür sind die Wege zu kurz, die Gesichter zu bekannt, oft auch die Namen. Der Händler ist persönlich greifbar, er kann sich nicht verstecken, das ist die Grundregel des Spiels. Sie macht die Atmosphäre erträglich und im besten Fall sogar angenehm. Hier kauft man nicht zähneknirschend ein, nicht gegen die eigene Überzeugung.

Aber die Geschäfte müssen auch nicht wegen Überfüllung schließen. Oft steht jemand, der hier arbeitet, vor der Eingangstür. Manchmal raucht er, manchmal atmet er durch, aber manchmal stellt er sich vor, wie es wäre, sich den nächsten Passanten zu schnappen und ihn ins Innere des Geschäfts zu entführen, wo ihm die Höhe des Lösegelds mitgeteilt wird: Einkauf für zehn Euro, oder ein Finger ist weg. Einkauf für 1.000 Euro, und du kriegst einen goldenen Ersatzfinger mit auf den Heimweg. Bisher ist nie etwas in dieser Richtung passiert, aber wenn man angestellt ist, um in der Buchhandlung Kriminalromane und Thriller zu verkaufen, sind die Gedanken frei, und manchmal bewegen sie sich in eine Richtung, wo man für den Rückweg auf die Straße des Rechts einen Anwalt braucht – natürlich einen aus derselben Straße.

Was macht die Kaufkraft? Wie kann man sie steigern? Professor Ehrenreich hatte nie als Kaufmann gearbeitet, aber seit über 20 Jahren lebte er in guter Nachbarschaft mit dieser Welt. Er war nicht bei jedem Unfall zur Stelle gewesen, aber bei einigen doch, angelockt durch Sirenen und akustische Unruhe, die sich bis in seine Villa übertragen hatten. So viele Besucher erlebte die Einkaufsstraße selten wie an den Tagen mit Wumms. Und am folgenden Tag setzte Unfall-Tourismus ein, der eine Woche anhielt. Die Passanten standen am malträtierten Geschäft, staunten, vollzogen die Abläufe nach und ließen sich von Augenzeugen berichten. Oft nahmen diese Schilderungen mit jedem Durchgang größere Ausmaße an. Bisweilen hatte man zuletzt das Gefühl, hier sei eine Passagiermaschine runtergekommen. Natürlich vermisste man das Blut, eine kleine Pfütze wäre nett gewesen. Aber noch mehr freute man sich, dass kein Blut geflossen war. Manchmal Tränen, seltener auf Seiten des Unfallpiloten, aber manche Passanten neigen dazu, bei Schreck im engsten Umfeld Tränen zu erzeugen.

Emotionen in Wortform wurden ausgetauscht: schrecklich, kaum zu glauben, hört das denn nie auf? Hauptsache, niemand ist verletzt, es war eine Sache von Zentimetern, ich dachte, es ist eine Amokfahrt, aber es war nur der freundliche Herr …

Denn man kannte die Namen der Bruchpiloten. Hier musste niemand anonym gegen die Scheibe fahren, hier hatte er außer dem Namen meistens eine Adresse und eine Familie, von der man ein Mitglied persönlich kannte oder auch mehrere. Und zu einem oder mehreren auch eine Geschichte, was nicht selten dazu führte, dass nach kurzer Zeit ein Dutzend Passanten über ein Thema sprachen, das mit dem Unfallhergang nicht einmal am Rande Berührungspunkte aufwies.

Und weil man nun schon hier war … und um auf andere Gedanken zu kommen … und um ein Zeichen zu setzen – es gab viele Gründe, im Anschluss eine Besorgung zu tätigen. Es musste gar kein dramatischer Konsum sein. Niemand kauft ein Haus oder einen Satz neuer Zähne, um einen Unfall mit Sachschaden zu verarbeiten. Aber man kauft ein, man entlässt Kaufkraft aus Portemonnaie und vom Konto, und die Kaufkraft springt fröhlich in die Kasse eines Geschäfts. Tagelang wird in vielen Familien über den Wumms in der Einkaufsstraße gesprochen. Niemand hatte jemals berechnet, was das in Mark und Euro bedeutet. Aber gedacht hatten einige daran. Und mancher Händler hatte sich die Mühe gemacht, nach Feierabend nachzurechnen: Ganz kurz, nur oberflächlich, aber er hatte gerechnet und war danach nicht deprimiert nach Hause geschlichen.

Professor Ehrenreich war ein Stratege der besseren Sorte. Er besaß die Fähigkeit, in die Zukunft zu schauen. Er hatte die Zukunft der Grünen zutreffend vorhergesagt und die Zukunft des HSV. Bei musikalischen Moden hatte er mehr Nieten gezogen als Treffer gelandet, heute mochte er amerikanische Countrybands, die sich nach irischer Kneipenmusik anhören. Er konnte Songs zum 500. Mal hören und immer noch den Drang verspüren aufzuspringen und zu tanzen. Im Lauf der Jahre hatten Dutzende Frauen und Mädchen daran glauben müssen, zur Not nahm er auch Kerle, mit denen wurde es oft noch lustiger.

Jetzt war er dabei, mal wieder eine Niete zu ziehen. Denn er fieberte dem nächsten Unfall entgegen – Sachschaden, kein Blut, maximal Platzwunden – weil er seinem Stadtteil etwas Gutes tun wollte. Seitdem Poppenbüttel einen Platz auf der Landkarte beanspruchte, war er noch ungeduldiger geworden. Aber niemand vermisste die Unfälle. Ehrenreichs Credo, das er vor Zeugen äußerte: »Wir müssen nicht nur die Kaufkraft im Viertel behalten, sondern auch die Unfälle. Das kann doch nicht so schwer sein. Das ist eine Win-win-win-Situation.«

Doch die öffentliche Stimmung war nicht danach. Seit dem letzten Unfall waren zwei Phänomene zusammengekommen: die Sorge vor weiteren Unfällen sowie die Mode der Lastenräder. Es ging nicht darum, künftig Räder als führende Kraft bei Unfällen einzusetzen. Im Gegenteil: Zahlreiche Mütter und Väter der kleinen Kinder, die hier pausenlos nachwuchsen und also offensichtlich vorher gezeugt worden waren – möglicherweise nicht fahrlässig, sondern mit Vorsatz und mit Schmackes – hatten die neue Generation der Räder als optimalen Schutz ihrer Kleinen gegen außer Kontrolle geratene Seniorenautos erkannt. Viele von denen, die dem Fahrstil von Senioren nicht trauten, und erst recht jeder, der einschlägige Senioren in der eigenen Familie oder in der Nachbarschaft hatte, sattelte zeitnah auf Lastenräder um. Das waren mächtige Konstruktionen, sie fassten bis zu vier Knirpse, und ihre Eltern sahen sich gewappnet gegen künftige automobile Attacken. Klaglos nahmen selbst zartgliedrige Mütter die Mühe auf sich, täglich wenigstens einmal mehrere Kids im Kasten zu konzentrieren und sie dort zu lassen, bis das letzte noch freilaufende Kid eingefangen worden war. Danach begann die eigentliche Mühe: Sie mussten das Lastenrad in Bewegung setzen. Dieses Stadium spielte sich notgedrungen in aller Öffentlichkeit ab, und nicht immer erwies sich die Öffentlichkeit als Kavalier: »Schau einer an. Nur acht Wochen geübt und es bewegt sich schon.«

19

Er hatte nicht in der Öffentlichkeit über seinen Plan gesprochen und er hatte die Zahl der Eingeweihten überschaubar gehalten. Kein Wort zu politisch gebundenen Zeitgenossen, kein Wort zu Menschen, die für Medien arbeiteten, ob groß oder klein, Print oder digital. Zu den zwei *NDR*-Adressen bestand seit Langem ein vertrauensvolles, zu einer ein freundschaftliches Verhältnis. Soweit sich Jörg Ehrenreich erinnerte, hatte er sich auch gegenüber den Adressen aus dem Stadtteil sehr zugeknöpft gezeigt. Dass er den bisherigen Senioren-Unfällen offen gegenüberstand, war seit Jahren bekannt. Ebenso, dass er nicht zögerte, sie in eine Reihe mit emanzipatorischen, dadaistischen und anarchistischen Aktionen zu stellen. Möglicherweise hatte er sich im Verlauf von verplauderten Minuten mit dem einen und anderen Geschäftsbetreiber ein wenig ausführlicher dazu geäußert. Was bei Ehrenreich gleichbedeutend war mit: grundsätzlicher. Aber auch: lauter. Es war ihm wichtig, verstanden zu werden. Jedes Verstehen beginnt damit, dass du dein Gegenüber akustisch erreichst. Über dieses Thema hatte er im Alter von 23 seinen ersten Aufsatz veröffentlicht, im legendären *Kursbuch*. Danach war der Aufsatz mehrfach nachgedruckt worden, auch als Raubdruck. Das gehörte in den 70er-Jahren einfach dazu. Wer etwas auf sich hielt und nicht Opfer von Raubdrucken wurde, suchte bisweilen den Kontakt zu den illegalen Druckern und redete ihnen so lange gut zu, bis sie einknickten, um den Quälgeist endlich loszuwerden. Und manchmal, bevor sie die Geldscheine auf ihrem Schreibtisch oder neben der Druckmaschine entdeckten.

Es waren die Treffen in der Kieskuhle, die Ehrenreich zu denken gaben. Erst dadurch erreichte ihn eine emotionale Botschaft, der gegenüber er sich lange verschlossen hatte. Die alten Menschen in seiner Nachbarschaft wurden unterdrückt. Unterdrückt und entmündigt, eingeschüchtert und kurzgehalten. Im Grunde waren sie Objekte von Freilandhaltung: Du denkst, du hast Auslauf, aber wenn du einige Meter geradeaus in eine Richtung gehst, landest du unweigerlich an einem Zaun, der für dich unüberwindlich ist.

Das war der Auslöser. Dass in einem Quartier, in dem der Blick weit ging, die Grundstücke groß waren und die Zahl attraktiver Gebäude überdurchschnittlich war; in dem die Bäume herrlich, die Gärten lässig und die Einfriedungen oft mehr einem Vorschlag glichen als einem Übertretungsverbot; in dem die Kinder laut sein durften und die Eltern trotzdem stolz auf sie waren; in dem der Pastor aussieht wie der Urologe, der Jugendtrainer wie der Barbetreiber und jeder Sportplatz an jedem Nachmittag ein bewegtes Wimmelbild britischer Sport- und Picknickkultur nachstellte – dieses Ambiente weckte selbst im notorischen Skeptiker die Bereitschaft, so viel Bürgerlichkeit akzeptabel zu finden, ja fast zu genießen – wenn auch stets nur kurz, als würde es sich um eine peinliche Entgleisung handeln, die ein Geräusch verursachte, das die eigenen Gefühle an jeden im Umkreis mehrerer Meter verpetzte. Dass in einem Feld, auf das Hamburg stolzer sein konnte als auf seine Protz- und Angeber-Architektur, die jede Fehlkalkulation in dreistelliger Millionenhöhe auf charakterlose Weise ins Absurde treibt und dafür noch Lob erwartet, eine nicht ganz kleine Gruppe von Menschen lebt, die bis zur Bewegungsnot beschützt, eingehegt und letztendlich daran gehindert wird, so frei zu leben wie alle anderen im Umkreis von zehn Kilometern, das hatte der kluge Mann Ehrenreich sehr spät erkannt. Entsprechend empört reagierte er nun, denn ein Teil seiner Wut richtete sich gegen sich selbst. Aber er wollte nicht, dass der blinde Fleck seines Lebens die Gestalt von Jörg Ehrenreich erhielt.

Erst kommt die Analyse, danach die Diagnose, am Ende der Aufstand. Er hasste die pflaumenweiche Attitüde der berufstätigen Bevölkerung im Quartier, die bis in die Wortwahl gehende Entmündigung der Alten. Über die man redete, als seien sie Überträger der Schweinepest und nicht Anarchisten mit Falten und der weisen Bereitschaft, pro Tag 20 Gegenstände zu verlegen, ohne dadurch in Ungeduld getrieben zu werden. Die, die mit ihren Fehlern in Frieden lebten, sollten diese Fehler abstellen, weil sich andere durch sie belastet und belästigt fühlten. Es ist eine Erwartung, die man an Hunde richtet. Menschen sollten davor sicher sein.

Ehrenreich recherchierte nicht auf dem offenen Markt. Er suchte Begegnungen im Stillen und Abgeschiedenen; im Verlauf eines zu zweit zurückgelegten Schleichwegs zwischen den Häusern; vor dem Schaufenster der Weinhandlung; in der Schlange im Supermarkt; natürlich auf dem Bahnsteig, der war wie gebaut für solche Gelegenheiten; zuletzt auch am großen Fluss, wo du über alles sprechen kannst, auch über das Unangenehme, während du auf das ganz andere schaust: das höchst Angenehme. Manchmal ergibt sich die Gelegenheit, gemeinsam ein Bier zu trinken oder ein Glas Wein und auch die doppelte Menge, wenn die Tagesform es zulässt – und vor allem der Abstand zu den blutsverwandten Kontrollorganen.

Ehrenreich konnte ungeduldig sein, aber diese Befindlichkeit richtete sich heutzutage nur gegen ihn selbst. Wenn er seine Informationen von außerhalb bezog, nahm er sich so viel Zeit, wie nötig war. Wenn es fix ging, freute er sich. Wenn es sich in die Länge zog wie Kaugummi, blieb er verbindlich und zwischendurch sogar lustig. Ehrenreich konnte den albernen Alten geben, ohne dabei wie ein Idiot zu wirken. Er war bekannt dafür, selbst nervtötenden vierbeinigen Angstbellern problemlos den Zahn zu ziehen.

Aber er hasste Menschen, die so taten, als würden sie ihre alten Eltern vor Dummheit und Gefahr beschützen und sie dafür aus dem Kreis der freien Menschheit vertrieben.

Vielleicht wäre er nicht so früh in die Offensive gegangen, aber die Nachricht erwischte ihn auf dem falschen Fuß. Die Dorfjugend, mit der man in der Kieskuhle so schöne Stunden zwischen Frikadelle und Luftgewehr erlebt hatte, organisierte seit wenigen Tagen in der Kieskuhle Rennen für alte Menschen. Andere alte Menschen als bisher. Vollkommen andere! Poppenbüttler Alte! Unter Ehrenreichs naiven Augen wurde eine neue Generation betagter Rivalen herangezogen. Erbost fuhr er sofort Richtung Tatort und wäre unterwegs um ein Haar auf ein landwirtschaftliches Gespann aufgefahren. Grimmig, wie er war, bedauerte er, dass es nicht gekracht hatte. Jede Möglichkeit, Druck abzubauen, wäre Medizin für ihn gewesen. Und er stand unter mächtigem Druck. Wäre er 40 Jahre jünger gewesen, hätte er sich geprügelt. Hätte einen Anlass an den Haaren herbeigezogen, das zufällige Gegenüber bis aufs Blut gereizt, und zuletzt hätte er dem Gegenüber die Nase platt geschlagen, weil es in dessen dummem Gesicht sowieso nichts zu beschädigen gab. Doch man hatte ihm eine falsche Uhrzeit genannt, oder das Treffen war kurzfristig abgesagt worden. Dampfend vor Zorn stand Ehrenreich in der menschenleeren Einfahrt zum Gelände und sehnte sich nach einem Gegner. Ihm war nach einer körperlichen Auseinandersetzung. Dabei war ihm klar, dass er die Hucke vollkriegen würde. Aber das zählte jetzt nicht. Schmerz ist kein Ausschlussgrund, Angst ist würdelos und macht einen klein.

Abends gab er sich zu Hause die Kante. Roderich und Knödler eilten herbei. Sie versuchten ihr Glück als Ratgeber und Beruhiger. Zuletzt zechten sie mit und redeten sich ein, dass jedes Glas, das sie Ehrenreich vor der Nase wegtranken, gut für den zornigen Mann sein würde. Vielleicht war es das sogar, aber es war nicht gut für Roderich und Knödler, die schwer in den Seilen hingen.

Spät am Abend, fast schon in der Nacht, brachen sie auf. Vorher hatten sie alle infrage kommenden Adressen abtelefoniert. Zwei waren übrig geblieben, seriös wirkte keiner der Kerle, die sie jeweils am Hintereingang erwarteten.

Ein Sprinter und ein bildschöner alter Umzugswagen waren requiriert worden, nach dem 28. Rollstuhl war Schluss. Ehrenreich erledigte das Geschäftliche, seine beiden Kumpel tauschten ihre Anwaltslisten aus. Bei einem bestimmten politischen Hintergrund mit Bereitschaft zu Sachbeschädigung mithilfe von Farbe aus Farbeimern und Spraydosen sowie anschließenden Kontakten mit der Justiz und ihren Organen legt man diese Angewohnheit nie mehr ab. So erfuhr Knödler, dass die drei Anwälte, die er Roderich ans Herz legte, nicht mehr aktiv waren und auch nicht mehr in der Stadt lebten. Einer war sogar tot, der war noch hier, wenn auch auf dem Friedhof.

Sie schliefen in den beiden Fahrzeugen. Als sie die Augen öffneten, waren sie noch nicht wach. Vorfreude brachte die Kreisläufe in Schwung. Ein Wagen fuhr die Wohnadressen an, in denen betagte Menschen lebten. Man war auf lange und anstrengende Gespräche eingestellt und erkannte verdutzt, dass alle Alten erstens nicht nur wach, sondern fix und fertig gekleidet waren. Kein Einziger reagierte mit Skepsis oder Ablehnung. Gemeinsam waren ihnen Neugier und Vorfreude. Die technische Einweisung war im Handumdrehen erledigt. Die ersten Runden wurden an Örtlichkeiten absolviert, die abgelegen waren. Die alten Leute wussten auf die Minute genau, ob und wann ihre Nachbarn morgens Haus und Wohnung verließen. Sie wussten auch, ob die Wohnungen dann menschenleer waren. Ein Nachbar wurde spontan gewonnen. Er klatschte vor Begeisterung in die Hände, er besaß ein natürliches Talent für Technik und die Beherrschung der Griffe. Auf den fürsorglichen Rat mit Jacken und Hosen, die Kontakt mit dem Asphalt nicht übelnehmen würden, reagierte er mit Arroganz.

Ein Dutzend batteriebetriebener Rollstühle wartete in einer Tiefgarage. Neun männliche Fahrer, drei weibliche. Einer schied kurzfristig aus, angeblich war es die Blase, die alles, was länger als zehn Minuten in Anspruch nahm, in ein Risiko verwandelte. Eine Frau sprang ein, die sich als Gefährtin des Blasenopfers erwies. Sie bestand den erbetenen Gesundheitstest mit den Worten: »Nun übertreibt mal nicht, Jungs.«

Der zweite Wagen wartete am östlichen Ausgang der S-Bahn. Man sprach alle Kandidaten an, nachdem man zuerst verfolgt hatte, wie gut sie zu Fuß waren. Einige schieden damit bereits aus. Alle anderen wurden ans Heck des Umzugswagens gebeten und dort eingewiesen. Keiner verweigerte sich. »Eine Demo!«, rief die Hälfte. »Die erste Demo meines Lebens«, wahlweise »Die zehnte Demo meines Lebens«. Als man die Langform von »Demo« nachlieferte, nahm die Zahl der bisher absolvierten Demonstrationen um 50 Prozent und mehr ab. Aber alle waren noch dabei. Sie machten sich mit den Griffen vertraut, brummten hin und her. Wer um diese Zeit vorbeikam, blickte erstaunt und machte, dass er weiterkam.

Die Geschäfte in der Einkaufsstraße öffneten um 9.30 Uhr. Es gab Ausnahmen, aber um 10 Uhr konnte man von Betrieb sprechen. Gleichzeitig starteten die Kolonnen, von beiden Enden der Straße setzte sich eine Gruppe in Bewegung. Zwölf und 14 Batterie-Rollis. Wo die zwei fehlenden geblieben waren, ließ sich in der Hektik nicht in Erfahrung bringen.

Sie waren fast eine Stunde unterwegs. Fast alle hatten Schilder dabei. Einige versuchten, gleichzeitig das Schild zu halten und die Stühle zu bedienen. Die überfallartigen Richtungswechsel versetzten mehr als einen Geschäftsmann in Unruhe. Sich den Angreifern zu nähern, empfahl sich nicht, zu schnell und unerwartet kam es zu 1:1-Situationen. Mehr als einen Passanten erinnerte das Bild an den Torero und den Stier. Nur dass die meisten Toreros sicherheitshalber im Stall blieben und durch die Scheiben verfolgten, was sich davor abspielte. Bei den Passanten überwog nach kurzer Verblüffung die Freude an einer nie erlebten Demonstration.

Nach wenigen Minuten waren vier Streifenwagen vor Ort, die Cops mischten sich nicht ein, beschränkten sich darauf zu beobachten. Die Passanten hielten sich dicht an den Gebäuden, praktisch jeder filmte. 20 Minuten später war das erste Kamerateam vor Ort, da fotografierte der *SPIEGEL*-Mann bereits seit mehreren Minuten. Seine Kollegin mit den gebrochenen Zehen wollte kein Risiko eingehen und hinkte eilig Richtung Sitzbank. Auf der Bank stehend, beobachtete sie, sprach in ihr Handy, machte Notizen.

Diejenigen Schulschwänzer, die ein schlechtes Gewissen hatten, versuchten zuerst, sich vor den Kameras in Sicherheit zu bringen. Aber sie hatten nur die Wahl zwischen flüchten und standhalten. Keiner flüchtete, alle wussten, dass sie Zeugen einer außergewöhnlichen Veranstaltung waren. Dafür lebt man.

Die Rollstühle waren neueste Generation. Alle mit Kopfstützen, alle mit winzigem Wendekreis. Wer den Bogen raus hatte, bewegte sich schneller als ein Fußgänger. Nun hatten die Zuschauer Zeit, sich um die Schilder zu kümmern.

»Alt ist wertvoll« – »Auch du hast Eltern« – »Leben ist Risiko« – »Nehmt uns ernst, kommt uns nicht nahe« – »Brrmmm« – »Formel Alt« – »Vorfahrt!« – »Schnell«. Es gab Bilder von alten Gesichtern unter einem Rennfahrerhelm, Senior auf Rennrad, Lastenrad mit Senior am Lenker und zwei fidelen Senioren im Kasten, Senior mit V-Zeichen, Paar in Lederkluft.

Alle alten Menschen wirkten gesund, präsent, gut gelaunt. Wenn sie finster guckten, war es Kluft und Motiv geschuldet.

Vier Kamerateams dirigierten die Senioren, eine Drohne deckte den Luftraum ab. Zwei weitere Streifenwagen kamen an, Uniformierte filmten, neben ihnen filmende Menschen in Zivil, die man hier noch nie gesehen hatte.

Natürlich passierte, was unvermeidlich war. »Vater! Sofort steigst du aus dem Wasimmerdasist aus!«

»Ich kenne diesen jungen Mann gar nicht.«

»Aber Vater!«

»Wachtmeister! Ich werde von dem jungen Mann belästigt. Tun Sie Ihre Pflicht! Sie scheinen momentan ja nicht mit Arbeit überlastet zu sein.«

»Aber Vater! Wir haben uns doch immer gut verstanden!«

Andere Kinder oder Verwandte oder Bekannte gingen die Sache geschickter an, indem sie das persönliche Gespräch mit einem bestimmten Demonstranten suchten. Zeitweise war an eine ungestörte Fortsetzung des gemächlichen Hin- und Herrollens nicht mehr zu denken.

Ehrenreich überkam ein weihnachtliches Gefühl, er hatte sich eine vorgezogene Bescherung geschenkt. Wie leicht es war, eine Aktion auf die Beine zu stellen! Warum hatte er das nicht viel häufiger getan? Wie hatte er die letzten Jahre überstanden, ohne den Hintern vom Schreibtisch in die Höhe zu kriegen?

»Gegen was demonstrieren die eigentlich?«, fragte neben ihm ein Mädchen seine Begleiterin. Wieder zwei Schülerinnen, die den Tag ohne pädagogische Anleitung überleben mussten.

»Ich denke, die sind dafür«, entgegnete die Begleiterin mit Kennermiene.

»Für was?«

»Na dafür.«

»Versteh ich nicht.«

»Das Ganze, insgesamt. Rundum. So wie wir. Wir sind doch auch immer gleich gegen alles. Oder für das Klima.«

»Ich sehe kein Schild mit Klima drauf.«

»Damit wollen sie darauf hinweisen, dass man das Gift in der Luft auch nicht sieht.«

»Weil wir nicht genau hingucken.«

»Genau. Und weil es unsichtbar ist.«

»Cool. Warum machen wir so was nicht?«

»Weil wir den Hintern nicht hochkriegen.«

»Sagt wer?«

»Sagen alle. Und wenn sie es nicht sagen, denken sie es. Sie glauben, sie haben alles unter Kontrolle. Die Alten und uns und die Babys sowieso. Und die Hunde.«

»Ja, Wahnsinn. So habe ich das noch nie betrachtet.«

»Fang einfach an. Zuerst ist es ungewohnt, aber man gewöhnt sich ans Denken.«

»Ach, das ist Denken? Endlich erklärt mir das einer. Ist ja ganz einfach. Verstehe nicht, warum so viele nicht denken.«

»Weil sie lieber blöde sein wollen.«

»Edi.«

»Zum Beispiel.«

»Und Harriet, Doris, Barbie.«

»Wir sind umzingelt von Blöden.«

Dann ertönte der Schrei! Die Reporterin tastete sich zurück auf den Boden der Tatsachen und der Einkaufsstraße. Weil sie auf Nummer sicher gehen wollte, tat sie alles sehr langsam und mit Bedacht. Zu langsam und nicht vorhersehbar für den schnellsten der schnellen Renn-Rollis, der dabei war, aus dem Mittelfeld nach vorne vorzustoßen. Er liebte es, den Rolli auszufahren. Und so fuhr er schnell über den Fuß der Reporterin, mit Vorderrad und Hinterrad. Sie knickte schreiend ein und landete auf der Bank. Vom Schrei irritiert, stoppte der Rolli, er wendete und rollte zurück, diesmal langsam. Und so fuhr er langsam über den Fuß der Reporterin, mit Vorderrad und Hinterrad. Immer über den heilen Fuß.

Die Sanitäter, die nicht mehr damit gerechnet hatten, gebraucht zu werden, gaben Gas. Panisch zog die Reporterin beide Beine in die Höhe und fiel dabei beinahe von der Bank. Neben ihr wurde fotografiert. Sie wusste, wer das war und verspürte kein Bedürfnis, in sein Gesicht zu blicken.

20

Alle standen am Rand der Einkaufsstraße, denn so etwas hatte man hier noch nie gesehen. Sie stand weiter hinten, zwischen Straßenrand und Häuserzeile. Sie stand nicht mit dem Rücken an der Wand, aber viel fehlte nicht. Natürlich sah man aus dieser Position nicht viel, aber zwischen den Köpfen und Körpern war doch manchmal ein Blick möglich. So eine seltsame Demonstration hatte sie noch nie gesehen, sie kannte diese Übung fast nur aus dem Fernsehen und von der Kinoleinwand. Sie bedauerte nicht erst seit heute, dass diese Dinge an ihr vorbeigegangen waren, sie hielt das für einen ihrer größten Fehler. Dass ein Leben zu kurz ist, um fehlerfrei durchzukommen, wusste sie, seit sie in den 30ern gewesen war. Aber es betrübte sie, dass sie selbst jetzt noch weitere Versäumnisse entdeckte. Es würde wohl nie aufhören – bis zum letzten und größten aller Fehler. Den man aber nicht bedauern muss, denn um ihn führt kein Weg herum.

Sie war nie eine gute Autofahrerin gewesen. Mit 20 nicht, mit 30 nicht, mit 40 war sie kaum dazugekommen wegen der rebellischen Kids und der Scheidung. Danach war sie gleich erwachsen gewesen, zehn Jahre später alt.

Damals dachte sie, dass – wenn die Kinder gegangen sind – nun nichts mehr kommen könne. Das war eine Fehleinschätzung, denn einiges kam doch noch. Am 60. Geburtstag schlug sie unfassbar über die Stränge, sie brauchte zwei Jahre, um sich nicht mehr zu schämen. Beide Männer hatten mehrere Monate gebraucht, um sie nach der Geburtstagsfeier endlich in Ruhe zu lassen. Da war sie fast schon 70, und sie fand endlich Zeit und Gelegenheit, sich Gedanken zu machen. Der SUV kam ins Haus, erst in die Garage, wo er mehrere Monate unberührt stand. Manchmal erinnerte sie der Wagen an andere alte Frauen: Man hat etwas drauf, aber niemand will es haben.

Dann kam der Tag, an dem sie sich traute. Der Wagen machte mit ihr, was er wollte. Kein Mann vor ihm hatte so viel gewagt. In den ersten Monaten hatte sie bei mehreren Ausfahrten geglaubt, dass Überleben unmöglich sei. Bei der Feier zum 75. hatte sie alle Gäste nach Hause geschickt. Während die sich noch über den Rausschmiss wunderten, war sie mit ihm auf die Autobahn gegangen. In Kassel der erste Kaffee, hinter Würzburg der erste Gedanke an Rückkehr, mitten in Bayern der Entschluss, bis zum Ende zu gehen. Sie hatte lange nicht mehr darüber nachgedacht, wie das Ende wohl aussehen mochte und ob es überhaupt ein Ende geben würde. Und wenn ja: ob es für sie sichtbar sein würde.

In Österreich falsch abgebogen, in Graubünden herausgekommen. Sie hatte mehrfach nachsehen wollen, wie das passieren konnte. Aber sie hatte es so sehr genossen und freute sich, dass sie es wagte, ein Rätsel absichtlich ungelöst zu lassen. Unterwegs war sie vielen Menschen begegnet, großen, kleinen, Geschäftsleuten, aber die meisten trugen diese Kleidung, die man tragen muss, wenn man ein Urlauber sein will. Niemand hatte sie erkannt und niemand hatte sie abschätzig angeblickt. Ihr Begleiter stand stämmig und verdreckt vor dem Haus, wo auch die Begleiter der anderen Reisenden standen. Ihr Begleiter hatte in der Reihe eine gute Figur gemacht und getan, was sie wollte. Meistens. Manchmal war er ein wenig rebellisch geworden, nach dem ersten Schreck hatte sie die Leine länger gelassen, er hatte das nicht ausgenutzt. Einmal hatte sie gedacht: Vielleicht ist er glücklich, wenn du glücklich bist. Da merkte sie, dass wieder eine Pause fällig war, denn sie fing ja schon an zu spinnen.

Nach jeder Pause war er sofort wieder voll da, in den Alpen wurden sie endgültig zu einem Paar. Wenn die Straße leer war und niemand hinsah, riskierte sie einiges mit ihm, nie passierte etwas, was sie am Ende bereute. Für zehn Männer hatte sie sich mehr geschämt als für ihn.

Ascona bildete das südliche Ende. Es reichte ihr zu wissen, dass hinter den nächsten Kurven Italien lag. Daher war Ende das falsche Wort. Ende heißt: Du willst, dass es weitergeht, aber du bist zu klein dafür oder zu feige oder zu schwach. Sie wusste, woran sie dachte, in dieser gedanklichen Zentrifuge war sie zwei Ehen lang herumgeschleudert worden: ein Leben leben und sich dabei ein anderes Leben vorstellen. Nie leiden, aber nie zufrieden sein. Ein Leben in der Mitte, in der die meisten Menschen nicht einmal begraben sein wollen.

Ascona wurde die Station, wo sie die Antwort spürte. Nun musste sie nur noch begreifen, welche Fragen im Topf lagen. Aussteigen und zu Hause sein. Keine Hausecke kennen und sich trotzdem nicht ängstlich umblicken. In Ascona war nicht alles gut, aber alles klar und beantwortet. Ihr Partner war ein wenig breit für die Gassen, sobald sie schmal wurden. Sie atmete dann jedes Mal tief ein, hielt den Atem an und spürte, wie er schmaler wurde. Kein Kratzer, nirgendwo. Noch eine Premiere. In Ascona nahm sie auch zu, zum ersten Mal in 20 Jahren. Es waren nur vier Pfund, aber zwei Kilo Lebensenergie und der Beweis, alles richtig gemacht zu haben. Vielleicht hatte sich zwischendurch doch ein Fehler eingeschlichen, aber er hatte es nicht bis in ihr Bewusstsein geschafft. Jetzt verstand sie den Menschenschlag besser, der sie so lange eingeschüchtert hatte: die Dynamos, alle Sinne nach vorne ausgerichtet, nie ein Zweifel, immer wach, immer drängend, immer drängelnd. Allein hätte sie es nicht geschafft, aber bisher hatte sie auch nie einen Partner gehabt, der dem jetzigen nur nahegekommen wäre – stark, fehlerfrei, bereit und ohne diese Angewohnheit, die sie stets besonders geärgert hatte: Er gab keine Geräusche von sich, die sie nicht einschätzen konnte und bei denen sie sich immer das Schlimmste vorgestellt hatte, obwohl es sich vielleicht gar nicht um das Schlimmste gehandelt hatte.

Über Kaffee und Frikadellen in Kassel zurück in den Norden, wo Baustellen die Straße abgelöst hatten. Stundenlang diese Art von Stau, wo es jedes Mal, wenn du bereit bist, dich aufzuregen, weitergeht. Immer langsam, immer weiter. Sie wäre bereit gewesen, Anhalter mitzunehmen, aber es gab keine Anhalter mehr oder sie sahen jetzt anders aus, sodass sie sie nicht erkannte.

Bis zuletzt wartete sie darauf, dass er eine Schwäche zeigen würde. Zuletzt wurde sie ein wenig ungeduldig, denn sie war ja bereit zu verzeihen, aber er nahm das Angebot partout nicht an. Sie brauchte viele Kilometer, bevor sie begriff: Er spielt nichts vor, er ist authentisch. Es gibt nichts zu verschweigen. Es gibt also ein positives Schweigen vor dem Tod. 75 Jahre war sie auf dem falschen Dampfer gewesen, was sie vor einem Jahr rasend gemacht hätte, entlockte ihr jetzt nicht mal mehr ein Lächeln. Vergangenheit ist erst dann, wenn du vergisst. Oder verzeihst. Oder keine Angst mehr hast. Diesem Partner blieb sie endlich treu, denn er blieb ihr auch treu. Was Ursache war und was wirklich und ehrlich, sie wusste es nicht und würde es bis zum letzten Schnaufer nicht wissen. Aber sie würde treu bleiben, und er würde treu bleiben. Sie wusste nicht, wie es in einigen Jahren aussehen würde. Aber sie würde ihm gelegentliche Sperenzien verzeihen, und er würde ihr Vertrauen nicht ausnutzen. Das war mehr, als man von einem Mann verlangen kann.

Jetzt war sie 83. Wenn die Welt sie anblickte, sah sie eine alte Frau. Aber die alte Frau wusste es besser. Alt bist du, wenn du nicht mehr Auto fährst – freiwillig nicht mehr Auto fährst. Um sie herum drehte sich jedes zweite Gespräch in den Familien um das Autofahren. Die Jungen wollten es den Alten verbieten, die Alten regten sich auf, die Jungen redeten über Liebe, die Alten über Entmündigung. Es war dieses Thema, das nie an sein Ende gerät, weil es kein grundsätzlicheres Thema gibt. Deshalb war es so ärgerlich, dass die Jungen nicht kapierten, worüber die Alten sich eigentlich aufregten.

Am schlimmsten wurde es, wenn die Jungen die Herz-Karte ausspielten. Man musste dann von der benachbarten Terrasse ganz genau hinhören, weil die Stimmen leiser wurden, jedenfalls die Stimmen der Erpresser, die hingebungsvoll am blutigen Szenario malten. Wie sich die kleinen Enkel erschrecken würden, wenn man ihnen mitteilte, dass Omi und Opi nie mehr am Tisch sitzen würden, nie mehr die Fernbedienung suchen, nie mehr knurren und nie mehr lachen. Nie mehr heimlich das elterliche Taschengeld verdoppeln und nie mehr den Enkeln etwas Raschelndes in Hemd und Hose steckten, bevor die Youngster Richtung

Einkaufsstraße aufbrachen. Abgesehen davon, dass mittelfristig nun auch der Finanzier von Führerschein und erstem Auto ausgefallen war, weil er die Zeichen der Zeit und die Ermahnungen seiner fürsorglichen Kinder ignoriert und abgewiesen hatte; weil er sich in ein Auto gesetzt hatte, das nicht sein Freund war. Weil er das Autofahren zur Frage von Ehre und Zurechnungsfähigkeit erklärt hatte und nicht akzeptieren wollte, dass im Alter manches eben nicht mehr reibungslos klappt, was viele Jahrzehnte im Traum funktioniert hat. Außer den Haaren in Ohren und Nasenlöchern wird im Alter alles weniger, es geht zurück, verliert an Kraft. Auch das Gedächtnis, mit zwei Ausnahmen: Alles, was lange her ist, bleibt erhalten. Und alle Gelegenheiten, bei denen sich die eigenen Kinder nicht auf der Höhe ihrer Möglichkeiten gezeigt hatten, liegt den Alten praktisch auf der Zunge. Sie warten nur darauf, es mal wieder aussprechen zu können, denn so wie viele Kids es lieben, Schorf von Wunden zu pulen, liebt es der alte Mensch, seine Kinder an Momente der Schwäche und Peinlichkeit zu erinnern. Das ist nicht nett, aber menschlich. Und nur weil die Eltern frei von diesen Sünden sind, sind es die Alten noch lange nicht. Man muss damit leben und tut es demütig, weil man die Eltern liebt. Würde man es nicht tun, würde man lockend mit dem Autoschlüssel vor ihren Nasen herumwedeln und zulassen, dass das Schicksal noch an diesem Tag seinen Lauf nehmen wird. Aber so akzeptiert man demütig sein Schicksal: eingeklemmt zu sein zwischen störrischen Eltern und bockigen Kindern. Die Mittelgeneration ist immer arm dran. So reden sie, das glauben sie und vielleicht wissen sie wirklich nicht, dass sie diesen Text schon einmal gehört haben: exakt eine Generation vorher.

Vor der Zuschauerin in der Nähe der Hauswand kehrte der Demonstrationszug der Batterie-Rollstühle vom westlichen Ende der Einkaufsstraße zurück. Als alle Räder stoppten, hielt die Zuschauerin das spontan für das Ende der Aktion, aber es war erst der Auftakt zu ihrem spektakulären Ende. Niemand wusste, wie der Pkw es geschafft hatte, die Sperren zu überwinden, aber es verhielt sich anders. In eines der in der Straße geparkten Autos war Bewegung gekommen, die Frau am Steuer der kompakten Rennmaschine fuhr in kleinen Sprüngen, zwei Meter – Bremse – zwei Meter – Bremse. Sie touchierte einen Rollstuhl, oder der Rollstuhl touchierte sie. Vielleicht hätte sich daraus nichts Größeres entwickelt, aber die Frau rief aus der geöffneten Fahrertür: »Wird das hier noch was? Ich habe einen Termin.«

Der alte Herr im Rolli rief: »Nein, ist das denn die Möglichkeit! Ein Termin! Und jetzt kommen Sie zu spät! Davon erholt man sich nicht so leicht.«

Die Frau am Steuer unterbrach ihn erst jetzt, sie war wohl davon ausgegangen, dass er viel früher nicht weiter wissen würde. Aber er hatte 1.000 Streitgespräche Vorsprung vor ihr und ein Leben lang einen langen Atem besessen. Der war etwas kürzer geworden, aber reichte allemal aus, um so einen pampigen Hoppla-jetzt-komm-ich-Typen auf Normalnull zu reduzieren. Im Handumdrehen waren die beiden in einen heftigen Streit verstrickt, es kam zu Verwünschungen, Unterstellungen, und zur ersten Beleidigung war es nur noch ein kleiner Schritt. Ein Uniformierter trat hinzu, offenbar ein Berufsanfänger oder Seiteneinsteiger, denn alles deutete darauf hin, dass er es für möglich hielt, die Situation mit gutem Zureden zu beenden. Flugs sah er sich gleich zwei renitenten Bürgern gegenüber. In seiner Not zog er den Block, den kein Bürger sehen will. Er verlangte Ausweise und fand sich plötzlich zwischen Kühlerhaube und Rolli wieder. Erschreckt rief er: »Aufhören! Sofort stoppen!«

»Das sagt sich leicht«, erwiderte der alte Herr lächelnd und tat so, als würde er daran arbeiten anzuhalten. Ein Kollege eilte dazu, ein Passant trat dazwischen, aus dem Nichts entwickelte sich ein Reigen, in den am Ende ein Dutzend Menschen verwickelt war.

Die Jugendlichen johlten und klatschten, Dutzende Handys filmten, professionelle Filmer dankten dem Herrn, weil ihr Arbeitstag gerettet war. Und obwohl hier längst grundsätzliche Streitfragen der Gewaltenteilung verhandelt wurden, lag eine bizarre Heiterkeit über der Straße. Ein Postbote schob sein Rad durch die Menge, Hunde verschiedener Größen und Rassen gerieten an ihre Grenzen. Unbeachtet hinkte im Hintergrund die Reporterin davon, während der Fotograf sie stützte. Plötzlich stand ein Renn-Rolli vor ihr. Sie geriet in Panik, dachte an Invalidenrente und vorgezogenen Ruhestand und erstarrte, als hilfreiche Hände zupackten und sie gegen ihren Willen in den Rolli drückten. Ergeben schloss die Reporterin die Augen und dachte: nie wieder. Nie wieder Othmarschen! Nur Verrückte hier, alles Verrückte.

21

Hamburgs Medien hatten einen neuen Lieblings-Stadtteil. Die Demonstration betagter Mitbürger mithilfe von batteriebetriebenen Rollstühlen schlug mühelos jede andere Nachricht aus dem Feld. Besonders das Fernsehen ließ sich nicht lumpen. *NDR Hamburg*, *ZDF*, die Lokalschienen von *RTL* und *Sat.1* sowie lokale Sender stellten viel Sendezeit zur Verfügung. Statt der sonst üblichen kurzen Schnipsel blieb man hier den 30 Demonstranten minutenlang auf den Fersen und dokumentierte Wendemanöver, Überholvorgänge und motorische Höchstleistungen, denn fast jeder Rolli hatte ein Schild dabei. Die Drohne lieferte ästhetisch ansprechende Bilder. So liebevoll war selten eine Demonstration gewürdigt worden. Immerhin hatte sie ohne Anmeldung stattgefunden, immerhin war die Einkaufsstraße über eine Stunde gesperrt gewesen, und die Polizei hatte im Verlauf und nach Abschluss der Aktion mehrfach rangelnde Bürger und Demonstranten trennen müssen, was nicht jedes Mal beim ersten Versuch gelungen war und im verbissensten Streit erst nach dem zehnten Versuch. Auf vier Senioren warteten Anzeigen, einer von ihnen reagierte darauf mit einer Geste in Richtung TV-Kamera, die ein für alle Mal bewies, wie gelenkig die Hand eines 80-jährigen Menschen sein kann. Keine Spur von steifen Gelenken und reduzierter Motorik. Stattdessen ein Mittelfinger, der das Repertoire obszöner Gestik fehlerfrei und immer wieder durchdeklinierte.

Dass dieser Mann, Sebastian H., an der abendlichen Diskussion auf *Hamburg1* teilnahm, war danach keine Überraschung mehr. Neben ihm saß der bekannte Professor Ehrenreich, wohnhaft in Othmarschen. Weiter dabei: eine Vertreterin der Sozialbehörde, der Bezirk Altona sowie ein Forscher, der über eine kürzlich abgeschlossene empirische Studie zur Zufriedenheit von Menschen über 65 Jahren Bescheid wusste. Dummerweise versteckte er sein Wissen hinter der Manie, alles sofort mit Zahlen belegen zu müssen, was vor der Realität eine Mauer aufrichtete, hinter der kein Einzelschicksal mehr erkennbar war. Der Diskussionsleiter bat mehrfach darum, mit Zahlen zurückhaltend umzugehen. Als das nichts half, stand Ehrenreich auf und nahm dem Zahlenfetischisten ohne Vorwarnung dessen Unterlagen weg. Doch der Zahlenfex hatte die Zahlen im Kopf, und erst Mittelfinger-Seb verblüffte den Maniac durch eine neue Vorführung seiner motorischen Show. Im Verlauf der Debatte wurde eine Meldung reingereicht, nach der sich in den kommenden Tagen eine neue Seniorenpartei im politischen Raum gründen werde. Als Symbol ihres Anliegens und ihrer Mentalität wollte man Zeigefinger-Seb und seine rechte Hand verpflichten, als Ehrenmitglied durfte er sich jetzt schon betrachten. Sebastian war sehr gerührt, präsentierte eine Art Stehgreif-Puppenspiel mit rechter und linker Hand, legte den Kopf an die Schulter der Nebenfrau und schlummerte ein. Die Kamera kam einfach nicht von seinen milden Gesichtszügen los. Erst als jemand im Studio flüsternd darauf hinwies, dass Sebastians Mittelfinger auch schlafend ausgestreckt blieb, hatte die Kamera ein neues Lieblingsobjekt gefunden.

Nach 23 Uhr fand eine kurzfristig ins Programm gehobene Live-Schaltung statt. Auf der Othmarscher Einkaufsstraße war eine überdimensionierte Leinwand aufgebaut worden, die sonst bei Open Air-Bühnen Verwendung findet. Mehrere Dutzend Zuschauer veranstalteten einen Höllenlärm, den man Othmarschen nicht zugetraut hatte. Natürlich war die Mehrheit der Zuschauer jung, keineswegs jugendlich. Aber die betagten Teilnehmer bildeten keine exotische Ausnahme, sie waren zahlreich vertreten, verfolgten die TV-Debatte interessiert und beifallfreudig. Wenn gepfiffen wurde, stellten die Senioren klar, dass diese Übung in ihrer Jugend zur kulturellen Grundausstattung gehört hatte. Selbst alte Damen beherrschten die Kunst, mit zwei Fingern im Mund einen Geräuschpegel zu erzeugen, der zu ihrem gediegenen Erscheinungsbild in groteskem Widerspruch stand.

Im Hintergrund hörte man die S-Bahn. Das störte nicht etwa die weihevolle Ruhe eines Studios, sondern fügte einem vitalen Thema genau die Menge an Realität und Großstadtgeräusch hinzu, die für Glaubwürdigkeit sorgte und die übliche Sterilität unterlief.

Zwar war ein spektakuläres Ereignis in Othmarschen Auslöser der TV-Diskussion, aber die Bedeutung des Themas ging ja weit darüber hinaus. Die Othmarscher freuten sich, dass sie ein U-Boot im Studio hatten, das die Hälfte der Redezeit füllte und es schaffte, jeden Beitrag an zwei bis drei Stellen durch die Erwähnung des Wortes Othmarschen zu vergolden.

In jeder TV-Diskussion schält sich eine Hierarchie heraus. Jemand wird zum begehrtesten Teilnehmer, was sich daran zeigt, dass er bevorzugt angesprochen wird, dass auf seine Bemerkungen oder frühere Bücher, Artikel, Statements Bezug genommen wird. Wenn dieser Teilnehmer dann noch eloquent ist, vielseitig gebildet und informiert und dazu frei von Gönnerhaftigkeit und Unterstellungen, führt in der Debatte kein Weg an ihm vorbei. So war es auch hier. Nach zehn Minuten hätte man den Moderator nach Hause schicken können, weil Ehrenreich ihm das Heft des Handelns aus der Hand genommen hatte – ohne dabei intrigant oder arrogant zu wirken. Es ist ein Unterschied, ob du in einem Thema durch Fleiß und jahrelange Lehrveranstaltungen zu Hause bist, oder im Verlauf eines Jahres 20 Diskussionen mit 30 Themen wegmoderierst, die du nur mithilfe deiner besten Freundin durchstehst: der Karteikarte. Und immer die Angst, dass ein eifersüchtiger Kollege die Karteikarte in letzter Minute gegen eine Karte mit unzüchtigen Zeichnungen oder gänzlich anderem Inhalt austauscht, sodass bereits die Vorstellung der Gäste zum Kasperletheater gerät.

Ehrenreich und die mit der Materie vertrauten Gäste erklärten die Demonstration mit den Batterie-Rollis zum kollektiven Aufschrei alter Mitbürger, in vielen Fällen unsere Eltern und in fast jedem Fall Menschen, die diese Republik aus Schutt und Trümmern aufgebaut und ausgebaut hätten. Das kam sehr emotional rüber, und niemand wollte derjenige ein, der die besinnliche Stimmung mit Zahlenspielchen trivialisierte. Schnell war man bei der Entmündigung einer kompletten Bevölkerungsgruppe, die erst – meist viel zu früh – aus dem Berufsleben ausschied, um dann auch in ihrer privaten Welt immer weniger Aufgaben und Verantwortung vorzufinden. »24 Stunden können sehr lang sein.« (Ehrenreich) An dem Satz arbeitete man sich ab, Sebastian H. bestätigte Langeweile und vergebliche Versuche, nach Beschäftigung gesucht zu haben und stattdessen zum Opfer mildtätiger Predigten geworden zu sein. »Ich will meine letzten Jahre nicht in der Abstellkammer verbringen.« Es ging um Alkoholabhängigkeit im Alter, Kaufsucht (Pfeif-konzert in Othmarschen) und rührende, aber auch traurige Versuche, Aufmerksamkeit mithilfe von Geld zu kaufen, vor allem von den Enkelkindern. Die empirische Unter-suchung lieferte Hinweise darauf, wie stark viele Familien heutzutage von den finanziellen Zuwendungen der Groß-eltern abhingen. »Ich sage nur: Hypothek 1 und Hypothek 2. Und wenn es heißt: Opa null, dann ist alles auf einen Schlag abbezahlt.« (Sebastian H.)

Zwar wurde auch in dieser Diskussion die Gefährdung alter Mitbürger durch unkontrollierte Autofahrten erwähnt, aber das lief nun unter dem Schutzschirm verzweifelter Ver-suche, sich im öffentlichen Raum zu bewegen, ohne zwangs-weise auf den heimischen Schaukelstuhl abgeführt zu werden.

Ehrenreich verfolgte die Debatte mit professioneller Miene, ihm war danach, sich begeistert auf die Schenkel zu schlagen. Doch für die Theatralik waren in der Runde Sebastian und sein fideler Mittelfinger zuständig, da wollte Ehrenreich nicht stören. Es lief ja alles bestens.

Und so hätte es auch bleiben sollen, als eine weitere Mel-dung reingereicht wurde. Angesichts der Aufgabenvertei-lung in der letzten halben Stunde wurden der Moderator und sein ausgestreckter Arm ignoriert, die Meldung landete gleich bei Ehrenreich. Vor die Wahl gestellt, dem Modera-tor den Job zu sichern oder Spaß zu haben, las er vor, nach-dem er zuvor die Notiz länger studiert hatte, als die beiden Sätze erforderten. Er mochte die Handschrift, so können nur Frauen schreiben. Er wollte keinen Mann kennenler-nen, der so eine Handschrift hat. Gerne hätte er noch län-ger über das Thema nachgesonnen, aber er war nicht allein, obwohl er sich gerade sehr allein fühlte.

»Die Stadt lebt«, sagte er nüchtern. »Wir erfahren gerade, dass in Poppenbüttel die Leute auf die Straße gehen, jedenfalls auf dem Parkplatz eines Altenheims beziehungsweise einer Seniorenresidenz, wie es dort heißt, damit es nicht so ärmlich klingt. Für alle, die Poppenbüttel nicht kennen: Das ist ein kleiner Stadtteil nördlich von Hamburg, offiziell wohl noch nicht Holstein, sondern Hamburg. Aber wenn man es nicht weiß, würde man kaum auf den Gedanken kommen. Noch einmal zum Mitschreiben, falls jemand das Bedürfnis verspürt, das unbedingt aufschreiben zu müssen. Pop-pen-büt-tel. Je kleiner, desto mehr Silben. Angeblich schickt Poppenbüttel Grüße nach Othmarschen. Oth-mar-schen. Kurz, knackig und klingt mit jeder Wiederholung schöner. Poppenbüttel sagt: Man ist so jung, so schnell man fährt. So steht das hier.

Und nun weiter im Programm. Sehen Sie zum Abschluss ein spaßiges Fingerdrama, ausgedacht und vorgeführt von unserem Ehrenvorsitzenden Sebastian H.«

Der Tagesausklang in der Villa dauerte länger und fiel feuchter aus, als geplant. In der Einkaufsstraße war nichts mehr los gewesen, dabei war Ehrenreich bereit, Huldigungen entgegenzunehmen. Sein erster Auftritt im Fernsehen seit 16 Jahren und dann noch live und quasi als Solo-Show mit Gastbeiträgen.

Aber nicht alle lagen schon in den Betten, vor Ehrenreichs Haus wartete eine Menschenmenge. Das baute die verletzte Seele im Handumdrehen wieder auf, zumal man es an Beifall und Hochrufen nicht fehlen ließ.

Bevor die Korken sprangen, lief eine Mail ein. Ein anonymer Spender hatte dem TV-Sender *Hamburg1* für die Dauer von sechs Wochen jeweils zwei Stunden Sendezeit abgekauft. Sein Wunsch und seine Bedingung lauteten, Othmarschen in diesen Sendungen als Werkstatt zu präsentieren, in der ein vorbildliches neues Verhältnis im Zusammenleben der Generationen erprobt werden sollte.

Ehrenreichs erste Reaktion lautete: Das könnte euch so passen. Er hielt das für einen Ulkanruf von Poppenbüttler Spaßvögeln. Aber er hatte keine Gelegenheit, in Nachdenklichkeit zu versinken, denn die Gäste verlangten nach Getränken. Feste Nahrung hatten sie mitgebracht, die Zahl der Imbisse im Stadtteil war überschaubar, aber größer als null. Die Betreiber aus der Gegend zwischen Türkei und Mittelasien liebten spontanen Arbeitsanfall, erst recht in dieser Dimension. Zumal in bar bezahlt worden war. So fand ein angenehmer Tagesausklang statt, man erinnerte sich gerührt an die einmalige Demonstration der Renn-Rollis und wusste zu diesem Zeitpunkt noch nicht, dass im Verlauf des Vormittags zwei schlafende Senioren aus der S-Bahn geholt werden würden. Angeblich waren sie seit 5 Uhr morgens zwischen Wedel und Poppenbüttel hin- und hergefahren und konnten sich gar nicht vorstellen, immer noch in Hamburg zu sein. Sie konnten sich auch nicht vorstellen, wo ihre Rennstühle geblieben waren.

Das Studium der Morgenzeitungen war pures Vergnügen. Die Stadt gehörte Ehrenreich, Othmarschen hatte Hamburg erobert. Plötzlich bekannte sich jeder zweite Journalist als gebürtiger Othmarscher oder Flottbeker. Plötzlich musste man nicht mehr lange überlegen, bevor man sich freimütig als Blankenese-Liebhaber bekannte. Othmarschens Ruhm strahlte auf das Umfeld im Westen und Norden aus.

»Sie profitieren von unseren Anstrengungen«, murmelte Knödler am Küchentisch. »Gibt es keinen Paragrafen dagegen?«

»Du meinst den Neid-Paragrafen, der gerade dein Denken vernebelt?«

»Den meine ich. Wo steht der? Und wo liegt die Anwaltsliste?«

Knödler wurde mit Kaffee und Frischkäse mit einem Löffel Pfeffer ruhiggestellt. Ein junges Paar tauchte aus der Tiefe des Hauses auf, es war sehr jung, beide Oberschüler, die sich angeblich total verquatscht hatten, als sie über die Schularbeiten gesprochen hatten. »Und irgendwann müssen wir dann wohl eingeschlafen sein«, sagte das Mädchen. Lange hatte Ehrenreich nicht mehr so eine schlechte Lügnerin erlebt. Sie musste noch viel lernen, aber erfahrungsgemäß würde das schnell gehen. Gelegenheit macht Triebe.

»Ein Glück, dass ihr beide in derselben Sekunde eingeschlafen seid«, sagte er mit freundlichem Hohn. »Sonst hätte einer dafür sorgen können, dass der andere wach bleibt.«

»Das habe ich ihr auch gesagt«, bestätigte der Junge. Wenn er in der Nacht nur halb so rote Wangen gehabt haben sollte, konnte sich Ehrenreich im schlimmsten Fall schon auf die Bitte einstellen, Pate beim neugeborenen Kind zu werden. Er wollte aber nicht Großvater werden, außerdem hätte er dazu die Vaterschaft überspringen müssen.

Der *NDR* verfügte im Netz über eine News-Schiene. Irgendjemand hatte Ehrenreich erzählt, dass das für einen öffentlich-rechtlichen TV-Sender eigentlich illegal sei, aber er war nie dazugekommen, das zu überprüfen. Jetzt war es zu spät dafür, denn dort stand sein Spielverderber des Morgens.

»Ein Mann von 78 Jahren, von Kopf bis Fuß beige gekleidet, touchierte auf dem neuen Parkplatz an der S-Bahn-Endstation Poppenbüttel einen goldfarbenen Golf GTI. Noch in die Betrachtung des Schadens vertieft, kam er mit dem hinzueilenden GTI-Besitzer erst in Kontakt, dann schnell in Streit, der sich zuletzt angeblich schreiend abspielte. Danach stieg er in seinen Fiat Panda, aber anstatt davonzufahren und damit Fahrerflucht zu begehen, fuhr er rückwärts in den GTI, den er dann so weit schob, bis der GTI-Besitzer auf der Haube des beigen Mannes lag und ihm so viele körperliche Grausamkeiten ankündigte, dass die beiden Ohrenzeugen, die sich der Polizei als Zeugen zur Verfügung stellten, es bis zuletzt gar nicht glauben mochten.«

»Sie holen schon wieder auf«, murmelte Ehrenreich schaudernd. »Wir haben uns zu sicher gefühlt. Jetzt sind sie wieder in Schwung gekommen, und wir haben geschlafen. Das passiert, wenn man denkt, einem kann keiner.«

22

Die Ereignisse der letzten Tage brauchten Zeit, um sich im Bewusstsein der Betroffenen innerlich abzusetzen. Während Ehrenreich seinen so unerwartet erworbenen Status als respektierte Fernsehpersönlichkeit genoss, gelangte die Volksmeinung zu einer Einschätzung der Ereignisse und den daraus folgenden Konsequenzen. In Othmarschen freute man sich über die flächendeckende Erwähnung in den Medien, man freute sich auch, wenn in den bundesweiten Medien der Ort wahlweise als »gutbürgerliches Viertel«, »Biotop der Betuchten« sowie als »Traum aller Bausparer« tituliert wurde. Zwar hielt man selbst die größte Eloge noch für eine Untertreibung des tatsächlichen sozialen Status, aber die Richtung stimmte, und wer jahrzehntelang ohne Angeberei durchs Leben gekommen war, wollte nicht ausgerechnet jetzt damit anfangen. Man fand die Demonstration der alten Mitbürger possierlich, fürchtete aber insgeheim, dass sich daraus ein Trend entwickeln könnte. Dazu gehört heutzutage ja nicht viel. Einst musste man jahrelang arbeiten, bevor neue Mode, neuer Baustil, neue Berechnungsgrundlagen der Grundsteuer sich durchsetzten. Heute musste sich nur ein analphabetischer Muskelprotz im Privatfernsehen zwischen die Beine fassen, und acht Wochen später hatte er eine eigene Fernsehshow, einen fetten Werbevertrag und eine Homestory nach der anderen. Das fanden die zahlreichen Othmarscher wenig spaßig, die in ihrer Freizeit persönlichen Hobbys mit einem Eifer nachgingen, die sie in ihren Augen zu Künstlern und Trendsettern qualifizierten.

Auf sie regnete kein Ruhm nieder, über Bezeichnungen wie »talentiert«, »gut gemeint« und »fleißig« gelangte keiner von ihnen hinaus. Nicht einmal für ein lausiges Interview in einem kleinen Regionalmagazin wollte es reichen.

Dagegen fuhren drei Tage nach der Rolli-Demo mehrere der wildgewordenen Cowboys auf ihren Gefährten durch die Einkaufsstraße, drückten Hände, verteilten Autogramme, gerne auf Unterarme, nicht nur in Ausnahmefällen auf nackte Bäuche und sogar auf eine Wange. Das wäre leichter zu ertragen, wenn auch nicht geschmackvoll gewesen, hätten sie nebenbei nicht immer wieder fallenlassen, dass sich bei ihnen die Anfragen von Agenturen und Marketingprofis häuften, die mit den Alten in Kontakt und ins Geschäft kommen wollten. Angeblich befand sich Herr R., an dem die Medien einen Narren gefressen hatten, in diesem Moment in der Eifel, wo auf dem Nürburgring Filmaufnahmen entstanden. Sie zeigten, wie R. mit seinem Rolli gegen einen Formel 2-Rennwagen antrat und ihn um mehrere Meter abhängte. Natürlich war alles Trick und Täuschung, aber lustig war es doch. Und ärgerlich, vor allem ärgerlich. »Noch so ein Auftrag, und ich kaufe mir vom Honorar einen Rennwagen« – das waren Sätze, mit denen R. sich im Stadtteil keine Freunde machte. Zwar konnte man nachvollziehen, warum seine Familie seit Neuestem angeberisch durchs Stadtbild lief, aber es gab auch Stimmen, die das Ganze als »unverdiente Umverteilung von Reichtum«, »Fremdbestimmung« und »Medienhurerei« bezeichneten. Was an den strahlenden Gesichtern von R.s Familie nichts änderte. Mancher Nachbar wurde in diesen Tagen nachdenklich, und nur die Sorge, als neidisch bezeichnet zu werden, hielt ihn davon ab, die Fragen von Reportern zu beantworten, die im Stadtteil Meinungen einsammelten. »Man muss auch gönnen können« – »Wenn's den alten Zauseln Freude macht« – »Ich halte das im Grunde für eine Demütigung aller Menschen, die wirklich auf einen Rollstuhl angewiesen sind.« Othmarschen rang um einen Standpunkt. Versuchsweise schwärzte man diesen und jenen an, vor allem die Kinder der Senioren, die ihren Erzeugern angeblich zu viel Freiraum gelassen hatten. Aber Fahrt nahm die Anschwärzerei erst auf, als man begann, sich auf den Gelehrten einzuschießen. Professor Ehrenreich erfüllte mehrere Voraussetzungen, die den Prozess der Isolierung fruchtbar machen. Er war Professor an einer Kunsthochschule gewesen, für nicht wenige Einheimische war das ein Widerspruch in sich. Vor allem für diejenigen, die bereits persönlich mit sogenannten Kunstwerken aus der HfbK konfrontiert worden waren. Bisher hatte man diese Erzeugnisse still und leise als Niveau von Volkshochschulkursen bezeichnet. Jetzt geschah dies lauter, und man fragte sich, warum Ehrenreich in 30 Jahren an dieser Hochschule nichts getan hatte, um die Latte für richtige Kunst einige Zentimeter höher zu legen. Offenbar war in seiner Welt nicht Talent das Kriterium für Kunst, sondern die Immatrikulation an einer Kunsthochschule. Mit diesem Dokument in der Tasche konnte jeder per Hand ausgefüllte Lottoschein den Kunststempel erhalten, was im Fall der Lottoscheine auch geschehen war.

Zweitens war Ehrenreich ein Zugezogener, drittens war er nicht verheiratet und nicht einmal offen schwul. Allein lebte er in dem großen Haus, hängte Fotografien von Demonstrationen und ähnlichen Veranstaltungen an die Wände, woraufhin sie unweigerlich als Kunstausstellung durchgingen und von Auswärtigen besichtigt wurden, die dadurch zu Kunstfreunden und Kunstkennern geadelt wurden. Als Banause betrat man Ehrenreichs Haus, als Kunstexperte verließ man es. Dazwischen lagen weniger als 60 Minuten. Oft hatte man darüber in kleinen Kreisen gesprochen, aber jedes Mal schnell das Interesse verloren. Dem Ehrenreich war weiter nichts vorzuwerfen als das Mitschwimmen im großen Becken der Kunstheuchelei. Jeder, der von seinem Lebenspartner jemals in eine Galerie oder – noch schlimmer – zur Eröffnung der Ausstellung in einer Galerie genötigt worden war, wusste, wovon er sprach. Sobald man vor etwas stand, das in einem Rahmen steckte und vor einem verbogenen Draht landete, der auf einem Sockel stand, trat schlagartig das Verbot in Kraft, Klartext zu sprechen. Stattdessen wurde eine Art Kunstdeutsch erwartet und durch Nachfragen auch eingefordert oder – wie es ein bekennender Banause genannt hatte – »Pidgin im Rahmen«.

Niemand hatte jemals gehört, dass Ehrenreich sich gegen diese schmerzhafte Beschränkung von Meinungsfreiheit ausgesprochen hätte. Mit drei Sätzen hätte er auf der Hitparade der Einheimischen einen Sprung aus dem Mittelfeld in die Top 40 schaffen können, von wo ein weiterer Aufstieg kaum noch zu vermeiden war. Aber das tat er nicht, dafür interessierte er sich nicht, das hatte er anscheinend nicht nötig. Er war sich wohl selbst genug, einsam und allein in seinem großen Haus, in dem nur wenige Menschen ein- und ausgingen, von denen man die meisten als rechtschaffene Bürger und Langweiler kannte und den anderen selbst mit wildester Fantasie keine dunklen Machenschaften unterstellen mochte. Natürlich fiel es auf, dass nicht oft junges Volk erschien, das als Student durchgegangen wäre, auch als Kunststudent, gerade als Kunststudent. Junge Frauen tauchten auf, die niemand für Prostituierte hielt. Und selbst wenn – dies ist ein liberales Land, die Macht der Kirche ist glücklicherweise zerschlagen. Und um selbsternannten moralischen Wächtern auf den Leim zu gehen, dafür war man einige Nummern zu klug.

Aber jetzt hatte Ehrenreich es übertrieben. Zwischen Bildern an der Wand und den eigenen Eltern als greise Demonstranten und Sachbeschädiger auf der Straße – dazwischen lag die Grenze, die niemand ungestraft übertritt. Natürlich steckte Ehrenreich hinter der Demonstration, niemand sonst hatte die Fantasie, sich so etwas auszudenken. Natürlich hatte er im Handumdrehen willige Demonstranten gefunden – sie warteten ja nur darauf, es ihren Kindern zeigen zu können, die sich Tag für Tag für die Familie krumm arbeiteten. Dankbarkeit ist nicht in die DNA alter Eltern eingraviert. Im Grunde war dies ein Aufstand, man musste ihn nur endlich so bezeichnen. Der Aufstand gelangweilter Senioren, denen es zu gut geht und die sich als *Halma*-Figuren auf dem Spielbrett eines manipulativen Kunstprofessors benutzen lassen.

Etwas braute sich zusammen, und Ehrenreich spürte es nicht. Stattdessen verbrachte er viel Zeit vor dem Spiegel und befragte sich, wie ihm die neue Frisur stehen würde. Oder jene. Oder eine dritte. Auch ohne Haare stellte er sich vor, zwischen Mähne und Glatze liegt ein weites Feld. Über die Frage, wie hoch eine Stirn werden kann, bevor man sie nicht mehr Stirn, sondern Glatze nennt, warf er einige Notizen aufs Papier. Das *Kursbuch* existierte noch als Zeitschrift, wenn auch unbemerkt und wirkungslos. Aber es erschien regelmäßig, der Verlag saß in Hamburg, Ehrenreich musste nur zugreifen.

Aber vorher griff der Volkszorn zu. Wenn Ehrenreich das Haus verließ, führte die erste Begegnung mit einem Einheimischen unweigerlich zu einer Konfrontation. Nur Kinder, Jugendliche, Senioren und Randfiguren ließen ihn passieren. Mancher von den anderen kam für hiesige Verhältnisse erstaunlich schnell zum Thema. Sonst sorgte Schweigen an der richtigen Stelle für eine Kommunikation, die mit Schwingungen, Blicken und Augenbrauen arbeitete. Doch dafür war der Grimm zu groß. Und die Leutseligkeit des Professors ging einem nicht erst heute auf die Nerven.

»Ich ein Unruhestifter? Ich höre ja wohl nicht richtig!« Ehrenreich prallte zurück. Wie jeder, der in seinem Leben gerne, vorsätzlich und erfolgreich mit Vorwürfen gearbeitet hat, empfand er es als unerträglich, wenn jemand den Spieß umdrehte. Er wollte über die Bedrohung durch die Poppenbüttler Unfälle sprechen, aber die Einheimischen bezeichneten ihn als Verführer ihrer Eltern. Ehrenreich bestand auf seinem Thema, die Einheimischen bestanden auf ihrem Thema, so wurden abwechselnd Sätze ausgetauscht, die – hintereinander geschnitten – zwei Monologe ergeben würden: kraftvoll vorgetragen und sinnlos verpuffend.

»So kommen wir nicht weiter«, sagte Ehrenreich, eine beliebte Wortfolge aus seiner Zeit in der Kunsthochschule rezitierend.

»Sie hetzen die alten Leute auf.«

»Das wäre schön. Sie sollten aufhören, Vorwürfe und Komplimente so überfallartig zu mischen.«

»Das war kein Kompliment.«

»Weil Sie nicht daran gewöhnt sind, gönnen zu können. Daran müssen Sie noch feilen. Fragen Sie Ihren Herrn Vater oder die Frau Mutter. Okay, ich sehe Ihrem triumphierenden Blick an, dass die beiden nicht mehr leben.«

Beim achten oder neunten Zusammentreffen mit einem einheimischen Widersacher verbiss man sich dermaßen, dass man nicht mehr auseinander kam. Niemand wollte der Erste sein, der einen Schuh auch nur ansatzweise in eine Richtung stellte, aus der sein Widerpart »Aufgabe« herauslesen konnte. Die Hängepartie führte dazu, dass immer mehr Passanten dazustießen. Bald stauten sich vor dem *Blockhouse*-Restaurant 40 oder 50 Menschen. Es stand ihnen frei, Partei zu ergreifen, aber sie entschieden sich dafür, Zuhörer zu sein. Ehrenreich und einer der bekanntesten Einzelhändler der Einkaufsstraße hatten längst erkannt, dass sie aus der Rolle von zwei Privatpersonen in eine Liga geraten waren, in der man sich in das Symbol einer politischen, ästhetischen oder sportlichen Richtung verwandelt. Ehrenreich hatte darin naturgemäß mehr Übung, in seinem alten Beruf war es spätestens nach fünf Minuten um Fragen gegangen, die das Regionale hinter sich gelassen und manchmal selbst an der globalen Wegmarkierung noch nicht haltgemacht hatten. Sein Gegner agierte naturgemäß einige Etagen darunter, er musste in seinem Alltag lediglich einen Kunden überreden oder ermüden, im besten Fall überzeugen und über den Tisch ziehen. Seitdem der Händler dazu übergegangen war, sich auf die Qualität seiner Produkte zu konzentrieren, zog er mit noch mehr Leidenschaft in die Verkaufs-Schlacht.

»Wir dürfen uns nicht auseinanderdividieren lassen!«

Ehrenreichs Ausruf verfehlte seine Wirkung nicht. Aufrufe zur Einheit waren in Othmarschen gern gehört, am liebsten an Feiertagen, an denen es um Ereignisse geht, die lange genug zurückliegen, um niemandem mehr wehzutun. Das hat dieser Stadtteil mit vielen anderen Stadtteilen gemeinsam.

»Sie wollen unsere alten Mitbürger in Gefahr bringen!«

Ein infamer Konter, der seine Wirkung nicht verfehlte.

Zumal Ehrenreich im Eifer des Gefechts entgegnete: »Ach, hören Sie auf. Mir sind eure Alten doch ganz egal.«

Im nebenan gelegenen Restaurant begann man auf Weisung des Chefs, alle Gegenstände aus Porzellan in die Kellerräume zu schaffen.

Ehrenreich wurde bewusst, dass er sich in der Minderheit befand. Damit konnte er leben, er war lieber Minderheit als alles andere. Nichts langweilte ihn mehr als 51 Prozent bei Abstimmungen. Was ihn störte, war die Aggressivität. Er hätte damit leben können, dass man ihn nicht mochte. Hätten sie ihn verabscheut – warum nicht? Aber er war ja nicht nur Minderheit, er war allein. Und er war als Zugezogener bezeichnet worden. Ein anderes Wort für: Fremder. Praktisch hatten sie ihn eben zum Migranten gemacht.

Im nebenan gelegenen Restaurant schloss man die Kellerräume ab und übergab alle Schlüssel dem Chef.

»Ich will doch nur, dass wir wieder einen Unfall zustande bringen«, sagte Ehrenreich eindringlich. »Ein kleiner Unfall: ein paar Beulen, ein bisschen Glasbruch, keine Verletzungen. Ist das denn zu viel verlangt?« Sie verstanden ihn nicht, und er legte nach: »Das ist Politik!«, rief Ehrenreich. »Das ist ein Stellvertreterkrieg. Wir sind das alte Europa: reich und schön und etwas tranig geworden. Die Poppenbüttler sind China: groß, hungrig, ehrgeizig, und sie haben diese undurchschaubare Mimik. Gucken dich treuherzig an, als wenn sie nicht bis drei zählen können, aber hinter den Kulissen trainieren sie wie die Wilden Unfälle. Unfälle gleich Wirtschaftskraft. Wirtschaftskraft gleich Exporte. Sie rollen das Feld von hinten auf. Und wen werden sie bald überholt haben? Na? Na? Genau, das alte Europa und uns als die Stärksten der ehemals Starken. Jetzt sind wir nur noch die

Starken der Schwachen. So was wie uns fressen die Chinesen zum Frühstück, dafür brauchen sie nicht einmal ihre albernen Stäbchen, denn bald werden sie sich Messer und Gabel leisten.«

»Mami, wovon redet der Mann?«, fragte ein kleines Mädchen seine nicht viel größere Mutter.

»Still, Liebling«, sagte die Mutter, »ich glaube, ich verstehe jetzt, was uns der Mann sagen will.«

Ehrenreich schöpfte neuen Mut. Sie würden ihn nicht verprügeln, solang kleine Kinder anwesend waren. Oder sie würden es doch tun und den Kindern eine Erklärung liefern, die denen plausibel vorkam. Eine Erklärung, die vom jungen Ehrenreich stammen könnte. Er hatte Vernünftigkeit in die Welt gesetzt, und jetzt wendete sich die Vernünftigkeit gegen ihren größten Fan. So war die Welt, eigentlich hatte er es immer gewusst. Aber es ist ein Unterschied, ob du Teil der Minderheit bist oder ganz allein.

Im nebenan gelegenen Restaurant warf der Chef die Kellerschlüssel in den Kessel, in dem die Suppe köchelte. Das war seine Antwort auf die unverschämte Unterstellung des Tellerwäschers, dass der Chef die Schlüssel für den Porzellankeller heimlich an die Angreifer verkaufen wollte, die gleich von draußen hereindrängen und das Restaurant besetzen würden. Den Erlös für den Verrat würde er, der Chef, nicht mit seiner Mannschaft teilen. Das wüssten alle Kollegen, aber nur der Tellerwäscher besaß genug Mut, die Wahrheit auszusprechen. Warum gerade er? Weil er der Tellerwäscher war, und für einen Tellerwäscher kann es nur aufwärts gehen.

Auf dem Spritzenplatz im benachbarten Stadtteil Ottensen, abseits der aktuellen Aufgeregtheiten, fand am späten Nachmittag eine private Zusammenkunft betagter Hamburger statt, in deren Verlauf sie zunehmende Isolation und erlittene Demütigungen beklagten. Im Schutz eines überregional bekannten Kommunikationszentrums klagten sich die rund 30 Teilnehmer ihr gegenwärtiges Leid. Man würde sie behandeln, als ob sie nicht mehr imstande seien, ihre alltäglichen Erledigungen zu beherrschen. Der Druck vonseiten der eigenen Kinder sei immer schon vorhanden gewesen, aber nun habe er sich innerhalb weniger Tage zu einem Unterdrückungssystem in unseliger sowjetischer Tradition ausgeweitet. Die eigenen Töchter und Söhne würden einem permanent auf die Finger schauen. Je dichter man an ein Kraftfahrzeug herantrat, umso nervöser würden die Kinder werden. Zu Beginn habe man sie beruhigen wollen, indem man zart daran erinnerte, dass es sich um ein familieneigenes Fahrzeug handeln würde. Man wolle es nicht stehlen. Und was geschah daraufhin? Die Unruhe der Kinder steigerte sich im Verlauf eines Atemzugs zu Gesten und Mimiken von Panik! Schlagartig verloren nun auch die alten Menschen ihre bisherige Unbefangenheit beim Anfahren, Einfädeln und Einparken und insgesamt die Vorfreude auf souveränes Verhalten in der modernen mobilen Massengesellschaft, auf die sie so lange stolz gewesen waren. Die überschaubaren und unvermeidbaren Sachschäden hatten die Familie schließlich nicht in die Armut getrieben.

Und nun das! Keiner traute sich mehr einzuparken; selbst die Enkelkinder wurden gegen ihre Großeltern aufgehetzt. Ärzte weigerten sich, Medikamente zu verschreiben, die angeblich Müdigkeit verursachten, obwohl man nach der Einnahme der Mittel lediglich einen sanften Anstieg von Entspannung verzeichnete – und diesen Anstieg auch nur bemerkte, wenn man genau darauf achtete. Was zugegebenermaßen selten geschah, denn man fühlte sich ja gerade sehr entspannt, geradezu mediterran lässig.

In den ersten Familien war es zu unerhörten und vorher nie dagewesenen Zuspitzungen gekommen: Eltern verlangten von ihren Erzeugern, den Führerschein zurückzugeben! Und zwar freiwillig! Und zeitnah! Daraufhin hatten sich Dialoge mit anwachsendem Lautstärkepegel entwickelt, unterbrochen von Phasen eisernen Schweigens. Aber mit denen konnte die Kindergeneration schlecht umgehen. Plötzlich galt Schweigen als Mittel der psychologischen Kriegsführung und als Erpressung. Dabei handelte es sich um den Ausdruck elementarer Bestürzung, bestenfalls konnte man an moralische Kriegsführung denken, mit der die Senioren in der Vergangenheit gute Erfahrungen gemacht und alle Forderungen am Ende durchgesetzt hatten – eher früher als später.

Plötzlich erinnerten sich die eigenen Kinder an Ereignisse, die totzuschweigen bis zu diesem Moment in diversen Familien als ungeschriebenes Gesetz gegolten hatte. Angeblich sei es in der jüngeren Vergangenheit zu Stürzen im Haushalt gekommen. Der geistige Abbau, der völlig natürlich sei, würde zunehmen, und die Fähigkeit, die eigene Leistungsfähigkeit realistisch einzuschätzen, würde sinken – in Einzelfällen dramatisch.

Dabei – unter den Teilnehmern der Versammlung herrschte 100-prozentige Einigkeit – verhielt es sich genau umgekehrt. Für Außenstehende womöglich als Fehlleistung einzustufende Vorkommnisse beim Einparken waren erst vorgekommen, nachdem die angeblich so besorgten Kinder ihren Erzeugern eine der letzten Herausforderungen für alte Menschen im 21. Jahrhundert ersatzlos streichen wollten: das Risiko beim Einparken. Dabei gibt es im Leben nun mal keine 100-prozentige Sicherheit. Du kannst dich beim Ein- oder Ausatmen verschlucken und daran ersticken. Die vierte Praline des Tages kann in der falschen Kehle landen, und woher soll dann deine Atemluft kommen? Oder wie es dieser robuste Herr in der Versammlung so unnachahmlich zu formulieren wusste: »Du kannst auch beim Scheißen vom Klo fallen, und dann dauert es ein halbes Jahr, bis dein verdammter Oberschenkelhals daran denkt, endlich mit der Heilung anzufangen.«

Am Ende der Versammlung stand ein kleiner Umtrunk, der spät am Abend im Osten der Stadt endete, wo die mittlerweile fröhlicher gewordenen Senioren auf einem Verkehrsübungsplatz spontan Proben ihres Könnens zeigten.

Der Schaden an Verkehrsschildern und Begrenzungen betrug mehrere 10.000 Euro. Bilder vom Verlauf der nächtlichen Raserei fanden den Weg ins Netz und brachen Klick-Rekorde. Mehrere Kinos nahmen kurzfristig ihre regulären Filme aus dem Programm und zeigten die sehr bewegten und bisweilen bewegenden Bilder der marodierenden Senioren. Um die Nachfrage zu bedienen und die hygienischen Standards einzuhalten, fanden bis zu fünf Vorstellungen täglich statt.

So gut wie alle Hamburger Seniorenresidenzen rückten in kurzfristig gemieteten Reisebussen zu den Vorstellungen an. Alle Vorstellungen fanden mit anwesenden Ärzten und Sanitätern statt. Das Äußerste, was passierte, war Einnässen nach Lachanfall.

Aber nach diesen Ereignissen schwenkten nun auch diejenigen Familien, die bisher noch nicht vom Verbots-Virus befallen gewesen waren, auf das Thema ein. Verdutzte

Senioren wurden zu Familienkonferenzen einbestellt, in denen sie sich bisher nie unangenehm aufgefallenen Verwandten gegenüber sahen. Hätten die betroffenen Senioren nicht in weiser Voraussicht vorher ein Medikament eingeworfen, hätten sie die Gerichtsverhandlung nicht so gleichmütig durchgestanden. Eine alte Dame ging spurlos verschwunden und wurde nach langer Suche in der Doppelgarage schlafend und schnarchend auf dem *Bobbycar* des jüngsten Enkelkindes gefunden.

Im Anschluss musste man nur noch das ebenfalls verschwundene Enkelkind finden.

23

Es war einer dieser Tage. Er beginnt freundlich und tut unschuldig, »Harmlos« ist sein Name. Die Stadtreinigung fegte die Straße rauf, die Straße runter. Einige Ladenbetreiber hängten sich an den Reinigungstrend an, fegten hier, wischten dort. Sauberkeitsaktionen auf hohem Niveau, denn dies war nicht das Einkaufszentrum von Steilshoop, hier musste man nicht mit Ratten rechnen und befürchten, von abfallenden Verkleidungen erschlagen zu werden und unter explodierenden Wasserrohren zu ertrinken. Der Himmel war bedeckt, Regen wurde nicht erwartet. Und wenn schon: Die Einkaufsstraße war bei jedem Wetter einen Besuch wert, und die Stammkunden mussten nicht eigens dazu ermuntert werden. Es gibt Familien, die hier in der dritten Generation ihre Besorgungen erledigen, auch Bankgeschäfte, natürlich Arztbesuche. Und wenn das Gespräch mit einer helfenden Disziplin hilfreich erscheint, die bei der Arbeit keinen Kittel trägt, dann schämte man sich hier nicht. An die Episode von dem Paar, das mit Perücken, falschen Nasen und in aberwitziger Verkleidung die Termine bei seinem Mediator wahrnahm, erinnerte man sich bis heute gern. Bis zuletzt hatten die beiden in der festen Überzeugung gelebt, anonym durch ihre Ehekrise zu lavieren. Die Wahrheit war: Wenn einer ihrer beiden Wochentermine anstand, füllte sich die Einkaufsstraße in den zehn Minuten vorher erkennbar mit Publikum. Die Ankunft von Hänsel und Gretel wollte man sich nicht entgehen lassen. Ihre Spitznamen wurden die beiden nie wieder los. Und niemand hätte sich gewundert, wenn die Zwillinge, die zwei Jahre später auf die Welt kamen, nicht unter der Flagge von Adam und Edeltraut gesegelt wären.

Gegen 11 Uhr findet in der Straße ein Wachwechsel statt. Die frühen Arzttermine sind absolviert, der neue Ansturm auf die Praxen findet erst wieder am Nachmittag statt. Parkplätze werden frei und sind nicht umgehend neu belegt. Zwei oder drei Stunden ist es nicht mehr mühsam, einen Platz für den Pkw zu finden. Man rollt heran, parkt ein, Vorfreude beim Einzelhandel. Der Dacia näherte sich von Westen, er war fabrikneu oder frisch gewaschen oder beides. Er blieb auf der Straße stehen. Es sah aus, als würde sich der Mann am Steuer orientieren. Es war auch möglich, dass sich im Wagen ein Handy meldete. Aber dann fuhr der Wagen weiter, bog heftig und unerwartet nach links ab und rollte in die Parkposition. Nun blockierte er nicht mehr die Straße, aber besonders glücklich war der Fahrer nicht. Nicht jedes Einparken ist preiswürdig, manchmal geht es beim zweiten Anlauf besser. Das dachte sich wohl auch der Fahrer, dessen Kopf und Oberkörper nach rechts und links und zurück gingen. Der Wagen rollte aus der Parkbucht, stand nun wieder auf der Straße, bestimmt wollte sich der Fahrer orientieren oder einige Meter weiterrollen, um dort ... aber dann hupte es hinter ihm, gar nicht ungeduldig. Wie man eben hupt: ein Mal und zur Sicherheit ein zweites Mal. Nur für den Fall. Kein Rufen, keine ungeduldige Armbewegung. Der Wagen setzte sich in Bewegung. Aber wer darunter vor seinem geistigen Auge eine Bewegung sieht, die an Rollen oder eine andere Form von Beherrschtheit erinnert, der irrt gewaltig. Wie ein Raubtier beim finalen Sprung schoss der Wagen nach vorne, der

Oberkörper des Fahrers erstarrte, und anstatt alle Aggregate auf null zurückzufahren, legte der Wagen noch einen Zahn zu. Etwas knallte und schepperte, Blech traf auf Blech, und danach traf Auto auf Schaufensterscheibe, Glas stürzte aus dem Rahmen, während der Wagen unter dem stürzenden und rieselnden Glas hindurchfuhr, wie ein Brautpaar unter dem von den Gästen geworfenen Reis hindurchschreitet. Reis gilt als Glückssymbol, Glasbruch hat es nie zu diesem schönen Ruf gebracht. Es knallte, ein Airbag ploppte auf, und im Laden, der nun einer Großgarage glich, ging der Alarm los.

In der Einkaufsstraße ereignete sich, was fast zwei Dutzend Mal abgelaufen war. Menschen erstarrten, Menschen eilten Richtung Knall, die ersten Handys gingen in Aktion, Mütter legten ihre Arme schützend um die Kinder. Und da! Auch ein Vater tat es den Müttern gleich, es war der, der mit dem Söhnchen auf der Schulter in Richtung des Knalls eilte. Schüler rannten, Menschen, die stets das Schlimmste befürchten, entfernten sich vom Schauplatz des Unfalls, Passanten telefonierten mit Arztpraxen, Polizei, Feuerwehr, und auch im Haus des Gelehrten Ehrenreich fiedelte ein greller Telefonton los.

Mehrere Menschen standen um den verunfallten Wagen herum. Wenn sich einer bewegte, knirschte unter seiner Sohle Glas. Die Tür des Dacia stand offen, jemand beugte sich hinein, ein anderer hielt ihn davon ab. »Lassen Sie mich!«, rief einer. »Nicht berühren«, rief ein anderer. Nach den ersten Unfällen hatte man noch getan, was einem der Instinkt befahl: raus mit den Opfern aus dem Wagen, bevor es zu brennen beginnt. Die professionellen Helfer hatten später Verständnis geäußert, aber auch zu Vorsicht gemahnt, innere Verletzungen könnten sich verschlimmern, wenn unsachgemäß am Körper herumgezerrt wurde.

Die Ärzte flogen herbei, es war jedes Mal ein berührendes Bild, wie mehrere Menschen, alle in Berufskleidung, herbeieilen, jeder mit Taschen, um zu helfen, wo es nötig ist. Der alte Herr, auf dem Airbag liegend, wirkte benommen, aber auf Fragen antwortete er zutreffend, und Schmerzen verspürte er angeblich nicht. Ständig wollte er erklären, was passiert war, man musste ihn zehnmal bitten und später auffordern, endlich ruhig zu sein. Er ging allen auf die Nerven und tat gleichzeitig allen leid. Aus dem Hintergrund eilte Ehrenreich herbei, drängte sich durch die Menge, umrundete den Wagen, wurde angehalten, machte sich frei, stand am Heck, deutete auf die Heckscheibe, die heil geblieben war. Und er rief:

»Seht euch das an! Seht euch das an und sagt mir, dass nur ich es sehe!«

Er deutete auf den Aufkleber, der in der Mitte der Scheibe an ihrem unteren Ende klebte. Er war nicht ganz klein, braun und grün. In weißer Schrift stand »Poppen wurde bei uns erfunden«.

Ein Schüler von etwa 15 sagte altklug: »Da steht: ›Poppen ist gut für jedes Alter‹.«

Alle starrten ihn an, als habe er den Verstand verloren. Aber mehr als ein Lehrer hatte dem Jungen im laufenden Schuljahr bestätigt, dass der Verstand wohl gerade nicht lieferbar gewesen sei, als er auf die Welt gekommen war. Streng medizinisch war das unwahrscheinlich, doch die schulischen Leistungen des Schülers machten diese Theorie auch nicht völlig unwahrscheinlich.

Der Unschuldsengel, mit dem man in jeder Gruppe rechnen muss, die aus mehr als fünf Personen besteht, stellte die unvermeidliche Frage: »Was ist denn Poppen? Ist das was Technisches?«

»Gute Frau, das ist ein Dacia. Wie kommen Sie auf Technik?«

»Poppenbüttel!«, stieß Ehrenreich hervor. »Er kommt aus Poppenbüttel.«

Man blickte ihn an, wartete auf die Fortsetzung. Ehrenreich erkannte, dass er in einem Meer aus Unwissenheit schwamm. »Poppenbüttel!«, wiederholte er vibrierend. Er hasste die Umstehenden, weil sie ihn zwangen, dieses Wort auszusprechen. Aber er musste es tun, weil vor wenigen Minuten der Dammbruch stattgefunden hatte. Poppenbüttel reichte es nicht mehr, zu Hause Unfälle durchzuführen. Sie exportierten ihre Unfälle und begannen damit in Othmarschen. Damit war der Kreis geschlossen.

Ehrenreich stand neben dem Fahrer, der wirkte recht kregel, blickte ihn mit klarem Blick an und sagte freundlich: »Schöne Scheiße, was? Oder was meinen Sie?«

»Fragen Sie mich das im Ernst? Ich werde Ihnen sagen, was ich davon halte.«

»Das wäre nett.«

»Ich kenne Sie nicht. Ich habe Sie noch nie gesehen. Vielleicht sind Sie einer von denen. Vielleicht sind Sie nur ein Werkzeug. Aber was auch immer: Sie haben Ihr Blatt überreizt. Das Fass ist übergelaufen. Das wird Ihnen noch leidtun.«

Nicht nur der Fahrer verstand nicht, worauf der zornbebende Mann hinaus wollte, der nun von Helfern zur Seite gebeten wurde. Als er nicht umgehend reagierte, schob man ihn weg. Ein Arzt beugte sich zum Fahrer, betastete ihn, stellte Fragen, spielte kundig auf der Klaviatur seines Berufsstandes.

Eine Frau stieß gegen Ehrenreich, sie hatte Block und Stift dabei und sagte: »Presse. Sie gestatten.«

»Wagen Sie das nicht!«, knurrte Ehrenreich.

Sie stutzte, blickte ihn zum ersten Mal an. Sie hielt ihren Block in die Höhe, wohl als Beweis ihrer Funktion. Im nächsten Moment lag der Block auf dem Boden zwischen lauter Scherben, und ein Schuh trat auf dem Block herum.

Die Frau fauchte: »Sie behindern meine Arbeit. Das lasse ich mir nicht gefallen!«

»Was wollen Sie tun?«, fauchte Ehrenreich. »Wollen Sie mich schlagen?«

Sie schlug ihn.

Ehrenreich lachte.

Sie schlug ihn wieder.

Ehrenreich lachte, greller diesmal, irre irgendwie.

Sie rammte ihm das Knie in die Weichteile.

An Lachen war für Ehrenreich nicht mehr zu denken.

Polizisten waren zur Stelle, verdutzte Passanten, helfende Ärzte. Alles auf wenigen Quadratmetern in einem Brillenstudio ohne Fensterscheibe, in dem ein Auto den Tresen zur Seite geschoben hatte, ohne ihn umzustoßen.

Die Helfer holten den alten Mann aus dem Dacia, daneben kniete Ehrenreich und konnte nicht mehr atmen. Niemand half ihm, und vor ihm stand ein Polizist, stellte unentwegt Fragen nach Namen und Verbindungen zum Unfall, und Ehrenreich sagte stöhnend: »Sie sind doch vom Affen gebissen.«

Nur Ehrenreichs jämmerliche Position hielt den Cop davon ab, einem Impuls nachzugeben. Von Kollegen wusste er, dass es in bestimmten Situationen sinnvoll ist, in jedem Satz das Wort »Impuls« unterzubringen – je häufiger, umso besser. Am besten nur als Antwort auf Fragen, nie aus eigenem Antrieb, weil das als entschuldigend verstanden werden könnte. Aber auch nicht zu häufig. Und nicht auf eine Art, dass es wie auswendig gelernt wirken könnte.

Später kümmerte sich ein Helfer um Ehrenreich, es handelte sich um einen weiblichen Arzt, eine sogenannte Ärztin. Ehrenreich hielt das nicht für die optimale Lösung, aber seine Eier taten ihm unheimlich weh. Die Ärztin fragte sachlich: »Wo haben Sie Schmerzen?«

»Na, wo wohl! Hier oben, an den Ohren.«

»Sitzen bei Ihnen die Eier an den Ohren?«

Er starrte die Ärztin an, sie war eine von den Frauen, die, wenn sie einen Mann anblicken, immer so wirken, als würden sie in diesem Moment alle vier Milliarden männlichen Menschen gleichzeitig im Blick haben.

Ehrenreich sagte: »Aua.«

Sie sagte: »Wären es wirklich die Ohren, würde ich Ihnen einen Kuss draufdrücken und alles wäre gut.«

Als er wieder gerade stehen und normal atmen konnte, musste er nur noch warten, bis die Schlägerin von der Presse alle ihre Fragen an die Passanten und Helfer losgeworden war. Dann stand sie, anstatt zu verschwinden, vor ihm und sagte: »War nicht persönlich gemeint.«

»Ach nein? Wo schlagen Sie denn hin, wenn es persönlich ist?«

»Das wollen Sie nicht wissen.«

»Lassen Sie mich raten: Sie leben zurzeit nicht in einer festen Beziehung.«

»Und wenn ich lesbisch wäre?«

»Würde ich meine Frage nicht ändern.«

An diesem Tag wurden die beiden keine Freunde mehr.

Ehrenreich kam nicht über den Poppenbüttel-Aufkleber hinweg. Und über das, was er signalisierte. Ein Auto aus Poppenbüttel fährt ins westliche Ausland und greift die dortige Infrastruktur an. Noch schlimmer: die Geschäftswelt. Bis tief in die Nacht war er unterwegs, um die Kunde von der Attacke zu verbreiten. Zuerst traf er nicht auf Gegenliebe. Natürlich hatte der Unfall alle beeindruckt, aber die Herkunft des Unfallfahrers war ihnen nicht wichtig. Ehrenreich musste erst die größeren Zusammenhänge herstellen. Als ihm das zu langsam voranging, griff er zu den großen Zusammenhängen.

»Warum sollen die Poppenbüttler uns den Krieg erklären? Das ist doch nicht logisch.«

So lautete die Kernaussage der Einheimischen. Sie waren herzig in ihrer Ahnungslosigkeit. Man schrieb das Jahr 2021, und sie glaubten noch an das Gute im Menschen. Ehrenreich ließ nicht locker, er lieferte Kopien der letzten Unfälle auf Poppenbüttler Boden, mit denen er beweisen wollte, wie sich die Poppenbüttler beharrlich an die Othmarscher Führung in der Unfallstatistik heranarbeiteten.

»Ihnen ist egal, wie viel Schmerz die Unfälle unter uns verbreiten. Sie interessiert nur die Statistik. Sie wollen uns besiegen, auf unserem ureigenen Gebiet. Das ist genauso, als wenn wir gegen die Färöer im Fußball verlieren.« Seinen Zuhörern erschloss sich einfach nicht die Wucht seines bildhaften Vergleichs. Er ersetzte Färöer durch Andorra, aber erst als er auch Andorra strich und Vatikanstaat einsetzte, fiel bei einigen der Groschen.

»Das geht ja gar nicht«, sagte jemand.

Ehrenreich schlug ihm auf die Schulter, eine für ihn absolut unübliche Geste. Das drückte auch der Blick des derart Gelobten aus.

»Und überhaupt«, rief Ehrenreich. »Wenn sie glauben, der letzte Unfall zählt für sie, dann haben sie sich geschnitten. Es gilt, wo es passiert. Sie wollten tricksen und haben uns einen Punkt geschenkt.«

»Wollen Sie etwa einen schrecklichen Unfall mit Schmerzen und Verletzungen als sportliches Duell bezeichnen?«

Ehrenreich blickte in ein von Skepsis verunstaltetes Gesicht aus der engeren Nachbarschaft. Die ehrliche Antwort wäre gewesen: »Exakt das meine ich.« Aber er lavierte und hasste sich dafür. Eine Sekunde durchzuckte ihn ein Moment der Schwäche: Du wärst besser in Poppenbüttel aufgehoben. Die wissen einen guten Anführer zu schätzen. Aber er hatte sich gleich wieder unter Kontrolle.

Am nächsten Tag reagierte die Stadt auf allen Ebenen. Auf die meisten pfiff Ehrenreich. Ihn juckte nicht, ob die Kirchen zu Mäßigung aufriefen, denn sie riefen immer dazu auf. Er kannte einen Pastor, der ernsthaft behauptet hatte, dass die letzte Heimniederlage von Sankt Pauli sich vielleicht langfristig noch als Segen erweisen könnte. So viel zu den Kirchen.

Aber was die Politiker sagten, musste beachtet werden. Darunter verstand Ehrenreich das Studium von Presseerklärungen bis zum letzten Satz. Auch hier trotz der Poppenbüttler Attacke: radikale Bereitschaft, zwei und zwei nicht zusammenzuzählen. Als würden sich Verkehrsunfälle in einer Welt abspielen, die sich den bekannten physikalischen und moralischen Gesetzen entzieht.

Aber dann die Pressekonferenz, die alles veränderte. Vielleicht war es die erste Pressekonferenz, die in diesem Jahrhundert in Poppenbüttel stattfand. Aber dies war nicht der Bürgermeister, der seine traditionelle Friede-Freude-Eierkuchen-Version verbreitete, um am Ende zu sagen: »Wir strecken unsere Hand aus und freuen uns über jeden, der einschlagen mag.«

Stattdessen war es ein Bürgermeister, der seinen Standort mit Bedacht gewählt hatte. Was sich in seinem Rücken abspielte, hätte für jeden Spielfilm eine perfekte Kulisse abgegeben, dessen Handlung im Paradies stattfindet. Über allem schwebte die unsichtbare Banderole mit dem unsichtbaren Text: »Wir haben viel mehr Bäume als Othmarschen.« Schlagartig hielt Ehrenreich es für dringend angebracht, künftig jede offizielle oder offiziöse Othmarscher Lebensäußerung mit dem Fluss im Hintergrund abzuhalten. Darüber die Banderole: »Wir haben viel mehr Elbe.« Ein kümmerliches Rinnsal wie die Alster wäre im Bereich der Elbe nicht mal als Nebenfluss durchgegangen.

Es begann mit dem traditionellen Herumeiern. Aber dann sagte der Bürgermeister nach einer Pause, die Ehrenreich neidlos als beziehungsreich bezeichnete, die Worte: »Wer jedoch mit unserer Art zu leben, alt zu sein und sein Leben zu genießen, hadert, dem wollen wir künftig nicht im Weg stehen. Nach Absprache mit allen Fraktionen kündige ich hier und heute an, dass bei uns künftig Autos nicht mehr willkommen sind, die einen gewissen Aufkleber tragen oder die in uns den Verdacht wecken, aus Regionen zu stammen, die uns und unsere Lebensweise nicht respektieren. Natürlich sagen wir das nicht, um jemanden zu bestrafen oder auszuschließen. Wir wollen einfach nicht stören, komplizierter ist das nicht.«

Othmarschen vernahm die Botschaft und konnte es nicht glauben. Im gesamten Stadtbild gab es keine Anwaltskanzlei, die nicht innerhalb von fünf Minuten alle Kräfte, die nicht anderweitig gebraucht wurden, für einen einzigen Zweck

abstellte: Sie sollten alles, was die Poppenbüttler raushau-
ten, auf seine Rechtmäßigkeit abklopfen.

Der Kampf war eröffnet. Nicht mit Waffen und Sprengstoff. Aber vier Juristen, die sich gleichzeitig in einem Raum
aufhalten, sind auch eine Form von Bewaffnung.

In einer Villa im Dunstkreis der Einkaufsstraße ging in dieser Nacht das Licht nicht aus. Der weitläufige Küchentisch
bog sich unter der Last von Tellern, Bechern, Schüsseln,
Flaschen und Platten mit Blechkuchen, Nudelsalaten nach
Rezepten aus seligen Studentenzeiten sowie kompromisslos
angebratenem Grillfleisch aus örtlicher Imbisskultur. Auf
der meterlangen Anrichte hielten zwei Kaffeemaschinen
das Koffein heiß. Dazu stand Kakao ohne und mit kreis-
laufanregenden Zusätzen bereit. In dem US-Kühlschrank
mit aufklappbaren Türen standen links Wein und Prickel-
wasser, rechts Bier in einem halben Dutzend traditionsrei-
cher Varianten. Dazu das unvermeidliche Craftbeer. Niemand schätzte es übermäßig, aber man muss es heutzutage
anbieten, um nicht als ignorant zu gelten.

Natürlich waren Roderich und Knödler zugegen, ohne die
beiden durfte keine Revolution beginnen. Nebenan liefen
zwei *Macs*, auf dem großen wurde gerade das Layout mit
Text befüllt. Ehrenreich stand daneben und sah zu, wie der
Text einlief. Es wäre schneller gegangen, aber er zog die
Version vor, in der die Worte einlaufen wie Wasser in den
Pool. Zwei sehr junge Menschen, möglicherweise Junge
und Mädchen, hatten das Monopol auf diese Maschinen.
Der, der wahrscheinlich ein Junge war, trug mehr Metall in
Gesicht, am Hals und an den Armen als Ehrenreich in sei-
ner Werkstatt aufbewahrte, die er aus den goldenen 70ern

gerettet hatte und für die ihm ein Pariser Museum jüngst eine siebenstellige Summe geboten hatte.

Der *SPIEGEL*-Journalist lag über Tischen und auf Bänken, um die Gesichter der beiden an den Bildschirmen optimal einzufangen.

Ehrenreich sagte: »Wie sieht's aus?«

Der Fotograf sagte: »Man ist zufrieden.«

»Und denkt an unsere Abmachung?«

»Tag und Nacht.«

»Ein Jahr bleiben meine Beweggründe unter Verschluss, danach blicken wir uns tief in unsere treuen rehbraunen Augen.«

»So machen wir es. Gruß von der Kollegin.«

»Hatte sie wieder einen Nachsorgetermin beim Onkel Doktor?«

»Seit Kurzem steht sie auf Doktorspiele.«

»Was sagt die Frau des Doktors dazu?«

»Wir werden es erfahren, sobald sie davon Wind bekommt.«

»Sie muss doch misstrauisch werden, wenn sich abends ständig die gebrochenen Haxen einer Patientin verschlechtern.«

»Es gab wohl eine Zeit, in der er damit richtig Geld verdient hat. Das hat ihm ein Häuschen eingebracht und ein Feriendomizil, dem konnte sich die Gattin nicht versagen.«

»Die Welt ist ein Schweinestall.«

»Meine Rede.«

»Ich dachte, ihr beide seid … oder wärt … oder wie nennt man das, wenn es unter Kollegen passiert?«

Der Fotograf zeigte ihm die Geste, die so ein Verhältnis ohne Worte beschreibt.

Ehrenreich sah hin und sagte: »Oder so.«

»Für ein gutes Bild mache ich alles.«

»Und verzichtest sogar.«

»Auf alles. Bis auf das Bild. Es muss aber gut sein. Und für manche Frau muss es außergewöhnlich gut sein. Dann vergeht der Schmerz sofort.«

»Bild für Frau. Find ich prima. Ich war auch mal so.«

»Lass mich raten: Das lag zeitlich vor diesem Häuschen.«

»Jetzt, wo du es sagst: tatsächlich. Ist mir nie aufgefallen.«

»Einige halten ein Leben lang durch.«

»Anständig zu bleiben? Unbestechlich? Unverführbar? Wie hässlich müssen die denn sein?«

»Es gibt eine Form von Hässlichkeit, die schon wieder cool ist.«

»Dann haben wir beide Pech gehabt.«

»Der Herr gibt, sein Geschöpf nimmt. Und macht das Beste daraus.«

Ehrenreich ging in die Küche und zog mit den Zähnen das Fleisch vom Holzstab.

Die Frau am Tisch leckte den Löffel ab und sagte: »Ich war nie hier.«

Ehrenreich sagte kauend: »Mit den Namen, die alle heute nicht hier sind, könnte ich einen Zettel füllen.«

Die Frau befüllte den Löffel mit der Creme, die sie liebte: glücklich sein, ohne zu kauen. Nur schlucken und nie auf die Waage steigen. Sie hatte 45 Jahre gebraucht, um so klug zu werden.

Knödler sagte: »Ich hab's.« Es folgte das Knödlersche Ritual: endloses Falten der Zettel, aber nicht alle auf einmal, sondern jeden für sich. Wenn jemand ihm die Papiere wegnahm, um zu zeigen, wie es schneller geht, verlängerte er damit alles nur. Denn danach würde Knödler wieder von vorne anfangen. Er nannte das: »Ich muss das Gefühl haben, dass ich alles in der Hand habe.«

Danach verlas Knödler den Ablauf der morgigen TV-Sendung. Unter der Leitung von Ehrenreich würden Othmarschen und Poppenbüttel zum ersten Mal vor großem Publikum aufeinandertreffen. Große und größte Fernsehsender hatten viel Geld geboten, um dem Minisender die Sendung abzukaufen. Der Geschäftsführer hatte auch das letzte Angebot ausgeschlagen, zwei Stunden später war er von der Investorengemeinschaft, der der Sender gehörte, vom Hof gejagt worden. Seine Nachfolgerin hatte als erste Amtshandlung ein noch größeres Angebot abgelehnt, die Reaktion der Investoren stand aus.

In der Sendung würde Ehrenreich auch das Protokoll dieser internen Ereignisse bekannt machen. Er hätte keine großen Summen verwettet, ob sie bis zum Schluss der Sendung Strom und Licht haben würden. Aber er musste es tun. Er würde nicht mehr oft Gelegenheit erhalten, mächtige Adressen zu demütigen. Und wodurch? Indem er die Wahrheit bekannt machte. Das war die ganz feine Kriegführung: Guerilla durch Wahrheitsliebe. Es gab Zyniker, die behaupten, so etwas sei heutzutage nicht mehr möglich. Sie hielten sich für Realisten. Vielleicht war es heutzutage wirklich komplizierter als dunnemals, das eigene Tun und Treiben zutreffend darzustellen.

Ein Ende der Sendung mit Krach und Schwarzbild würde Ehrenreichs Chancen erhöhen, in wenigen Tagen ein anderes Studio zu beziehen, das einem neuen Medienkonzern gehörte. Er hatte keinen Favoriten. Wer Favoriten hat, hat keine Fantasie. Wer nimmt, was er kriegen kann, ist öffentlich-rechtlich, die gut bezahlte Variante von fantasielos. Wer sich die Chancen erarbeitet, und das schneller als jemals jemand vor ihm, zeigt gute Tagesform. Sollte er altersmäßig fast 70 sein, zeigt er zusätzlich gute Spätform. Dem Ersten, der ihn als Senior bezeichnen sollte, würde Ehrenreich höchstpersönlich den Kiefer brechen. Der erste Schlag muss sitzen, dann ist einiges möglich.

Die Frau mit der Vorliebe für Creme leckte schon wieder den Löffel ab. Ehrenreich sagte: »Vielleicht ist es nicht die Creme, sondern der Löffel.«

Sie blickte den Löffel an und sagte: »Ich bin nervös.«

»Das ist ein gutes Zeichen. Leichen sind nie nervös.«

»Wenn es schiefgeht, bin ich weg.«

»Verdientermaßen.«

»Ich habe keine Übung damit.«

»Womit? Sachen zu verkaufen? Sie schönzureden? Sie wertvoller erscheinen zu lassen, als sie sind?«

»Sie haben gut reden. Sie tricksen doch auch Ihr Leben lang rum.«

»Erlauben Sie mal! Ich bin Professor. Ich bin seriös.«

»Professor an der Kunsthochschule. Sie sind ein Spieler. Und ein Bluffer.«

»Sie haben ein Talent für Komplimente. Glauben Sie irgendwas davon?«

»Nein. Sollte ich? Ich verkaufe Klamotten und nebenbei Wein. Ich könnte alles verkaufen. Na gut, nicht alles.«

»Drogen?«

»Ach ja, hatte ich vergessen. Drogen verkaufe ich auch.«

»Ist nicht wahr!«

»Unsere Leute werden nicht von allein lustig. Hier ist Hamburg, hier leben die Menschen mit der eingebauten Bremse. Die brauchen was, um zwischendurch geschmeidig zu werden.«

»Und das besorgen Sie ihnen.«

»Sehr diskret. Ich packe den Stoff auch hübsch ein. Mit zwei Schleifen. Zwei Schleifen hat sonst keiner.«

24

Die Stadt reagierte, nachdem in einem Zeitraum von 24 Stunden jedes Gremium getagt hatte, das imstande war, ein Minimum an Kompetenz um einen Tisch zu versammeln. Was genau diese Kompetenz im Einzelfall war, musste zurückstehen. Wichtig war jetzt die Kompetenz an sich. Kompetenz und Führungsstärke gehen in krisenhaften Phasen Hand in Hand, aus allen Erdlöchern tauchen Besserwisser, Schlaumeier und Figuren aus den Stadtteilen auf, deren Ausstrahlung nie über den Stadtteil hinausgegangen war. Weltbekannt in Horn und Lurup, das macht bei über 100 Stadtteilen unterm Strich eine Menge besserwisserisches Fachwissen. Quälgeister auf dem Vormarsch. Eine Stadt mit fast zwei Millionen Einwohnern steckt voller selbsternannter Talente, die niemand hören und sehen will, weil ihr eigentliches Motiv nach zwei Minuten deutlich wird: Sie hören sich gerne reden und halten sich für unersetzlich. Sie haben einen Plan in der Schublade, den sie nun hervorziehen. Zwar passt der Plan nicht auf die aktuelle Lage, aber es ist ein Plan, sie haben nur den einen und sie helfen gern. Wer zuletzt lacht, hat gewonnen.

Eine Stadt, die Probleme wie Hafenkrise, Flüchtlinge, unbezahlbare Mieten und Corona angegangen, wenn auch selten gelöst hatte, stand vor einer Situation, die in ihrer Geschichte noch nicht vorgekommen war: eine Art Kriegszustand zwischen zwei Stadtteilen. Die restlichen eineinhalb Millionen Einwohner schwankten zwischen Ungläubigkeit, Amüsement und Parteinahme. Der Mensch schlägt sich gern auf eine Seite, Neutralität hat mehr Ähnlichkeit mit eingeschlafenen Füßen, als man zuerst denkt.

Ehrenreich stellte sich vor jede Kamera und hielt erst den Mund, wenn er erkannt hatte, das hinter der Kamera kein Massenmedium stand, sondern nur ein Urlaubsfilmer.

»Sie wollen uns unsere Unfälle wegnehmen, aber wir lassen uns unsere Unfälle nicht wegnehmen. Unsere Probleme sind bei uns in den besten Händen. Dazu brauchen wir keine Poppenbüttler, die noch in kein einziges Schaufenster gefahren sind.«

Aber langsam hatten die Poppenbüttler die Faxen dicke. Wer jahrelang im Schatten der populäreren Stadtteile gut und gemütlich gelebt hat, braucht ein wenig länger, um Betriebstemperatur zu erreichen. Man war nicht leicht zu provozieren, bevor man sich aufregte, musste mehr passieren als jahrelange Arbeiten an einer Straßenbaustelle und ein riesiges Einkaufszentrum, das dem historischen Zentrum das Blut aussaugt. Aber dann waren die Othmarscher gekommen, im Gepäck hatten sie ihre Arroganz und ihre Wortführer, die sich Professor nannten, aber in einer beigefarbenen Jacke und einer farblich dazu passenden Hose von einem echten Poppenbüttler nicht zu unterscheiden gewesen wären.

In den folgenden Tagen warf man in Poppenbüttel aufmerksame Blicke in jeden Pkw, den man für verdächtig hielt. Mit ein wenig Übung hält man spielend 98 Prozent aller Pkws für ansehenswert. Man kümmerte sich nicht um die 3.000 Parkplätze im Einkaufszentrum. Denn man liebte vor allem sein altes Zentrum oben auf dem Hügel und wollte es frei von Othmarschern halten. Gegen Harburger zum Beispiel hatte man nichts, Harburger kamen hier oben auch fast nicht vor. Du brauchst einen verdammt guten Grund, um von Harburg nach Poppenbüttel zu fahren – oder umgekehrt. Wenn du Pech hast oder Glück, bist du von Harburg eher in Berlin als in Poppenbüttel. Aber Berlin hatte noch nie etwas gegen Poppenbüttel gesagt.

»Wenn Sie so nett wären und kurz Ihren Kofferraum …«

Das waren Worte, die man in Poppenbüttel lange nicht gehört hatte – und nie so oft in so kurzer Zeit. Die meisten derart Gebetenen verhielten sich kooperativ. Die Popelzähler, bei denen BGB und Strafgesetzbuch auf dem Nachttisch liegen, regten sich auf. Wenn sich dann eine erste Beule an ihrem Pkw zeigte, sahen sie Abendland und Schadensfreiheitsrabatt gleichermaßen bedroht und wurden laut. Die meisten Stimmen sind nicht schöner, wenn sie laut werden. Aber bevor keine zweite Beule im Lack war, knickten sie nicht ein. Und wegfahren konnten sie meistens nicht, weil sie in der Hektik ihren Schlüssel nicht fanden. Und wenn sie ihn auch ohne Vorliegen von Hektik nicht fanden, entdeckten sie ihn in der Hand der Bürgerwache. Man erkannte die Bürgerwache zweifelsfrei daran, dass sie kein Popeline am Körper hatte, sondern sportlicher wirkte. Aber körperliche Klärung des Konflikts schied auch aus. Der schärfste Hund wird von einer Beißhemmung gebremst, wenn die Hand, die seine Autoschlüssel hält, zu einem an sich freundlichen alten Herrn oder zu einer an sich freundlichen betagten Dame gehört. Oder abwechselnd zu Mann und Frau, weil sie sich gegenseitig die Schlüssel zuwerfen, und nie lassen sie die Schlüssel fallen. Segen der jahrelangen Mitgliedschaft in einer Gruppe des örtlichen Sportvereins, in der das Training der Feinmotorik im Mittelpunkt steht.

Wenn sonst nichts mehr half, rief man: »Ich komme nicht aus Othmarschen.«

Das konnte man nun glauben oder auch nicht. Die Poppenbüttler entschieden sich häufig für: oder nicht. Dann half nur noch ein Ausweis mit Meldeadresse. Aber den musste man nicht Hinz und Kunz vorzeigen, dies ist ein freies Land, in dem jetzt dummerweise alte Leute regierten und einen harten Kurs fuhren.

Man drohte den Wächtern an, nie wieder hierher zu kommen. Dann lachten die und sagten: »Uiuiui, da fürchten wir uns aber. Zu uns kommen nicht mehr 20 Kunden am Tag, sondern nur noch 19. Wo kann man hier Grundsicherung beantragen?«

Am Ende knickten die meisten Auswärtigen ein. Wenn die Wächter müde zu werden drohten, tauchte prompt ein echter Othmarscher auf. Man erkannte ihn an seinem SUV, an seiner rechthaberischen Miene und diesem »Mir kann keiner«-Gesicht. Dann kehrte die verbrauchte Kraft sofort zurück, und man zeigte ihm, dass man konnte.

Natürlich ertönte der Ruf nach der Polizei. Aber die gab es hier nicht oder sie hatte sich unsichtbar gemacht. Vor dem Kommissariat am S-Bahnhof versammelten sich empörte Bürger, Einheimische bildeten einen Kordon vor ihrem Kommissariat. Die verdutzten Ordnungshüter sahen sich von ihren ältesten Mitbürgern beschützt. Das verträgt nicht jeder Polizist. Wie soll er in Zukunft Strafzettel ausschreiben und Grundstücke auf das Vorhandensein überhängender Äste überprüfen, wenn er den Missetätern zu Dank verpflichtet ist? Ein Ausweg war die Krankmeldung. Aber irgendwann bricht dann der Alltagsbetrieb zusammen, und die Medien rücken einem auf die Pelle, und alles wird unübersichtlich. Faustregel: Ein unberechtigter Zettel wegen Falschparken unterm Scheibenwischer bringt einen Zweispalter im *Abendblatt*.

In der westlichen Einkaufsstraße fuhr schweres Gerät auf. Tieflader, Lkw mit Anhänger, Großraumwagen, dazu zwei Streifenwagen und ein Zivilwagen mit der seitlichen Aufschrift »Bauleitung«.

Aus Sorge vor physischen Zuspitzungen hatte die Stadt entschieden, sich zu bewegen. Und diesmal nicht, indem man sich vom Ort des Konflikts fortbewegte. Plötzlich sollten die seit Jahren geforderten und seit Jahren nicht gelieferten Stopper angebracht werden: Betonsperren zwischen Parkplätzen und Geschäften, die verhindern, dass Pkws der Durchbruch gelingt.

Dutzende von Passanten liefen ein. Man redete engagiert, nicht unfreundlich, aber drängend. Nach einer knappen Stunde hatte die Bauleitung kapiert, dass die Betonsperren noch mehr Sinn entfalten, wenn sie zwischen Parkplätzen und Bürgersteig stehen. Bereitwillig führten die Einheimischen in Form von Rollenspielen vor, wie groß die Gefährdung von Fußgängern ist. Da niemand riskieren wollte, einen alten Menschen um ein Probe-Einparken zu bitten, entschied man sich zu einem Probedurchlauf, bei dem der angreifende Pkw von einem Menschen gedoubelt wurde. Dummerweise entschied man sich für einen Hänfling, dem es schwergefallen wäre, eine Kinderkarre aus der Spur zu bringen. Ein stabilerer Passant ersetzte ihn, der machte mehr her, der schaffte was weg, aber auch er war ein Mensch, ein einziger Mensch.

20 Minuten später stellten vier Männer und Jugendliche den Angreifer dar. Sie hakten sich ein und griffen als Gesamtpaket an: zwei vorne, zwei dahinter. Man synchronisierte die Schritte und trat nur noch selten den Vorderleuten in die Hacken.

Zu diesem Zeitpunkt hatten bereits professionelle Helfer

Station bezogen: ein Arzt mit Helferin. Sie hatten Taschen dabei und verteilten bereitwillig Proben von Mitteln, die nicht verschreibungspflichtig sind. Nun fehlte nur noch ein provisorisches Feldlazarett. Die Bundeswehr hatte es im Vorfeld angeboten, die Einzelhändler hatten dankend abgelehnt. Auch der ins Spiel gebrachte Hubschrauberlandeplatz wurde vertagt. Und jedes Fahrzeug, das Ketten statt Räder besaß.

Die Medien liefen ein, in der Straße wurden die ersten Außenposten errichtet. Zuerst natürlich von den notorisch emsigen Imbissbetreibern, aber daneben wurde auch das Sortiment der Geschäfte sichtbar. Die Einkaufsstraße fand unter freiem Himmel statt, und der erste Poller wartete darauf, getestet zu werden.

Das achtbeinige menschliche Kraftpaket fuhr los. Es näherte sich dem Poller, indem es Laute wie »Brummbrumm« ausstieß. Kameras liefen, die Spannung stieg. Der Wagen erreichte den Poller, der fiktive Motor brummte, acht Beine hoben ab und standen im nächsten Moment vor dem Schaufenster. Weil das wenig spektakulär erschien, war man bereit, mit vereinten Kräften gegen die Scheibe zu treten. Der Händler schaltete schnell und bot den Eingang durch die Tür an, den der brummende Wagen dankend annahm.

Die Manöverkritik kam zu einem einstimmigen Ergebnis: Worüber ein Mensch steigen kann, ohne den Fuß mehr als 20 Zentimeter vom Fußboden zu heben, darüber fährt auch ein SUV. Jeder SUV, ob im Schritttempo oder mit Vollgas.

Einer der Profis sagte: »War einen Versuch wert.«

Mit dieser Meinung stand er allein. Straßensperre zwei

wurde aufgebaut. Sie sah wuchtiger aus und hatte eine wohnliche Farbgebung, erzielte aber kaum Wirkung.

Sperre drei, Sperre vier – und Mittagspause.

Danach meldete sich ein Passant und sagte: »Vielleicht sollten wir den Gedanken mit dem Eingraben beleben.«

Es dauerte eine knappe halbe Stunde, um die Steine im Bürgersteig zu lockern und zu entfernen. Man grub die Sperre ein, jemand schlug vor, nun, da die Tests in die Endphase gingen, mit einem richtigen Pkw zu testen. Ein possierlicher *VW up* nahm Tempo auf, die Räder überfuhren die Sperre, ohne sie zu berühren, fünf Zentimeter vor dem Schaufenster kam der Wagen zum Stehen. Messungen wurden vorgenommen, beim VW und danach bei 20 anderen Wagen. Noch für den kleinsten war die Sperre zu klein. Eine Sperre muss im besten Fall breiter sein als der Pkw. Optimal wäre: breiter als ein breiter Pkw, die Anwesenden nannten das »SUV mit Übergröße«.

Das technische Team zog sich zu einer Besprechung zurück.

Ein Dutzend Läden weiter stadtauswärts ertönten Rufe. Überrascht stellte man fest, dass dort seit dem frühen Morgen eine Sperre einbetoniert worden war, die mittlerweile ausgehärtet war. Ein Polizist bezeichnete die Sperre umgehend als »Schwarzbau« und die spöttische Reaktion eines am Bau Beteiligten als »Beleidigung« sowie »Angriff auf die staatliche Autorität«. Per Akklamation durfte diese Sperre vor ihrer zeitnahen Entfernung getestet werden. Der VW fuhr an, stieß sich die zierliche Schnauze, die Räder drehten durch, die Menge applaudierte. Ein Techniker sagte zufrieden: »Dann hätten wir's ja soweit.«

Nun nahm ein Mittelklassewagen Anlauf, es rumpelte

und pumpelte, und die Sperre legte sich auf die Seite, es sah aus, als würde sie sich wegducken. Der Wagen klopfte an die Hauswand, der Fahrer gab Autogramme. Als eine erboste Frau auftauchte und sich als Kraftfahrzeugführerin bezeichnete, tauchte der entlarvte Fahrer unter und ward nicht mehr gesehen.

Jemand hatte inzwischen einen Blick in die Liste der historischen Unfälle geworfen und die Werte geprüft, die bei den wenigen halbherzigen Versuchen angefallen waren, wirkungsvolle Sperren zu installieren. In den Papieren stand vieles, an das man bisher noch gar nicht gedacht hatte.

Bisher hatte zwar Inkompetenz geherrscht, aber auch Ernsthaftigkeit. Das kam nun ins Rutschen, Witzbolde gewannen die Oberhand. Dackel und Mops mussten auf die Sperren zulaufen. Wer es nicht schaffte, darüber zu springen, kam in die Endauswahl zum »Sicherheitshund des Jahres«.

Ein Tieflader erreichte den S-Bahnhof und verzichtete auf Weiterfahrt. Das Gefährt war so lang wie ein Reisebus. Was er geladen hatte, sah aus wie Reste einer beim Start explodierten Mondrakete. Zwischen der Besatzung des Laders und den Einheimischen herrschte Sprachverwirrung. Am Ende wurde mithilfe herbeigerufener Lehrer das Russisch der Fremden auf Gebrauchstauglichkeit heruntergebrochen. Weißrussland beehrte sich, der Bevölkerung der Bundesrepublik Deutschland eine Panzersperre zu schenken, mit der das weißrussische Militär und auch russische Einheiten nur gute Erfahrungen gemacht hatten. Das kam überraschend, besaß wohl auch politische Brisanz, aber brisanter waren die Ausmaße der Sperre und ihre Gestalt. Mochte ihr Zweck noch so praktisch sein, ihr Anblick erinnerte an Bürgerkrieg, und das liebliche Bild der Einkaufsstraße würde sich davon nicht erholen. Es war diese Art Anblick, der auch durch wochen- und monatelanges Ansehen nicht gefälliger wird. Mitgereiste russische Medienvertreter wurden zum Essen eingeladen, aus der Hamburger Innenstadt eilte alles herbei, was im Dunstkreis der Handelskammer über osteuropäische Verbindungen verfügte. Auch der Senat schickte zwei hochrangige Vertreter, sie gaben den Grüßaugust. Damit war diplomatisch alles in trockenen Tüchern. Was noch fehlte, war ein Platz, an dem die Panzersperre ästhetisch keinen Schaden anrichten würde.

Professor Ehrenreich tauchte auf. Er wirkte beeindruckt, murmelte von Brutalismus und schlug vor, die Sperre vor ein architektonisches Bauwerk aus der 60er- und 70er-Jahre-Periode des Bauens mit unverputztem Beton zu platzieren. Die früheren Vorzeige-Siedlungen und heutigen Problemviertel Osdorfer Born und Steilshoop würden sich dafür eignen. Plötzlich war da dieses Lächeln in Ehrenreichs Zügen, dieses gefährliche Lächeln.

Drei Stunden später war es immer noch oder schon wieder in Ehrenreichs Gesicht. Doch jetzt standen der Mann und auch der russische Tieflader auf dem Poppenbüttler Marktplatz. Eskortiert von einem halben Dutzend Streifenwagen hatte sich der Tieflader den Weg in den Hamburger Nordosten gebahnt. Weil heute kein Wochenmarkt stattfand, blieb auf dem Gelände ausreichend Platz für den Neuankömmling. Nur die für die Anlieferung der Supermärkte reservierte Fläche war nicht mehr so groß wie vorher. Aber dafür war oft von einem internationalen Hilfsprojekt die Rede, von Unterstützung über alle Grenzen hinweg. Annäherung alter Feinde, Einebnung des Ost-West-Gegensatzes, nichts war zu fadenscheinig und zu abwegig, um nicht in den Mund genommen zu werden. Poppenbüttels Bevölkerung machte sich auf die Beine, Jung und Alt und sehr Alt konnten es gar nicht glauben. Während lokale Prominenz Zeit gebraucht hätte, um an einer Rede zu feilen, stellte sich Ehrenreich hin und redete frei Schnauze. Neben ihm stand ein Lehrer oder Russland-Deutscher, der in zwei Sprachen zu Hause war, und übersetzte Ehrenreichs Worte ins Russische, obwohl die Zahl anwesender Russen kaum mehr als fünf betragen mochte.

Die wichtigen Fragen wurden nach wie vor auf Deutsch gestellt. Sie lauteten: »Was sollen wir mit diesem Koloss? – Wie viel Geld bringt das, wenn man ihn einschmilzt?«

Ehrenreich erinnerte an die Schneekatastrophe in den 70er-Jahren. »Damals hätten wir darum gebetet, so eine starke Schneefräse zu haben. Es hätten damit viele Leben gerettet werden können.«

Ein kurzer Blick hätte gereicht, um zu begreifen, dass diese Sperre weder Räder noch Ketten besaß, nichts, was sie zu eigener Bewegung befähigt hätte. Und damit nichts, was sie einem alltagstauglichen Zweck hätte zuführen können.

Der alte Taktikfuchs Ehrenreich wusste, wann der ideale Zeitpunkt gekommen ist, um sich unsichtbar zu machen: wenn der Gegner beziehungsweise Beschenkte noch zu schockiert ist, um aktiv Gegenwehr leisten zu können. Hätte der Erste gerufen: »Nehmt euer Altmetall bloß wieder mit!«, hätte alles auf der Kippe gestanden.

Daher sagte Ehrenreich zügig: »Lasst es in Ruhe sacken. Wir sehen die Freude in vielen Gesichtern. Wir müssen nach Hause, Unfallschutz, Unfallschutz, ihr wisst schon. Jeder ist sich selbst der Nächste.«

Und ab.

Zurückgekehrt nach Othmarschen, stießen sie auf eine Begehung, an der Politiker des Bezirks und des Landes Hamburg teilnahmen. Zugegen waren auch Polizei und Experten der Bundeswehr, obwohl sich niemandem erschließen wollte, wieso ausgerechnet das Militär intime Kenntnisse vom Einparken im öffentlichen Raum besitzen sollte. Wer über einen Fuhrpark auf firmeneigenen Parkplätzen regiert, der für kriegerische Aktionen gedacht ist, muss im zivilen öffentlichen Raum ganz von vorn anfangen.

Versäumt hatte man in der Aufregung, die Einzelhändler der Einkaufsstraße offiziell einzuladen. Auf eingeschnappte Reaktionen reagierte man wenig glücklich mit den Worten: »Sie wohnen doch hier. Sie sehen ja, was läuft. Da sparen wir lieber das Porto.«

Und zack! Schon war ein neuer Nebenkriegsschauplatz eröffnet. Der Streit drehte sich um Begriffe wie Respekt, Höflichkeit und Bürgernähe, konnte sich also theoretisch über mehrere Jahre hinziehen. Nicht nur, aber auch deshalb beendeten die Einzelhändler fürs Erste die Kommunikation mit den öffentlichen Adressen. Man hatte schlicht und einfach die Nase voll. Rufe wie »Ihr seid so was von unfähig« und »Ihr seid die letzten Freunde, die die AfD noch hat« waren zu hören.

Am selben Abend wurde auf einer sehr kurzfristig einberufenen Versammlung in einem örtlichen Lokal über die Gründung einer Partei diskutiert, die sich als politischer und mittelfristig als parlamentarischer Arm des Einzelhandels verstand. Von Anfang an wollte man die Lage in der gesamten Stadt Hamburg in den Blick nehmen. Bloß nicht als Zwerg anfangen, dann bleibt man auch ein Zwerg.

Im Anschluss an die Sitzung schaute man kollektiv fern.

Im privaten Lokalsender und nicht etwa im dafür eigentlich zuständigen öffentlich-rechtlichen Kosmos standen die eigenen Probleme auf der Tagesordnung. Professor Ehrenreich leitete die Diskussion und unterlief seine dafür notwendige Neutralität mit einer Verve, die selbst Mitbürger, die ihm sonst skeptisch gegenüberstanden, begeisterte.

»Der Bursche hat es drauf. Sollte man gar nicht denken bei diesem dubiosen beruflichen Hintergrund.«

Im Verlauf der Sendung gab Ehrenreich bekannt, dass eine in Armut ersoffene Gemeinde im krisengeschüttelten Nordrhein-Westfalen beschlossen hatte, ihre gesamte Innenstadt als Testgebiet für Schutzvorrichtungen gegen unkontrollierte Einparkversuche zur Verfügung zu stellen. Die Innenstadt war klein, nur zwei Straßen, eine in Nord-Süd-, eine in West-Ost-Richtung. An der Kreuzung standen das Rathaus und gegenüber das Finanzamt. Diese Kulisse war schon mehrfach für Filmkomödien benutzt worden.

Ehrenreich wedelte mit dem Papier, das die Stadt geschickt hatte, und sagte: »Vorbildliche Idee. Eine Idee, die Menschenleben retten wird. Und nebenbei manchen Einzelhändler. Vielleicht aber leider auch das Finanzamt.« Damit brachte er die ganz große Koalition der Lacher hinter sich.

Er fuhr fort: »Wir bedanken uns, wir fühlen uns verstanden und ernst genommen. Damit sind zwei betroffene Städte viel weiter und sehr viel schlauer als unsere Universalgenies aus der Politik.«

Einspieler zeigten die kläglichen Versuche, Sperren gegen Chaosparker zu errichten. So grimmig und höhnisch war selten im Fernsehen gelacht worden.

Der einzige Vertreter aus Poppenbüttel – ein seit Jahrzehnten dort ansässiger Geschäftsmann – wollte sich als Anwalt für die große Koalition der Stadtteile und ihrer

Bewohner inszenieren. Ständig versuchte er, den Kontakt der beiden Quartiere niedriger zu hängen, woraufhin Ehrenreich in seiner Doppelnatur als Moderator und cleverster Othmarscher jedes Mal die gelockerte Schraube unverzüglich wieder festzog.

Er tat das auch, um Poppenbüttel zu helfen. Aber das hatte er dem Geschäftsmann nicht verraten. Und niemand kam auf den Gedanken, dass Ehrenreich das große Ganze im Blick hatte. Das Studiopublikum genoss das Duell. Man wollte gerne weitere Unfälle erleben, gerne auch einmal live. Aber im Anschluss folgte sofort die Versicherung, dass natürlich niemand Verletzungen ersehnte. Ein Pflichtsatz als moralischer Maskenzwang.

In der Runde saß eine alte Frau, sehr faltig, sehr zart und sehr zäh. Obwohl Mutter von sechs Kindern, hatte sie promoviert, an der Universität gelehrt, mit Mitte 50 eine Ausbildung zur Bademeisterin absolviert und den Beruf 25 Jahre ausgeübt. Sie brachte natürliche Autorität mit, ihre Altersgruppe konnte sich keine bessere Anwältin wünschen. Immer wieder betonte sie, dass jeder Unfall, den ein alter Mensch verursacht, einerseits traurig sei, aber andererseits ein Zeichen der Hoffnung setzt. »Nur wer sich bewegt, kann einen Unfall bauen. Nur wer auffährt, war vorher in Bewegung. Es ist Sache des Staates, uns die Unfälle so schwer wie möglich zu machen. Seit 20 Jahren hat der Staat das nicht geschafft, auch heute hat er wieder eine Lachnummer abgeliefert. Wer ist unfähiger: etwas kauzige und liebenswerte alte Menschen oder eine Monsterorganisation mit mehreren Millionen Beschäftigten, mit Polizei und massenhaft Ordnungsdiensten und Vorschriften und einer Billion Euro auf dem Konto?«

Der Beifall dauerte lange, eine junge Frau stand auf und umarmte die Rednerin. »Möchten Sie meine Oma sein?«, fragte sie schluchzend am Hals der Bademeisterin.

Die rief: »Um Gottes willen, nein! Wer sich danach sehnt, Oma zu sein, gibt seine Zähne an der Garderobe ab.«

Dafür gab es weniger Beifall.

Ehrenreich wurde ein Zettel in die Hand gedrückt. Diejenigen an den Fernsehgeräten, die ihn kannten, wunderten sich, wie versiert der Mann mit Unterbrechungen umging.

Ehrenreich las lange, dann blickte er in die Kamera, auch lange. Er wirkte ernst, in ihm wurde heftig nachgedacht. Danach sagte er: »Her mit der Anruferin.«

Offenbar wurde der Anruf ins Studio gelegt.

Eine Frauenstimme sagte: »Ehrenreich, Preuße und Seitenspringer, wie ist es dir ergangen in den letzten Jahrhunderten?«

»Red' keinen Quatsch, Hedi. Komm zum Thema.«

»Mein Name ist Hedi, Hedi Walser. Hedi ist keine Abkürzung und keine Koseform, was ja noch schrecklicher wäre. So steht es in den Sternen und im Taufregister, falls das Taufregister heißt. Ich lebe jetzt seit vier Jahren in Poppenbüttel. Poppenbüttel ist der schönste Stadtteil von Hamburg. Dahinter kommen einige Kopf an Kopf, deiner ist auch darunter.«

»Wir haben die schöneren Häuser.«

»Die habt ihr. Ihr habt auch die größeren Geldsäcke und die smarteren Wirtschaftsverbrecher und Taschendiebe. Wir hier sind mehr Mittelklasse. Deshalb stammen unsere Falten auch vom Leben und nicht von langer Magersucht und peinlichen Versuchen, Männern zu gefallen, die jede Frau ab Falte drei auf den Mond schießen.«

»Hedi, du lavierst.«

»Wir fordern euch heraus.«

»Zur Schönheitsoperation?«

»Wir fordern euch zum Rennen auf. In der Kieskuhle, die du kennst. Zehn Runden, zur Not zwölf. Wir sind da offen. Spätestens in 14 Tagen. Der Sieger hat die besseren Senioren, und der Verlierer hält ein für alle Mal die Schnauze. Darf man bei euch Schnauze sagen?«

»Das darfst du heutzutage sogar im *Bayerischen Fernsehen* sagen.«

»Ist wahr? Ist ja ein Ding. Diese Bayern. Weißt du noch, wie wir beide damals in Ludwigs Bett …?«

»Hedi, die Sendung moderiert sich nicht von alleine.«

»Bin schon ruhig. Rennen in der Kieskuhle. Du kennst sie. Zehn Runden oder zwölf. In zwei Wochen. Es darf nur einen Sieger geben. Bin schon still bin schon still bin schon …«

Ihre Stimme war zuletzt immer leiser geworden. Ehrenreich war erschüttert. Er blickte sich um und sagte: »Eigentlich können wir an dieser Stelle aufhören. Ein besseres Finale wäre selbst mir nicht eingefallen. In zwei Wochen sehen wir uns wieder: Othmarschen gegen Poppenbüttel. Eine Bemerkung an das junge Partyvolk: Euch wollen wir da nicht sehen. Diese Sache geht nur uns Alte an. Das Catering übernehmen meine Leute, wir wollen uns ja nicht vergiften.«

25

Othmarschen ist liberales Stammland, lange gewesen, mit Ausnahme der wenigen Jahre, als ein anderes gesellschaftliches Geschäftsmodell viele intellektuelle und charakterliche Hürden niedergerissen hatte. Darüber sprach man nicht mehr. Jetzt war man wieder liberales Stammland, hier kommen liberale politische Parteien auf sagenhafte Wahlergebnisse, bei deren Nennung man zuerst an eine erfolgreiche Aktion von Comedians denkt. Aber es ist die Wahrheit.

Die Liberalität dringt durch alle Ritzen, die Kinder werden so erzogen, Hunde leben hier angenehmer als anderswo, Flüchtlinge sind Menschen, denen geholfen werden sollte, wenn auch nicht gerade auf dem Nachbargrundstück. Aber wenn es hart auf hart kommt, ist man bereit, sich zu engagieren, am liebsten mithilfe von Überweisungen und Spenden. Wenn Geld wandert, weiß man: Hier ist Liberalität am Werk, die sich das leisten will. Nie wird das an die große Glocke gehängt. Wer sich in den Verhältnissen auskennt, wer hier lebt oder wer hier private Verbindungen hat, die bis ins Familiäre reichen, weiß, wie der liberale Hase läuft: wenn nötig sehr fix und am liebsten geräuschlos.

Auch die Spitzenstellung in der nationalen Liberalitäts-Tabelle hat Grenzen. Mancher ist so jung, dass er solche Momente noch nie erlebt hat. Jetzt begannen Stunden und Tage, in denen dunkle Wolken über den großen Grundstücken hingen. Jetzt fanden bizarre Momente statt, in denen sich die Kommunikation in verschiedenen Familien und

Immobilien teilweise bis auf die Formulierungen nicht nur ähnelten, sondern glichen. Denn in diesen Stunden und Tagen war Reden angesagt. Reden mit einer speziellen Färbung: Mahnungen, Spötteleien, Verbote und als Gipfel der Zuspitzung die Drohung, das eines Tages auf die jüngere Generation zukommende Erbe in Form von Geld und Sachwerten nicht anzunehmen. Das hörte sich dann beispielsweise so an: »Ihr könnt euch euer vieles Geld in die Haare schmieren«, dicht gefolgt von »an den Hut stecken« und: »Ja, seid ihr denn alle gleichzeitig dement geworden?«

Das ist nicht die feine Art, aber die Umstände, sie waren auch nicht fein. Denn in mehr als vier Dutzend Familien waren die alten Eltern vor ihre Kinder getreten und hatten gesagt: »Ihr müsst mich trainieren.« In wenigen Fällen auch: »Ihr werdet mich trainieren. Heute Nachmittag passt gut. Alles klar?«

Jeder Bewohner, der in den letzten 48 Stunden bei Bewusstsein gewesen war, wusste Bescheid. Der Hamburger Stadtteil Poppenbüttel hatte den Stadtteil Othmarschen zu einem Rennen herausgefordert: mehrere Runden quer durch eine Kieskuhle, von deren Existenz kein Othmarscher jemals gehört hat. Ein Rennen mit Automobilen, Beschränkungen von Ausmaßen oder Motorstärke gab es angeblich nicht. So wurde das Unglaubliche durch das Unfassbare ins Monströse gesteigert.

Schockierte Kinder, im Alter zwischen 40 und Mitte 50, mussten sich mit dem Gedanken anfreunden, dass ihre geliebten Eltern im Alter zwischen Anfang 60 bis weit über 80 in einen Krieg ziehen würden, der ohne den geringsten Zweifel einen hohen Blutzoll forderte, der sich in Hektolitern messen lassen würde. Mit Todesfällen durfte fest gerechnet werden.

Wer bis dahin noch nichts von den schwelenden Unruhen rund um diese sich über viele Jahre erstreckende Unfallserie in der örtlichen Einkaufsstraße im Hamburger Westen gehört hatte, wusste spätestens jetzt Bescheid, denn die eigenen alten Eltern erwiesen sich als intime Kenner dieser Unfälle, über die sie berichteten, ohne dass die Zuhörer bei ihnen Widerwillen, Schrecken und Angst festzustellen vermochten. Stattdessen lernten sie bei der alten Generation etwas kennen, was sie bis zur letzten Woche für absolut ausgeschlossen gehalten hatten: die Lust an Gewaltorgien und Zerstörungen, die weit über simple Sachbeschädigung hinausgingen und von keiner Hausrats- oder Haftpflichtversicherung der Erde beglichen werden würde.

Empfindsameren Kindern war allein schon der Gedanke unerträglich, dass ihre alten Eltern als Zuschauer an diesem Spektakel mit dem Potenzial für ein Gemetzel teilnehmen könnten. Aber kein Senior wollte zuschauen: Er wollte höchstpersönlich in die Autos steigen, wollte zwar bereitwillig den Gurt anlegen, aber einen Helm nur nach Kampf, und dann wollte er den Gang einlegen und dasjenige Pedal in den Fahrzeugboden drücken, das er für die Tempo liefernde Ursache im Wagen hielt. Und dann … und dann … und dann konnten empfindsamere Kinder nur noch an die Beisetzung des geliebten Vaters denken. Beziehungsweise der Mutter. Denn zu dem Reigen der Schrecklichkeiten gehörte die bittere Erkenntnis, dass in den betroffenen Familien auch jede zweite Mutter ihre Teilnahme verkündet hatte. Die Teilnahme an einem Rennen ohne Regeln, ohne rechts vor links, ohne Verkehrsampeln. Angeblich würde an der Rennstrecke für medizinische Versorgung gesorgt sein. Aber den empfindsameren Kindern war es einerlei, ob ihre geliebten Eltern von einem Promiarzt mit drei Doktortiteln oder von einem Bauernburschen aus dem zu Schrott verunfallten Fahrzeug gezogen werden würden. Tot würden sie beim Profi genauso sein wie beim Laien.

Eine Familie reagierte zeitnah. Alle Nachbarn hielten ihr Verhalten spontan für übertrieben, aber mit jedem Tag, der alle dem Rennen näherbrachte, stieg der Respekt vor der vorausschauenden Denk- und Handlungsweise dieser Sippe: Sie ließen ihre renitente Mutter spurlos verschwinden. Drei Tage hatte man sich an der störrischen Seniorin abgearbeitet, in Schichten hatte man sie ins Gebet genommen, erst hatte man gedroht, danach gebeten, zuletzt geweint. Vielleicht hätte man damit anfangen sollen, denn Tränen waren das einzige Argument, das die Todeskandidatin erreichte. Jedenfalls schien es den heulenden Erpressern so. Man legte sofort nach, hielt der Seniorin das jüngst geborene Enkelkind unter die Nase, drückte es ihr zuletzt sogar in die dünnen Arme, was man bisher vermieden hatte. Aber wer einen 400 PS-SUV über einen höllischen Rundkurs jagen konnte, würde wohl in der Lage sein, einen zarten Vier-Kilo-Braten zu halten, ohne ihn fallenzulassen.

Einige Minuten glaubte man, dass die Richtung nun endlich stimmen würde. Erwartungsvoll blickte man die alte Mutter an, man war bereit zu verzeihen und zu vergessen. Aber um den Termin beim Doktor würde sie nicht herumkommen, denn so ein Verhalten konnte ja nur Ursachen haben, die sich oberhalb des Halses abspielten.

So saß die alte Frau da, trug ihre albernen Sportschuhe, die angeblich jeder Rennfahrer heutzutage trägt, sie reichte das Baby zurück an den Absender, musterte dessen Eltern und dann sagte sie: »Ich habe mich schon oft für euch geschämt. Aber das heute, das ist der Gipfel. Ich ziehe ins Hotel, einige

Sportkameraden sind schon da. Im Hotel haben wir unsere Ruhe und werden rund um die Uhr betreut. Was praktisch heißt: in Ruhe gelassen und nicht genervt. Nach dem Rennen komme ich zurück.« 21, 22. »Aber vielleicht denke ich auch noch einmal über das Zurückkommen nach.«

In allen anderen Familien herrschte tagelang Alarm. Je nach Mentalität und Temperament ging es leise und eindringlich oder laut und türenknallend zu. Einige Türen waren seit Jahrzehnten nicht mehr so oft in so kurzen Abständen zugeschlagen worden. Auch Porzellan ging zu Bruch, aber Menge in Kilogramm und Wert in Euro hielten sich in Grenzen, denn in den ersten Tagen glaubten die entsetzten Kinder ja noch an eine Einigung. Dass sie nicht gütlich ausfallen würde, wurde mit jeder Stunde wahrscheinlicher. Mit Forderungen aus alten Mündern musste gerechnet werden, die empfindsamen Kinder waren bereit, in die Taschen zu greifen, zur Not auch tief. Wenn nur der Tod vor den Toren des Hauses bleiben würde.

Aber selbst Bewohner, die als hoch kultiviert nicht nur galten, sondern es auch tatsächlich waren, entdeckten mit zunehmender Dauer erfolgloser Verhandlungen an sich Züge, die sie nie erlebt hatten. Nun hassten sie ihre Eltern nicht nur wegen deren traditioneller Sturköpfigkeit, sondern auch, weil sie ihre Kinder in einen Prozess der Selbsterkenntnis trieben, auf den die Kinder gerne verzichtet hätten.

Aber mit Höflichkeit kam man nicht weiter – und gerade diejenigen Sippen, denen selbst ein maximales Stresslevel nicht den notorisch höflichen Ton abgewöhnen konnte, litten am meisten, denn sie mussten unterdrücken, was alle anderen körperlich ausagieren konnten. Es kam zu verein-

zelten Fällen von Herzrhythmusstörungen und Alkohol-
kater, aber auch zu Handlungsweisen, die in diesen Räumen noch nicht vorgekommen waren. »Vater, möchtest
du wirklich, dass ich vor dir sterbe? Siehst du, dann soll-
test du nicht weiter darauf hinarbeiten, dass dein Sohn an
gebrochenem Herzen stirbt.« Dem Mann, stadtbekannt als
CEO einer globalen Wirtschaftsadresse, war bewusst, dass
er Wohnort und am besten auch die Nationalität wechseln
würde, sollte sich der Verlauf dieser demütigenden Minuten unter vier Augen irgendwann herumsprechen. Bei den
außerehelichen Zwillingen war das nicht passiert, aber einmal ist immer das erste Mal.

Schnell verbanden sich die geplagten Kinder mit den Nachbarn, Bekannten und Freunden, die in vergleichbaren Kri-
sen steckten. Denn die greisen Eltern dachten ja gar nicht
daran, die Zahl ihrer Mitstreiter geheim zu halten. Stattdessen warfen sie mit Namen um sich, die sie als angebliche
Freunde und Teufelsfahrer bezeichneten und von denen
ihre Kinder bei dieser Gelegenheit zum ersten Mal hörten.
Kaum weniger schlimm war die Erkenntnis, dass diverse
betagte Menschen aus dem Quartier, die man bisher als lahm
und wenig bewegungsfreudig kennengelernt hatte, plötzlich
viermal am Tag fünf Minuten härteste Gymnastik betrie-
ben und von sportlichen Höchstleistungen berichteten, die
möglicherweise sogar stattgefunden hatten.

Pausenlos fanden sich kleine und größere Gruppen zusammen, um sich über den Stand der Dinge auszutauschen und
neue Bestechungsversuche zu bereden. Bei diesen Gelegenheiten lernte man bisher durchaus geschätzte Nachbarn und
Bekannte von einer Seite kennen, die man wenigstens als

gewöhnungsbedürftig empfand, in manchen Fällen auch als ernüchternd und in Einzelfällen als abstoßend. Es war unfassbar, zu welchen Maßnahmen sich manche Menschen gegenüber ihren eigenen Eltern hinreißen ließen. Allerdings war unverkennbar, dass die Erpresser einen guten Grund für ihr Verhalten hatten: Sie liebten ihre Eltern, wollten sie noch einige Zeit behalten und ihr Leben nicht für einen Wettkampf aufs Spiel setzen, der unweigerlich in einer Katastrophe enden musste – wenn nicht in der ersten Runde, dann in der zweiten. Oder in der letzten. Oder bei der Heimfahrt nach dem Rennen. Dieses Rennen erzeugte beunruhigende Bilder in vielen Köpfen. Kaum jemand kannte sich als Stadtmensch in Kieskuhlen aus. Man kannte den Namen, man wusste, dass Kies das Gold der Bauwirtschaft ist und einen Pfeiler des wirtschaftlichen Aufschwungs darstellt. Mehr wusste man nicht, mehr muss man auch nicht wissen. Entscheidend ist, was am Ende auf dem Konto landet. Und wenn man das bisher scherzhaft »Kies« genannt hatte, dann handelte es sich um eine flapsige Bezeichnung und bewies, dass man Humor besaß. Aber nun drohte das Wort Kies, den Todestag der eigenen Eltern für alle Zeiten in Erinnerung zu rufen. Und was hatten überhaupt diese Unfälle in der Einkaufsstraße damit zu tun?

Auch nach mehreren Tagen hatten viele Kinder das Verhalten ihrer Alten noch nicht wirklich begriffen. Stattdessen fragten sie sich, womit sie den Alten eine Freude bereiten konnten. Geld war eine Möglichkeit, aber niemand litt unter Mangel an Geld. Und wie wäre es mit noch mehr Geld? Alte Leute haben eine Angewohnheit, die sie als junge Leute nur selten an den Tag gelegt haben: Sie pfeifen auf Geld. Manchmal hatte man das in der Vergangenheit ganz charmant gefunden, jetzt empfand man es als subversive Marotte.

Süßigkeiten dagegen gehen bei alten Leuten immer. Zeitnah explodierte in den nächsten Tagen im Stadtteil der Umsatz von Marzipan, Pralinen und jeder Schokolade ohne Nüsse, Mandeln und anderen Gebisskrümmern.

Dabei war es den Käufern wichtig, die Pralinenschachteln nicht als alltägliches Präsent anzubieten. Das waren die Alten gewöhnt, das fiel unter Grundnahrungsmittel. Es musste was hermachen. In jüngeren Jahren und bei unkonventionellerer Lebensführung hätte man eine junge Schönheit aus einer mannsgroßen Torte springen lassen können. Respektive einen Adonis. Wenn die Zeiten hart sind, kann man sich nicht lange an geschmäcklerischen Fragen festbeißen. Festbeißen war sowieso der falsche Ausdruck.

Verdutzte Pralinenverschenker erkannten schnell die Schwachstelle ihres süßen Plans: Die unverhofft so reichlich Beschenkten waren in der Lage, unglaubliche Mengen zu verdrücken, ohne darauf mit Beschwerden im Magen-Darm-Trakt zu reagieren. Im Eifer des Gefechts hatte man leider Gottes Phänomene wie Diabetes zu wenig bedacht. In manchen alten Kreisläufen kam es zu Volksfesten, die der herbeigerufene Notarzt zwar meistens schnell in den Griff bekam. Allerdings erst, nachdem er durch ein kurzes, aber unbarmherziges Kreuzverhör die Ursache der herumliegenden leeren Pralinenschachteln in Erfahrung gebracht hatte.

Der Humor von Medizinern ist bekannt, wenn auch nicht beliebt. »Warum geben Sie ihm kein Gift, das schont die Zähne und kürzt seine Qual ab.« Diese Worte aus dem Mund eines Pastors oder Tanzlehrers oder gar Politikers – und sie hätten sich einen neuen Arbeitsplatz suchen können. Aber nicht bei Medizinern, dabei kamen sie gleich um die Ecke ja in rauen Mengen vor.

Die peinlich berührten Kinder gestanden in der Regel, bis auf die, die sich unheilvoll verrannten und am Ende froh waren, dass am selben Tag nicht noch die Polizei vor der Tür stand. Aber es gab auch Ärzte, die Verständnis zeigten und von »Übereifer« sprachen, was den fahrlässigen Tötungsversuch auf das Niveau eines Furzes vor Ohrenzeugen abmilderte. Unter diesen Ärzten wiederum gab es eine Minderheit, die es plötzlich nicht mehr eilig hatte, zum nächsten Notfall zu gelangen. Stattdessen gaben sie zu, von dem Autorennen gehört zu haben. Sie hatten von den Sorgen der Kinder gehört und bestätigten, dass die Zahl der panischen Kinder im Stadtteil dreistellig war. Hier war also dringend eine Maßnahme nötig, die auf einen Schlag eine dreistellige Zahl von Kreisläufen wieder aufs Gleis bringen würde – ganz zu schweigen von zahlreichen alten Menschen, die ihre Fähigkeiten als Rennfahrer überschätzten.

Verabredungen wurden getroffen, Begegnungen fanden statt, Zeugen waren nicht anwesend. In diesen informellen Runden sprachen Mediziner und Bewohner über Menschen und Patienten mit besonderer Betonung alter Menschen und was zu Recht besorgte Angehörige tun könnten, um zu verhindern, dass sich ihre Lieben fahrlässig in Gefahr für Leib und Leben bringen. Und dadurch das Leben einer unter Umständen furchtbar großen Zahl von anwesenden Fremden gefährden. Von der Beule an der Stirn bis zum Herzstillstand ist es nur ein Schritt, das weiß niemand besser als ein Arzt, egal welchen Humor er besitzt.

Dieses Gespräch geschah unverbindlich und quasi im Plauderton. Der Konjunktiv lag in diesen Minuten wie eine Wolke über der Runde. Die eine Seite betonte wohl 20-mal, wie sehr man seine Eltern schätzte und liebe, gerade auch wegen ihrer zeitweiligen Dickfelligkeit. Die andere Seite sprach über Fürsorge und über Medikamente, die sich dafür eignen, in diesem Fall nicht die sturen Alten zu behandeln, sondern im Gegenteil die besorgten Jungen. Was würde ihnen am meisten helfen? Dass ihre Eltern sich nicht in Gefahr bringen. Wodurch würden die in Gefahr schweben? Durch Teilnahme an einem wahnsinnigen Autorennen. Wann würden sie nicht teilnehmen? Wenn sich unerwartet eine Zunahme von Vernünftigkeit bei ihnen einstellen würde. Und die zweite Möglichkeit? Wenn sie kurzfristig verhindert wären, in diese verdammte Kieskuhle zu fahren. Und wenn sie dermaßen groggy wären, dass sie nicht in der Lage wären, überhaupt am Rennen teilzunehmen.

Würden sich die besorgten Kinder darüber freuen? Oh ja, das würden sie. Würden sie darauf verzichten, Fragen zu stellen? Oder Antworten zu geben, falls jemand Fragen stellen würde, der eventuell Uniform trug oder einen Dienstausweis vorzeigen würde? Oh ja, Schwurhand in die Höhe. Und würde man sich im Nachgang der verhinderten Teilnahme, die viele Leben gerettet hatte, zu einer Spende für einen wohltätigen Zweck bereit erklären? Und wäre es für sie in Ordnung, wenn diese Spende auf das Konto gehen würde, das ihnen vorher noch mitgeteilt werden würde?

Das Leben kann so schön sein.

Eine Tatsache gab es, sie wurde in der allgemeinen Aufregung nicht an die große Glocke gehängt, aber die Beteiligten waren zu klug und lebenserfahren, um den weiteren Verlauf nicht vorauszusehen: Jemand würde der Erste sein! Ein Mann oder eine Frau würde sich dazu hinreißen lassen, Mutter oder Vater Tipps für das Rennen zu geben.

Praktische Tipps. Im schlimmsten Fall würde das eine Person sein, die bisher nie durch respektable Fahrweise aufgefallen war, sondern durch ihr exaktes Gegenteil: defensiv, ruckartig und nie weniger als fünf abgewürgte Motoren pro Ausfahrt. Nur wer selbst ein Angsthase war, konnte auf den Gedanken kommen, seinen Eltern praktische Überlebenstipps geben zu müssen

Und tatsächlich: Diese Frau gab es, sie hatte Angst vor Autobahnen und vor Überholvorgängen, sie fuhr im Sommer immer an die Nordsee und nie an die Ostsee, weil sie einen Schleichweg nach Büsum kannte. Am liebsten hätte sie sich mit ihrer Mutter nachts getroffen. Aber da sie nachts besonders schlecht fuhr, musste die erste Lektion wohl oder übel bei Tageslicht stattfinden. Als die Mutter vor ihr stand, schloss der Angsthase mit dem Leben ab: dem der Mutter und aller Menschen, die ihre Mutter mit sich in den Tod und im besten Fall nur ins Krankenhausbett reißen würde. Bis letzte Woche war ihre Mutter ein Vorbild an gleichzeitig zurückhaltender und stilsicherer Bekleidung gewesen, wenn auch farblich ein wenig zu gewagt, wie ihre Tochter seit Jahrzehnten meinte. Denn da sie Angst vor dem Autofahren hatte, machte die Angst vor mutiger Mode den Kohl auch nicht mehr fett.

Die Mutter trug Leder. Aber nicht etwa Motorradfahrer-Leder, an dessen proletarischen Wurzeln kein Zweifel bestehen konnte. Sie trug einen Lederanzug in einem raffinierten Braunton, der ins Kupferfarbige und Orange hineinragte. Das Leder war dünn, und die Hosenbeine hörten knapp über den Stiefeln mit dem schmalen Schaft auf. Diese Frau war nicht ihre Mutter, sie war ein Kuckucksei. Nicht die Tochter war in die Familie eingeschmuggelt worden, jemand musste auf dem Lebensweg die leibliche Mutter gegen einen Ersatz ausgetauscht haben. Der Angsthase verspürte Neid und Sehnsucht nach einer Modeberatung, aber sie unterdrückte das Gefühl. Hätte sie etwas nur halb so gut beherrscht wie das Unterdrücken kluger Signale ihres Bewusstseins, wäre es ihr im Leben besser ergangen.

»Kann losgehen«, sagte die Mutter lässig. Wenn eine Filmfigur so spricht, weiß man als Zuschauer, dass sie im nächsten Moment ein Kaugummi oder sonst etwas ausspucken wird.

Man stand vor dem Golf der Tochter, er war höher gelegt und wirkte dadurch traurig und betrübt.

»Wie wär's hiermit?«, konterte die Mutter und wies auf ein Fahrzeug, für das der Tochter der Namen fehlte. Aber es war ein Sportcoupé (Sportcoupé), es war gelb (gelb). Und nichts war hier höher gelegt, im Gegenteil. Die Tochter konnte das Heck nicht erkennen, aber sie konnte sich den Auspuff genau vorstellen. Besser, die beiden Auspuffrohre. Und auch das Geräusch nach dem Umlegen des Schlüssels. Dieser Wagen war obszön.

»Geliehen«, sagte die Mutter. »Antoni sagt, in dem lernt man besser.«

Nie hatte sie das Wort »Antoni« aus dem Mund ihrer Mutter gehört.

Bibbernd sagte sie: »Du willst doch nicht etwa mit diesem … diesem …«

»Keine Angst«, erwiderte die Mutter lachend. »Mit so einer schwachen Schlempe brauche ich gar nicht erst beim Rennen antreten. Ich nehme euren SUV. Hat genug Kraft, und bevor mich in dem einer überholt, ist das Rennen schon zu Ende.«

Schlagartig wusste die Tochter nicht mehr, was sie dieser Frau beibringen sollte. Vielleicht wusste es die Frau auch nicht. Vielleicht genügten sie beide nur einer familiären Pflicht. In der Familie tut man oft Dinge, die man nicht mag, die man aber nicht überspringen kann.

Niemand kannte sich mit Nebenstrecken besser aus als die Tochter der Lederfrau. So einen Geruch hatte dieser Innenraum nie erlebt. Raus aus der Stadt, zweimal abgebogen, die Lederfrau blickte sich um und sagte: »Wo soll man hier denn auf Tempo kommen?«

»Hier soll man gar nicht auf Tempo kommen. Dies ist keine Rennstrecke.«

»Und was soll ich dann hier? Langsam fahren kann ich, das kann jeder. Manche kann nichts anderes.«

Das war eine Anspielung! Daran konnte kein Zweifel bestehen. Aber sie durften jetzt nicht streiten, sie durften jetzt auf keinen Fall …

Die Lederfrau stand vor der geöffneten Fahrertür, die Plätze wurden gewechselt, die Räder drehten durch, die Fahrerin sagte: »Na immerhin. Er kann schon etwas von allein.«

Das war der Beginn der schrecklichsten Viertelstunde, die der Angsthase jemals erlebt hatte. Gut, dass die Viertelstunde nur acht Minuten dauerte. Aber in denen lernte sie ihre Mutter von einer Seite kennen, die sie … ja was? Entsetzte? Abstieß? Oder doch am alleräußersten Rand bewunderte?

Alles, was der Golf tat, hatte er noch nie getan. Aber er machte bereitwillig mit. Wäre er vielsprachig gewesen und nicht nur mit einem lahmen Signalton ausgestattet, hätte sich sein Geräusch möglicherweise wie ein Freudenschrei angehört, wenigstens wie ein genüssliches Seufzen.

Nach den acht Minuten begann die nächste Lernstunde, diesmal saß die Tochter am Steuer. Wenn sie kurz davor war, ihre Unfähigkeit zu gestehen, sagte die Lederfrau: »Soll ich's kurz praktisch vorführen?« Und schon ging es wieder.

Sie fuhren alle Nebenstrecken ab, zuletzt waren sie auf ungepflastertem Untergrund unterwegs. Das kam in Sichtweite eines Trainings, aber auch nur, wenn man die Kurven entsprechend anfährt und das Wort »beschleunigen« in einer für höher liegende Golfs untypischen Weise lebt. An diesem Nachmittag lernte der Angsthase nicht nur die Mutter besser kennen, sondern auch den Wagen. Das machte sie nachdenklich. Was, wenn sie auch ihren Mann bisher nie richtig kennengelernt hatte? Zwar konnte man ihn bei nachsichtigster Betrachtung nicht als »höher gelegt« bezeichnen, aber auch er hatte ein Recht auf Leben. Ein Recht, endlich erkannt zu werden. So fanden im Verlauf des Tages in dieser Familie mehr Erkenntnisprozesse statt als in 20 Jahren zuvor. Um die Sache mit dem Training kümmerte sich später Antoni.

Man ging sich auf die Nerven, man warf sich Drohungen an den Kopf, man fiel sich um den Hals, Türen wurden geworfen, Versöhnungsschlucke gekippt. Spaziergänge wurden unternommen, Gespräche fanden statt. Und – ja doch – zwei Generationen fanden sich in einem einzigen Auto wieder. Man lernte voneinander, und die guten Autofahrer hatten ihren wissbegierigen Eltern etwas beizubringen. Die beiden Senioren, denen das nötige Talent nicht geschenkt worden war, akzeptierten, dass das so war und zogen sich aus dem Kreis der Piloten und Pilotinnen zurück – um danach als Catering-Talent und als Senior mit exzellenten Beziehungen zu den Medien nicht weniger nützlich zu sein.

Am Steuer galt künftig Helmpflicht, Masken und Maskottchen am Innenspiegel waren untersagt. Und mancher

Senior erkannte zähneknirschend, wie viele Fähigkeiten des Familien-SUV sein Junge ihm bisher vorenthalten hatte. Der Junge war über 50. In der Kieskuhle im Norden der Stadt drifteten die beiden dann bis zum Abend, und der Senior spürte, wie er immer besser wurde. Glücklicherweise spürte das auch sein Sohn, dessen Besorgnis am Ende des Trainings nur noch knapp über normal lag. Viel Geld kostete sie die Miete für drei Stunden Kieskuhlen-Monopol. Die Dorfjugend begriff schnell, dass alte Fahrer ein sehr viel lohnenderes Investment darstellen als Führerschein-neulinge mit dem Mund voller Sprüche und der Brieftasche ohne Geldscheine.

Nicht ganz ohne Investment verliefen auch die Bestrebungen, Informationen über die Vorbereitungen der Gegner zu erhalten. Als nützliche Kanäle erwiesen sich Sportvereine, Kontakte von Gymnasien und Tipps von zwei Händlern aus der Einkaufsstraße, die nicht nur Gott und die Welt kannten, sondern in den Interessenvertretungen des Einzelhandels aktiv waren und dadurch auch mit dem Nordosten der großen Stadt vertraut.

Die Meldungen waren sich auf allen Kanälen einig: Poppenbüttel war gut dabei, aber im Unterschied zu den Westlern, wie man sie hier gern nannte, fand das Training sehr viel häufiger auf Fahrrädern statt. Der Ausstattungsgrad mit elektrischen Zweirädern war erstaunlich hoch, was sich im Bereich des hügligen Alsterlaufs als kräftesparend erwies. Poppenbüttel setzte auf eine andere Taktik als die Westler. Im Osten ging man davon aus, dass die fahrerischen Talente auf vier Rädern nach fünf Jahrzehnten Führerscheinbesitz ausreichten, um jedes Duell zu bestehen. Als Mangel empfand man in vielen Fällen das Leistungsvermögen des eigenen Körpers an Muskeln und Sehnen. Daran wollte man arbeiten, deshalb waren an diesen Tagen für Fußgänger in der Region kaum ungestörte Ausflüge und Spaziergänge möglich. In Gruppen von nicht weniger als vier und oft mehr als einem Dutzend Teilnehmern wurden Kilometer zwischen Wiesen, Waldwegen, Anstiegen und Abfahrten gefressen. Mitreisende Angehörige des medizinischen und pflegerischen Sektors nahmen zwischendurch die Werte. Wenn sie auf Befunde stießen, die nach eingehenderer Nachschau verlangten, wurden die Kandidaten sicherheitshalber aus dem Training genommen. Das traf nicht in jedem Fall auf Gegenliebe und in einem Fall auf Gegenwehr. Der prompt folgende Herzkaspar brachte den Widerspenstigen zur Besinnung, kurzfristig jedoch ins Bett. Im Bestreben, sich weiter als nützlich zu erweisen, nahm er die Kameraden in sein Testament auf und verdoppelte die Summe für den Fall des Sieges über die Westler. Das rührte die Kameraden und trieb die Familie des Bettlägerigen auf die Zinnen. Es gelang ihm, sie ruhigzustellen, indem er ihnen vorschwindelte, alles sei nur ein Fake. Danach erreichte er es sogar, seine zahlreichen Liebsten als Agenten in den Westen zu schicken, wo sie die Stimmung checken und ein Meinungsbild malen sollten. Dort benahmen sie sich dann so auffällig, dass ihre Enttarnung eine Sache weniger Minuten war. »Wir hätten doch die Aufkleber abkratzen sollen.« Aber nun war es zu spät. Als dann noch die Tochter des bettlägerigen Poppenbüttlers beim Anblick eines westlichen Charmeurs in Wallung geriet, bahnten sich Verbindungen an, die Sinn und Zweck des Autorennens ad absurdum zu führen drohten. Ein zweites Team wurde in den Westen geschickt, es sollte das Umfeld des Charmeurs abchecken und nach Unregelmäßigkeiten suchen. Egal ob moralisch, finanziell

oder sonst wie – Hauptsache, die sich anbahnende Beziehung wurde schon im Vorfeld sabotiert.

So war jeder auf seine Weise beschäftigt, und auf eine im
Einzelfall bizarre Weise rückten die Stadtteile in diesen zwei
Wochen dichter aneinander heran. Das war keinem bewusst.
Und wenn doch, hätte man es bestritten, lebhaft bestritten.

26

Die Statistik lag vor. Sicherheitshalber absolvierte sie zwei Verifizierungsdurchläufe, denn man wollte Peinlichkeiten vermeiden. Übersehene Todesfälle beispielsweise kommen nicht gut an.

Professor Ehrenreich hatte eng mit dem Einzelhandel zusammengearbeitet. Das war eine schlaue Entscheidung gewesen, nirgendwo sonst waren die wichtigen Informationen mit so großer Sicherheit abrufbar. Ein Griff ins Regal oder in die Schublade lieferte das gewünschte Ergebnis. Unerwartet war, dass über die Hälfte der betroffenen Einzelhändler keine Eselsbrücke brauchten. »Den Namen werde ich nie vergessen, Sie können mich mitten in der Nacht wecken und ich singe Ihnen Adresse und Geburtsdatum und alles andere vor. Leider sehe ich dann auch das Gesicht vor mir. Dass man so unschuldig lächeln kann, nachdem man mir vor zwei Minuten einen Schaden von 25.000 Euro zugefügt hat.«

Ehrenreich entgegnete: »Zur Strafe mussten die Kandidaten bestimmt Stammkunde bei Ihnen werden.«

Damit hatte er offensichtlich einen Punkt getroffen, nach dem Gesicht von Händler oder Händlerin zu urteilen, handelte es sich um einen wunden Punkt. Er hakte nicht nach und nahm sich vor, die erwünschte Information über Bande in Erfahrung zu bringen. Darin war er gut, in der Hochschule war er am Ende in der Lage gewesen, über drei Banden zu spielen. Dabei hatte er Sachen herausgefunden, die er bis heute zu vergessen versuchte.

Fast 30 Unfälle in der Einkaufsstraße zwischen 2013 und Gegenwart. Zu Anfang passierte es selten, am Ende waren die Abstände kürzer geworden. Es wirkte, als habe jemand erst üben müssen, bevor er den von Anfang an erstrebten Takt erreicht hatte.

28 Fahrer, eine Dame hatte zweimal zugeschlagen, aber nach dem neuen Crash wollte sie sich angeblich nicht an ihr Debut erinnern. Der empörte Polizist hatte gerufen: »Man kann doch nicht einen Unfall vergessen!«

Darauf die Dame: »Haben Sie noch nie Ihren Hochzeitstag vergessen?«

»Das kann man nicht vergleichen.«

»Das ist wahr. Ich habe nur eine Beule, und die Tür ist etwas schief. Aber ein vergessener Hochzeitstag tötet.«

»Nehmen Sie zur Kenntnis, dass meine Frau quicklebendig ist.«

»Aber die Liebe. Die Liebe stirbt.«

An dieser Stelle hatte der Polizist die Befragung der Unfallfahrerin an eine Kollegin weitergereicht.

Die Unfallfahrer waren zwischen 63 und 89 Jahre, mehr Frauen als Männer. Die Schadensumme der Männer war um 30 Prozent höher. 16 Fahrer stammten aus Othmarschen, die restlichen aus anderen westlichen Vororten. Kein Auswärtiger. Auch kein Poppenbüttler.

Mit zwei Ausnahmen hatte man allein im Wagen gesessen, nie ein Kind. Bei den Unfällen mit Beifahrer hatte sich dieser mehr wehgetan als der Fahrer. Mit einer Ausnahme hatten sich die Airbags entfaltet. Schwere Verletzungen: nein. Langwierige Beschwerden verzeichneten zwei Betroffene, einmal wollte die aus dem Gelenk gesprungene Schulter partout nicht schmerzfrei werden, im anderen Fall hörte und sah der Betroffene auf der linken Seite schlechter. Eine Ursache wurde nie gefunden.

Ausnahmslos kamen Versicherungen für die Schäden auf – so heißt es offiziell. Faktisch verhielt es sich so, dass mehrere Male die Familie des Schadensverursachers einsprang. Warum dies geschah und in welcher Höhe, hat nie ein Einzelhändler verraten – auch nicht nach eingehender Befragung, auch nicht nach stundenlanger Befragung – auch nicht nach Drohung, ihn nachts, dünn bekleidet, auf den Grünflächen im Norden wahlweise im Zentrum der Hochhaussiedlung Osdorfer Born auszusetzen.

Bei den Fahrzeugen handelte es sich ausnahmslos um Pkws. Zweimal Kleinwagen (die genauso hohe Schäden verursachten wie die Kolosse), zweimal Mittelklasse, der große Rest SUV, darunter zwei US-Modelle, die man seitdem nie wieder auf den Straßen des Viertels sah. Die Blechschäden waren jedes Mal beträchtlich, außer verzogenen Achsen und Glasbruch und Kleinigkeiten am Motor, die im Verlauf weniger Tage umfangreicher zu werden pflegten.

Unfallursache war jedes Mal Einparken oder Ausparken mit überhöhter Geschwindigkeit in Tateinheit mit falscher Richtung. Oder wie es ein erfahrener Polizist nannte: »Knapp daneben ist auch mitten durch.«

Von den Unfallfahrern lebten noch 17. Körperlich fit genug, um ein Auto zu führen, waren 14. Bereit, dies im Rahmen des Renn-Duells zu tun, waren ebenfalls 14.

Zwei Familien zogen ihre Eltern aus dem Verkehr, die Geschassten protestierten, beide Seiten verpflichteten Anwälte. Die wollten im Vorfeld vermitteln und wurden

gegen neue Anwälte ausgetauscht. So ging es noch ein wei-
teres Mal. Die ersten Medien bekamen Wind, eine Lösung
musste her. Die Kirchen boten an zu vermitteln. Eine
Lösung musste sehr dringend her.

Alles hatte sich erledigt, als der alte Vater seine Tochter zu
einem Rennen herausforderte. Der Sieger könne entschei-
den, ob der Vater in die Kieskuhle darf. Ehrenreich begann
sofort zu recherchieren. Der Vater war so alt, dass sich der
Großteil seines Lebens vor Erfindung des Internets abge-
spielt hatte. Eine der seltenen Möglichkeiten, den Fängen
des Kraken zu entkommen. Ehrenreich wandte sich an das
SPIEGEL-Archiv, seine Kontakte waren ja seit Kurzem
aktualisiert worden und belastbar.

Mit dem Ergebnis in der Hinterhand bat er die Tochter
zu verzichten.

Die wurde sofort pampig: »Und warum, wenn man fragen darf? Wahrscheinlich aus Liebe oder? Auf Liebe kommt
ihr doch immer als Erstes.«

Ehrenreich hakte nach, bis klar war, dass sie nur bei vor-
herigem körperlichen Totalschaden aufgeben würde.

Das Rennen fand in der Kieskuhle statt, nachdem die Dorfjugend die Dorfkinder verjagt hatte. Es ging über vier Runden. Eine Überrundung fand nicht statt, aber viel fehlte
nicht. Die Tochter weigerte sich, ihrem Vater die Hand zu
geben. Ein versehentlicher Stoß von Ehrenreich beförderte
sie dann endlich in die Arme des Seniors.

Zum Abschied sagte Ehrenreich: »Nicht traurig sein. Ein
Flugzeugduell hätten Sie noch klarer vergeigt. Auf dem
Fahrrad wahrscheinlich auch.«

Erst jetzt stellten sich bei der Frau wohl die Zusammenhänge her. Mit den Worten »Ich hasse dich« machte sie sich unsichtbar.

Der Senior blickte Ehrenreich lächelnd an und sagte: »Deshalb sollte man wenigstens vier Kinder haben. Eines davon gelingt dann meistens.«

»Wie viele sind's geworden?«

»Netto sechs, zwei nett. Ich bin begnadet.«

»Glückwunsch. Auch zu den Silbermedaillen. Und natürlich zum WM-Titel.«

»Hatte ich beinahe vergessen.«

»Sagen Sie so was nie zum Spaß. Nicht in Ihrem Alter.«

Poppenbüttel eröffnete die Kommunikation, das ärgerte die Westler. Von den Waldbewohnern überholt zu werden, war auch außerhalb sportlicher Wettkämpfe eine Zumutung. Zwei Vorläufe, ein Finale. Jeweils ein Vorlauf für jeden Stadtteil, die ersten drei stehen im Finale. Die Poppenbüttler verhehlten nicht, dass ihnen die zur Teilnahme bereiten Kandidaten die Bude einrannten. Was sie nicht öffentlich machten, war eine interne Vorausscheidung, durch die man sich für die Teilnahme am Vorlauf qualifizieren musste. Poppenbüttel hatte keinen Ehrenreich, aber Bodenständigkeit ist kein Hindernis, wenn du mit List und Tücke vorgehen willst. Eher im Gegenteil. Man trieb die Bestechungssummen schamlos in die Höhe, denn man wusste vorher, für welchen guten Zweck das Geld verwendet werden würde. Auf diese Weise schaffte man es, die Zahl der Teilnehmer am Vorlauf auf unter 20 zu drücken. In den Höhenzügen im Alstertal fand 20 Stunden täglich reger Radverkehr statt. Öffentliche Aushänge baten die Bevölkerung, in diesen Tagen woanders spazieren zu gehen. Wer dies nicht tat, hatte im Einzelfall zu leiden. Mehr als nur ein einziger von betagten Rad-Rowdys bedrängter Bürger landete im Fluss. Er ist nicht tief, aber der Punkt, von wo aus sie ins Wasser fielen, konnte hoch liegen. So glich sich der Unterschied zur Elbe wenigstens in der Disziplin »Reinfall« halbwegs aus.

Die Öffentlichkeit hatte Witterung aufgenommen, das bevorstehende Rennen lockte seriöse und andere Medien in die Kuhle. Das Fernsehen berichtete auf allen Kanälen, die Information ausstrahlten. Bei den Privaten lief das Rennen unter »Show« und »Event«. Nach 22 Uhr existierte in den Debatten keine Niveaugrenze nach unten. Alles, was aktuell war, kam in den großen Topf, einmal umgerührt, und los ging's über Stock und Stein: die soziale und psychische Situation der Senioren – ein Parade-Senior saß zwangsläufig in jeder Runde. Er war farbenfroh gekleidet und betonte zweimal zu oft, dass sein Halstuch keinen Knutschfleck verdecken sollte. Schamlos gierte er nach der Aufforderung, das Tuch abzunehmen, aber niemand tat ihm den Gefallen.

Es ging um Corona und Einsamkeit sowie die Einkaufsstraße als Spiegel deutscher bürgerlicher Realität. Angeblich waren erste Drehbücher für TV-Dramen wahlweise Komödien bereits in Auftrag gegeben. Den Funktionären des Einzelhandels standen Freudentränen in den Augen, weil ihr Business lange nicht mehr mit positiven Werten wie Familie und Glück im Alter in Verbindung gebracht worden war. Wann waren Einkaufsstraßen zuletzt als gesellschaftliche Herzkammern bezeichnet worden?

Nur die Gewerkschaften dachten nicht daran, ihr Image in Gefahr zu bringen. Sie forderten massive Erhöhungen der Steuersätze für SUVs, am besten zu zahlen seit gestern. Und weil man schon dabei war: raus mit Killer-SUVs aus allen

Innenstädten. Durchfahrt erlaubt zwischen 22 Uhr nachts und 6 Uhr morgens. Wer den Vertretern der Arbeitnehmerinnen und Arbeitnehmer und aller sonstigen geschlechtlichen und in den Gewerkschaften vorurteilsfrei eingebundenen Orientierungen nicht dankbar die Hand schütteln wollte, musste sich Hartherzigkeit vorwerfen lassen. Auch Gott saß in den TV-Runden. Weil er persönlich anderweitig verabredet war, gingen für ihn Kirchenvertreter in die Bütt.

Echte Neuigkeiten waren dagegen vom Chef einer Firma zu erwarten, die elektronische Einparkhilfen in Autos einbaut, zur Not auch nachträglich. Er verkniff sich komödiantische oder tragische Anekdoten und war zu jung, um Erinnerungen an sehr betagte Eltern austeilen zu können. Der Chef beschränkte sich aufs Technische, nannte Preise und sprach die schönen Worte: »Sicherheit rechtfertigt jeden Preis.«

Das Hamburger Parlament behandelte auf Antrag der aus einer einzigen Abgeordneten bestehenden FDP in einer Aktuellen Stunde die angebliche Isolierung Othmarschens. Als die rechtsstehende Oppositionspartei während der laufenden Sitzung spontan für einen Blumenstrauß an Othmarschen sammeln wollte, handelte sie sich erst Ordnungsrufe und zuletzt einen Platzverweis ein.

Überhaupt Othmarschen. In diesen Tagen trauten sich die Medien was. »Reich und dickfellig – wie lebt es sich damit?« Eine *Facebook*-Meinung, die schneller Zustimmung einsammelte als der Teufel Seelen. Dass der Teufel seinen ersten Wohnsitz in Othmarschen hat, kam auch vor. Ein Unfall im Hafen entwickelte folgerichtig Dynamik, als sich herausstellte, dass der betrunkene Steuermann einer Barkasse mit 25 Touristen an Bord weitläufige Othmarscher Verwandtschaft besaß.

Aber der Stadtteil profitierte auch, denn plötzlich existierte ein Waitzstraßen-Tourismus. Busse fuhren nicht nur Hafen-City und Reeperbahn an, sondern drangen bis in den Westen vor. Weil die Einkaufsstraße für Busse gesperrt worden war, mussten die Touristen zu Fuß an den Läden vorbeipilgern. Natürlich fragten sie nach den Schauplätzen der Unfälle, vor denen roch es verführerisch nach frischen Backwaren und Fischfrikadellen aus der Pfanne. Was nicht roch, machte optisch viel her: Süßes, Saftiges, Gesundes, Tragbares, Souvenirs Souvenirs. Die Einkaufsstraße realisierte, dass man dringend eine Figur oder ein Symbol brauchte, mit dem sich werben ließ. Der erste Vorschlag lautete: eine A4-Karte mit Bildern von allen Unfall-Schauplätzen. Zuerst ein Aufschrei, danach begann das Nachdenken. Die Immobilienmakler brachten Prospekte unters Besuchervolk.

Nur eine sehr kleine Händler-Minderheit verwahrte sich dagegen, wie Zootiere bestaunt zu werden. Man nahm sie zur Seite und stellte ihnen vors geistige Auge, wie belastend es sein kann, beruflich in einem Umfeld tätig zu sein, in dem einen plötzlich keiner mehr liebhat.

»Wann findet denn der nächste Unfall statt?« Die arglose Frage einer Bustouristin rührte mehr auf, als die Frau ahnen konnte. Denn diese Frage hatte sie nicht exklusiv. In erstaunlich vielen Hirnen war darüber bereits nachgedacht worden.

Jemand kannte sogar eine wissenschaftlich belastbare Antwort: »›Verhalten‹ heißt das in der Psychologie. Man würde an sich gerne, aber das Umfeld passt zurzeit nicht. Deshalb verkneift man es sich noch ein Weilchen.«

Ein Kollege entgegnete: »Das verwechselst du jetzt aber mit der Angst, die viele haben, auf ein öffentliches Klo zu gehen.«

An einigen Schaufenstern hingen Plakate, die über das bevorstehende Rennen informierten. Auch hier eine Zweiteilung im Meinungsbild. Viele waren dafür: aus Lokalpatriotismus oder wegen der Aussicht auf weitere Besucherscharen. Andere lehnten das Spektakel ab, sprachen über Vermarktung, billige Mätzchen und Gefährdung von Rennfahrern und Zuschauern.

Dabei lag noch gar keine behördliche Erlaubnis vor. Man hatte sich Zeit gelassen, um den Antrag wasserdicht einzureichen. Die Drohung, auf ein Verbot des Rennens mit öffentlichen Aufständen und mit mehr als schlaffen christlichen Mahnwachen zu reagieren, schwamm so sanft mit, dass die Behörde keine Stelle finden würde, auf die sie mit Aussicht auf juristischen Erfolg einen Finger legen konnte, um eine Gefährdung zu erfinden. In Corona-Zeiten reicht ja ein falscher Blick zur falschen Zeit, um den Staat dazu zu bringen, seine Muskeln spielen zu lassen. Auch mit einer Verschiebung des Rennens um 14 Tage würde nichts gewonnen sein. Jetzt oder nie. Am besten morgen.

Lange geschah nichts, die Vorbereitungen liefen weiter. Die Zahl der Besucher würde überschaubar sein. Längst krochen TV-Leute über die Kieshügel, um Standorte für ihre Kameras zu finden und zu befestigen.

Dann die erste offizielle Reaktion der Behörde: keine Imbisse, keine Grillkohlen, nichts mit Gas. Essbares sei mitzubringen oder von Lieferanten zu beziehen. Kein Bierausschank, kein Alkohol über 20 Prozent, keine Glasflaschen. Der Veranstalter stellt den Ordnungs- und Aufräumdienst. Faustformel: für zwei Besucher ein Aufräumer.

Natürlich war das Schikane, aber eine, die gute Bilder liefern würde. So weit denkt keine Bürokratie, denn für die kommt der Feierabend immer im falschen Moment: zu einem Zeitpunkt, an dem das eigene Denken noch längst nicht abgeschlossen ist.

Die Größe der beiden Vorläufe überstieg das Fassungsvermögen der Kieskuhle, der Wortführer der Dorfjugend sagte das Ende des Biotops in seiner bekannten Form voraus. »Find ich irgendwie natürlich geil. Ist aber auch schade. Wir haben ja sonst nichts. Bis zur nächsten Motocross-Strecke ist es ein gutes Stück.«

So erfuhren die Othmarscher von der Existenz der Motocross-Strecken. Sie sind gedacht für und genutzt von Motorrädern, die springen und viele Meter fliegen können. Eine Delegation peilte vor Ort die Lage, die Betreiber schickten zu Demonstrationszwecken einige ihrer Besten auf die Strecke. Die Othmarscher waren tief beeindruckt: frische Luft, urige Landschaften, ein Rennkurs, der schon matschig wirkte, wenn er noch staubtrocken war. Und erst die Maschinen: zum Rasen gebaut, vom Flug nicht aus der Ruhe zu bringen. Massenhaft Parkplätze für Besucher. Es wäre so schön gewesen, aber irgendwann musste man den Betreibern gestehen, dass man nicht anreisen würde, um ein Fahrradrennen für Senioren anzufeuern. »Autos? SUVs? Leute, wisst ihr, was das kostet, eine neue Strecke anzulegen?«

Man feilschte, man bluffte, man mochte sich sogar. Die Stadtbewohner waren von der zupackenden Art der Landbewohner beeindruckt. Die Landbewohner hatten lange nicht mehr dermaßen verrückte Städtis erlebt. Aber irgendwann war auch den Besuchern klar, was passieren würde, wenn die Räder des ersten Wagens keinen Bodenkontakt mehr haben würden. Das nächste Krankenhaus war weit entfernt. Nach schweren Verletzungen würde eine andere Melodie spielen als vorher.

Ehrenreich sagte: »Okay.« Lange hatte er sich nicht mehr so sehr für seine Fähigkeit verachtet, auch in zugespitzten Situationen nicht den Sichtkontakt zur Realität zu verlieren. Der mitgereiste Fotograf tauchte aus der Landschaft auf, reichte dem Betreiber seine Karte und sagte: »Wir müssen reden und danach muss ich knipsen.«

So gab es wenigstens einen Menschen, der zufrieden war.

24 Autos für Othmarschen, 34 für die Waldmenschen. Vorläufe und Finale wurden entzerrt und auf zwei Tage verteilt.

Beide Orte teilten ihre Leute auf. Jeweils zwei Rennen, danach das kleine Finale, die besten drei sind im Finale – nachdem sie zweimal sehr gut abgeschnitten haben.

Es sollte über fünf Runden gehen, aber zuerst ging es lediglich über 50 Meter, denn an der ersten Kurve war Schluss: Alle Wagen bildeten ein großes Knäuel. Es ging nicht voran und nicht zurück, zumal jeder Fahrer schwor, dass sein Wagen über keinen Rückwärtsgang verfügen würde. 30 Minuten standen die Autos bewegungslos vor der Linkskurve. Die ersten kriegten Hunger, der Fahrer mit dem professionellsten medizinischen Team ließ sich Schultern und Nacken massieren. Die Zuschauer murrten, das Fernsehen nutzte die Gelegenheit, um Werbeinseln auszustrahlen.

Krisensitzung, Haareraufen. Nun mussten die beiden Machtblöcke das tun, was man bisher aus Leibeskräften vermieden hatte: miteinander kommunizieren.

Ein Poppenbüttler schlenderte zu seinem Wagen und kehrte mit einer Konstruktion zurück, die Ehrenreich zuerst für eine Stereoanlage hielt. Manchmal dachte er so alt, wie er war.

Dann standen alle im Kreis um die Zeitmessung herum. Der Poppenbüttler lieferte Informationen, er tat das sachlich, ohne ein einziges Mal durch eine herablassende Bemerkung seine wirkliche Natur zu offenbaren. Er setzte bei seinen Zuhörern nicht einmal Vorwissen voraus. Man hätte ihn glatt liebhaben können. Schade, dass er die falsche Nationalität besaß. Als Ehrenreich einen Moment nicht aufpasste, ertappte er sich bei dem unerwarteten Wunsch, mit solchen Menschen in Zukunft häufiger zu tun zu haben. Immer diese kreativen oder/und intellektuellen Schwergewichte in seiner Welt, das ging mit den Jahren auf die Kraft, die Knochen und die Konzentration. Der Gedanke hatte sich eingeschlichen, wie der Guerillero ins Hauptquartier des Feindes schleicht.

Der Besitzer der Zeitmessanlage entschuldigte sich für die einfache Ausführung. Eine schmale Matte am Start registrierte den Start, eine Matte im Ziel, das auch der Start sein konnte, bildete den zweiten Kontakt.

»Für mehr hat damals das Geld nicht gereicht. Und dann war es ja auch immer ausreichend.«

»Für Rennen gegen die Uhr.«

»Ja.«

»Immer nur ein Auto, kein Gedränge, keine Gefahr, keine Beulen. Alle kommen heil nach Hause.«

»So sieht das aus. Wenn ihr also scharf auf Action seid …«

In der zuständigen Behörde ging der Nachtrag zum Antrag auf das Rennen in der Kieskuhle ein. Noch am selben Tag wurde die Zusage telefonisch angekündigt, danach kam sie per Mail, danach warf sie ein offensichtlich auf Speed befindlicher Fahrradkurier Ehrenreich vor dessen Haus ins Gesicht. Zwei Tage später lag die Zusage im Briefkasten, der eine direkte Verbindung zum Hausflur besitzt.

In einer der selten gewordenen ruhigen Minuten saß Ehrenreich auf der Freifläche hinter seinem Haus. Von hier blickte man ins Grüne, die umstehenden Gebäude waren verdeckt, solang Bäume und Büsche Laub trugen. Im Winter blickte Ehrenreich auf ansehnliche Anwesen.

Nun war es also ein Rennen gegen die Zeit geworden. Grundsätzlich war ihm diese Ausgangsposition lieb, denn er nahm sie als Metapher für das Leben. Die Uhr tickt und immer gegen dich. Du bist der arme Wicht, der sich beeilen muss. Du gibst dein Bestes und weißt vorher, welche Zeit du schlagen musst. Wenn dir das gelingt, bist du im Ziel der Führende. Aber einige werden noch starten, ab jetzt kannst du nichts mehr befördern oder verhindern. Du kannst nur warten und zusehen. Aber wenn dich das zu sehr quält, musst du nicht zusehen. Der Beifall der Menge wird dir die nötigen Informationen liefern. Wenn alles vorbei ist, bist du Sieger oder Besiegter. Wenn du extremes Pech hast, hat er dich um eine Sekunde geschlagen. Oder eine Zehntelsekunde. Oder eine Zeitspanne, die ein menschliches Auge nicht mehr wahrnehmen kann. Praktisch wart ihr dann gleich schnell, aber einer muss der Erste sein. Was ist das Leben doch für ein Scheißspiel! Ob du gewinnst oder verlierst, am Ende bist du tot. Um das Lebendigsein wird viel zu viel Aufheben gemacht. 70 Jahre Leben hauen den stärksten Mann vom Hocker, der Tod ist sein gerechter Lohn. Ein Sabbatjahr mit Überlänge.

Neben Ehrenreich wurde gestöhnt. Die *SPIEGEL*-Reporterin, die er eingeladen hatte, quälte sich von der Liege hoch und sagte: »Ich werde alt.«

»Erzähl noch einen.«

»Wie können zwei winzige Zehen so lange brauchen?«

»Zusammengenommen bringen die beiden mehr Masse auf die Waage als ein durchschnittliches männliches Gehirn.«

»Endlich mal ein Trost, mit dem ich etwas anfangen kann.«

»War mir eine Freude.«

Wie gern hätte er sie jetzt nach ihrem an Land gezogenen Chirurgen gefragt. Aber die Stimmung war gerade so rund. Er hatte in seinem Leben viele perfekte Situationen mit seinem Gesabbel zerschossen. Ein Satz zu viel, und alles ist hin. Ein Absatz zu viel, und du kannst von vorne anfangen.

Aber eines musste doch gesagt werden: »Ich verstehe nicht, dass ich die Poppenbüttler angepinkelt habe.«

»Offene alte Rechnungen?«

»Sehe ich aus wie aus Poppenbüttel? Okay, okay, bin schon still. Aber es ist wahr: Ich liebe unsere Alten hier genauso wie die von denen. Sind großartige Typen: stur, listig, egoistisch. Ein Vorbild für uns alle. So ein Gefühl hat doch nichts mit dem Wohnort zu tun.«

»Zwei Herzen wohnen, ach, in seiner breiten Brust.«

»Passen Sie auf, was Sie sagen, sonst trete ich Ihnen aus Versehen auf den Fuß.«

»Sie leben gern hier.«

»Wie kommen Sie darauf?«

»Es ist der Blick. Manchmal haben Sie ihn nicht unter Kontrolle. Dann wird er milde, ganz kurz nur. Aber milde. Das kenne ich aus einigen Jobs: hart wie Kruppstahl auf der einen Seite, Heimatliebe auf der anderen.«

»Oh mein Gott«, murmelte Ehrenreich. »Sie haben recht. Ich liebe meine neue Heimat. Ich werde alt.«

»Oder weise.«

»Ich ziehe ›alt‹ vor. Weise kann ich auch noch werden, wenn ich 80 bin. Wenn ich dann vorn und hinten nicht mehr hochkommen sollte, ziehe ich nach Poppenbüttel. Wenn Sie das zitieren, werden Sie sich wünschen, 20 Zehen in Reserve zu haben.«

Mehr als 50 Kandidaten rückten an, entlang der Landstraße parkten sie in einer mehrere 100 Meter langen Schlange. Die meisten waren nicht enttäuscht, weil sie nun nicht als Teil eines Rudels auf die Strecke gehen konnten. Eine Runde gegen die Uhr, danach würde abgerechnet werden. Die alte Zeitmaschine konnte bestenfalls Zehntelsekunden anzeigen. Das war den meisten dermaßen egal, dass sie nichts dazu sagten. Je jünger die wenigen Zuschauer waren, umso skandalöser fanden die die Vorstellung, mit Abständen zu arbeiten, mit denen Armin Harry im Jahr 1960 Gold über 100 Meter geholt hatte.

Einer jammerte: »Mann, das war vor 100 Jahren.«

»Nicht ganz«, entgegnete Ehrenreich und beobachtete den anderen beim Kopfrechnen. So sah heutzutage also geistige Schwerstarbeit aus. Ehrenreich hatte lange niemanden erlebt, dem das kleine Einmaleins so viel Mühe bereitet hatte.

Er ging zu den Waldmenschen hinüber. »Auf ein Wort.« Sein Ansprechpartner war immer derselbe. Da drüben schien die Hierarchie zu funktionieren. Oder sie waren zu faul und zu bräsig, um den Willen zur Macht zu verspüren. Immerhin hatten sie es zu Parkuhren, Carports und einem Einkaufszentrum gebracht. Sie hatten mehr Hügel und mehr Bäume, aber weniger Elbe. Dafür muss man Hügel nicht ständig ausbaggern. Nach 1.000 Jahren sind sie automatisch platt gelaufen. Und nach 1.000 Jahren ist ganz Poppenbüttel ein Einkaufszentrum, wahrscheinlich aber eher ein Kuriositätenkabinett. Noch komischer als Othmarschen, der erste Stadtteil der Erde, der von alten Menschen in Grund und Boden gefahren wurde.

Es begann, nachdem man vorher staatstragenden Kitsch abgelaicht hatte. Fairness Sportsgeist Pipapo.

Die Rivalen starteten abwechselnd, das fanden alle aufregender als Blockbildung. Blockbildung ist wie DDR, am Ende ist nichts mehr da.

Zum Auftakt legte ein altes Mädchen aus dem Norden eine Zeit hin, die wenig aussagte. Aber sie hinterließ Eindruck. Erfahrene Piloten waren überzeugt, dass nur wenige Gegner an ihre Zeit heranreichen würden.

Nach einer Viertelstunde die erste Zwischenbilanz. Platz eins und zwei an die, die gerne poppen. Dahinter mit großen Abständen die Westler.

Früh ging der Mann an den Start, der seine rebellische Tochter gebändigt hatte. Viereinhalb Sekunden Vorsprung. Die Waldmenschen konnten froh sein, dass es sich um die Qualifikation handelte und nicht um das Finale.

Vier Stunden lang gingen die Kandidaten auf die Strecke. Zwischendurch wurden mehrere Kofferräume leergefressen. Zeitweise standen die Kandidaten so dicht und unsortiert auf einem Haufen, dass kein Außenstehender erkannt hätte, wer zu den Guten und wer zu den anderen gehörte. Plötzlich wurden zwei ertappt, die – obwohl aus verschiedenen Weltgegenden stammend – miteinander über höchst private, praktisch intime Themen kommunizierten. Es ging um Rasenpflege und die optimale Vorbereitung auf den Winter.

»Nehmt euch ein Zimmer«, forderte man sie auf.

Sie nahmen sich die Freiheit, alle Querschüsse zu ignorieren und weiterhin Interna auszutauschen, die langfristig auf die Nivellierung aktueller Unterschiede hinauslaufen mussten. Wäre ein im Sold der Kirche stehender Kandidat anwesend gewesen und nicht nur ein ehemaliger Hausmeister in einem der Kirche gehörenden Altenheim, wäre jetzt eine Mahnung zum Frieden unvermeidlich gewesen. Die Kirche muss sich nicht wundern, dass ihr die Anhänger weglaufen. Menschen streiten sich eben gern, das tut ihnen gut, Streit pustet die Arterien frei, säubert die Gehörgänge und sortiert die inneren Werte. Davon steht nichts in der Bibel, medizinisch gesehen steht dort dagegen einiges, was selbst ein moderner Verschwörungstheoretiker nur unter Qualen unterschreiben würde.

Der Medaillengewinner gewann die Vorentscheidung mit zwei Sekunden Vorsprung. Wenn man das Klassement nach den beiden Stadtteilen sortierte, hatten die Westler außer dem Goldjungen erst wieder ab Platz sechs eine Region, in der sie gehäuft anzutreffen waren. Weil sich nun nicht mehr zahlreiche Autos in die Quere kommen konnten, würde jede Seite mit zehn Wagen das Finale bestreiten. Wie heute: Das Los entscheidet, wer beginnt, danach geht es abwechselnd bis zum Ende.

»Damit ist die Sache klar«, schwor Ehrenreich in der Nachbesprechung seine Leute ein. »Unser Mann muss dringend gesund bleiben. Gesunde Ernährung, aber nicht zu gesund. Das verträgt mancher nicht. Keine Erbfolgekriege in der Familie, aber auch nicht zu harmonisch. Friede-Freude-Eierkuchen ist wie Valium. Er muss bissig bleiben, der gesunde Wille zur Vernichtung ist die halbe Miete.«

Im Anschluss brachte man das Staatstragende hinter sich, es fühlte sich an wie ein ungeliebter Termin beim Arzt, bei dem die Hose heruntergelassen werden muss. Man gratulierte, wünschte Glück und Kraft. Schweren Herzens entfiel die Warnung vor getunten Motoren, denn man hatte versäumt, dies im Vorfeld zu thematisieren. Aber allen Führerscheinbesitzern war klar, dass der Untergrund der Kieskuhle rücksichtslose Kraftentfaltung bestrafen würde. Durchdrehende Reifen bringen keinen Sieg, sondern Kies in die Kehle.

Noch drei Tage.

Lange stand er am östlichen Ende der Einkaufsstraße. Alle Läden waren geschlossen, nur eine Handvoll Menschen und die unvermeidliche Katze huschten bei zurückhaltender Straßenbeleuchtung durch die Schlagader des Stadtteils. Ehrenreich sah das Waldviertel vor sich. Wie mochten sie dort ihre Abende verbringen? In Angst vor Wildschweinattacken und aggressiven Mardern? Gab es so weit im Norden Wölfe? Nicht zu vergessen Waschbären, dieses selbstbewusste Viehzeug, schädlichen Insekten ähnlicher als dem Wunsch, sie zu streicheln. Ehrenreich hatte nie nachvollziehen können, wie man ohne Hass auf Waschbären durchs Leben kommen kann. Er wusste, dass an der Alster Otter leben, vielleicht peilte schon eine Biber-Vorhut die Lage und nagte probehalber einige Stämme an, so wie *Tesla* in Brandenburg den Boden angebohrt hatte, auf dem die Fabrik stehen wird. So gehen kluge Invasoren vor. Besser Bäume umlegen, als Indianer abschießen. Angeblich wanderten auch die Marderhunde Richtung Westen. Und diese sagenhaften Nandus aus Mecklenburg, groß wie Hühner, die man durch eine starke Lupe betrachtet, würden nicht mehr lange auf sich warten lassen.

Er beneidete die Waldmenschen nicht. Dass sie in der Einflugschneise des Flughafens lagen, wollte er ihnen nicht persönlich vorwerfen. Aber sie taten ihm auch nicht leid.

Dafür würden sie beim bevorstehenden Klimawandel nicht im vorrückenden Nordseewasser absaufen, im Gegensatz zu gewissen westlichen Stadtteilen. Erstaunlich, wie wenig darüber gesprochen wurde. Noch schaffte es wohl jeder, seine Ängste unter der Decke zu halten. Aber die nächste oder übernächste Erben-Generation würde dumm aus der Wäsche gucken. Vielleicht würden sich die Othmarscher dann auf höher liegendes Gelände zurückziehen. In großen Teilen Poppenbüttels ging es bergauf. Gut für die Immobilienpreise und fürs Überleben.

Ehrenreich dachte: Wir sollten es bei uns krachen lassen, solang wir noch im Trockenen stehen.

»Krachen lassen« war das Stichwort, das ihn nicht mehr losließ. Wo er in der nächsten Stunde hinging, ging auch »krachen lassen« hin. Er durchquerte die Einkaufsstraße. Können Geschäfte schlafen? Und träumen? Werden sie jemals Gedichte schreiben? Oder nur Bilanzen und getürkte Steuererklärungen?

Diese Straße war ungewöhnlich lang. Und gerade wie ein Strich. Es gibt Fahrzeuge, die solche Straßen brauchen. Sie heißen *Dragster*, in den USA sind sie beliebter als die *Formel 1*. Auf nur 400 Metern zünden sie gigantische Kräfte, und manchmal heben sie ab, weil die Physik sich nicht anders zu helfen weiß. Es fahren immer zwei *Dragster* gegeneinander, dafür ist die Einkaufsstraße zu schmal. Aber für ein einzelnes Auto ist sie perfekt. Wenn dieses Auto gegen die Zeit fährt, ist eine schnurgerade Strecke ideal für Zuschauer, denn sie haben den gesamten Kurs im Blick.

In Ehrenreich baute sich das Gefühl auf, das er gut kannte. Früher hatte noch ein anderes Gefühl existiert, das ihn entzückt hatte. Davon waren nur Reste geblieben, aber die Lust, die gerade in ihm aufstieg, würde ihm hoffentlich bleiben bis zum letzten Tag, denn sie war noch genauso stark, fordernd und schön wie in jedem seiner vergangenen Jahrzehnte.

Zwei Gestalten kamen ihm entgegen. Sie verließen den Bürgersteig und steuerten auf ihn zu. Er war nicht überrascht, nach Torschluss wurde die Einkaufsstraße nicht als Autobahnzubringer genutzt, nicht einmal als Schleichweg. Wenn an den Geschäften die Gitter und Jalousien herunterrasselten, war dies gleichbedeutend mit dem Verbringen der Theaterkulissen ins Magazin. Nur dass du ein Geschäft nicht jeden Abend abbauen und wegtragen kannst.

Die Gestalten erreichten Ehrenreichs Wagen. Die Frau, die er vom Bäcker kannte, winkte ihm zu und sagte zu ihrer Begleiterin, die er nie gesehen hatte: »Man erkennt ihn gleich an seinem Wagen. Er hat damit schon einen Sarg transportiert.«

Ehrenreich seufzte. Das hartnäckige Missverständnis mit dem *Schneewittchensarg* und seinem alten Volvo war wohl zu kompliziert oder zu poetisch, um den Verstand der Menschen zu erreichen.

Die Frau, die er vom Bäcker kannte, beugte sich zu ihm, der im Wagen blieb: »Ich wollte mich noch einmal bedanken, Herr Professor.«

»Ich wüsste nicht …«

»Weil Sie sich für die Alten eingesetzt haben. Es sind doch unsere Alten.«

»Sie meinen, die alten Leute gehören allen?«

»Nicht so. Aber irgendwie ja. Sie brauchen Hilfe. Es tut ihnen gut, wenn sie nicht von allen abgeschoben werden. Wer nichts mehr arbeitet und wem niemand mehr etwas Sinnvolles zutraut, was soll der denn anderes werden als wunderlich? Und oft ein wenig anstrengend? Sie haben selbst gesagt: Ein Unfall kann passieren, davon geht die Welt nicht unter, nicht mal das Geschäft, das sich die Alten jedes Mal aussuchen, um dagegenzubrettern.«

Die unbekannte zweite Frau hörte zu, ihr Gesicht wirkte gleichzeitig aufmerksam und freundlich. Das Licht war nicht stark genug, um Zwischentöne zu erkennen. Aber vielleicht gab es bei ihr keine Zwischentöne.

»Nach dem Rennen werden alle sie ernster nehmen«, sagte Ehrenreich.

»Ich weiß«, sagte die Frau, die für das Reden zuständig war. »Ich weiß doch. Sie kriegen das hin. Sie nehmen das in die Hand, und danach denken alle anders von unseren Alten. Darauf freue ich mich schon. Ich bringe Edith jetzt zur Bahn. Wenn sie eines Tages der Bahn an den Kragen wollen, müssen Sie etwas tun. Das müssen Sie mir versprechen.«

»Die Bahn? Oha, da müssen aber alle mit anpacken.«

»Versprochen«, sagte Edith. Dass sie ihn verschwörerisch anblickte, daran konnte kein Zweifel bestehen. Ehrenreich freute sich. Die Frauen gingen Richtung S-Bahn-Eingang. Er wartete, bis die Bahn einrollte. Dann wartete er, bis die Bahn aus dem Bahnhof hinausgerollt war. Richtung Innenstadt, wo das Leben tobt.

Er blickte sich um, blickte nach vorne. Die Einkaufsstraße war schlafen gegangen. Er rollte rückwärts, es war weiter, als er gedacht hatte. Danach sagte er zu seinem Volvo: »Wenn du mich jetzt hängenlässt, kommst du in die Schrottpresse.«

Er atmete ein und aus und noch einmal. Dann drehte er den Schlüssel. Der *Dragster* schoss Richtung Westen davon.

ENDE

Alle Bücher von Norbert Klugmann:

Rebenblut
ISBN 978-3-89977-613-3

Schlüsselgewalt
ISBN 978-3-89977-615-7

Kabinettstück
ISBN 978-3-89977-680-5

Die Tochter des Salzhändlers
ISBN 978-3-8392-0256-2

Die Nacht des Narren
ISBN 978-3-89977-769-7

Die Adler von Lübeck
ISBN 978-3-8392-1004-8

Bitte parken Sie nicht in unserem Schaufenster
ISBN 978-3-8392-0237-1

SPANNUNG

GMEINER

WWW.GMEINER-VERLAG.DE
Wir machen's spannend